纳兰性德词评注

刘淑丽　编著

商务印书馆
The Commercial Press
创于1897

2017年·北京

图书在版编目（CIP）数据

纳兰性德词评注 / 刘淑丽编著. — 北京：商务印书馆，2017
ISBN 978-7-100-15421-5

Ⅰ.①纳… Ⅱ.①刘… Ⅲ.①纳兰性德（1654－1685）－词（文学）－诗词研究 Ⅳ.①I207.23

中国版本图书馆CIP数据核字（2017）第248795号

纳兰性德词评注

刘淑丽　编著

商 务 印 书 馆 出 版
（北京王府井大街36号　邮政编码 100710）
商 务 印 书 馆 发 行
三 河 市 尚 艺 印 装 有 限 公 司 印 刷
ISBN 978 - 7 - 100 - 15421 - 5

2017年11月第1版　　　开本 710×1000　1/16
2017年11月第1次印刷　　印张 13 3/4

定价：46.00元

目　录

前言

　　纳兰性德（1655—1685），清代著名词人。字容若，号楞伽山人。初名成德，后避太子嫌，改名性德。出身满族贵族，满洲正黄旗人。父亲明珠（1635—1708），字端范，康熙朝重臣，历任内务府总管、刑部尚书、兵部尚书、都察院左都御史、武英殿大学士、太子太傅等要职。纳兰性德十七岁进太学，十八岁中顺天乡试举人。十九岁参加会试，因殿试时适患"寒疾"，未能参试。此后三年刻苦读书，二十二岁中进士，被康熙授予三等侍卫的官衔，后来晋升为二等侍卫、一等侍卫。二十三岁时，妻子卢氏病逝。纳兰性德词中许多描写爱情、思念与悼亡的作品，就是为卢氏而作。纳兰性德在侍卫生涯中，虽"日值驷苑，每街鼓动后，才得就邸"，缺乏一定的自由，尤其是常扈从康熙巡视南北，"比来从事鞍马间，益觉疲顿，发已种种，而执殳如昔，从前壮志，都已隳尽"（纳兰性德《致严绳孙简》，《通志堂集》，上海古籍出版社，1979年。文中纳兰性德及其师友之文如不另注，皆出此书），难免疲惫消沉，但他想想"老父艾年，尚勤于役。渺予小子，敢惮前驱？况复王道荡平，非同九折"，自己又"日睹龙颜之近，时亲天语之温，臣子光荣，于斯至矣"，心下也便平和，所以，他感觉到"虽霜花点鬓，时冒朝寒，星移入怀，长栖暮草，然但觉其欢欣，亦竟忘其劳勚"（纳兰性德《与顾梁汾书》），不必如一般文人士子那样沉沦下僚、贫窭困顿，生活基本优裕平稳。三十一岁得病去世。

纳兰性德天性浪漫，淡泊名利，他的贵胄身份和社会地位，使他自幼无需担心衣食生计问题，而可以专心一意地读书做学问，并且广交天下有才学的文人士子，一起纵论古今，相互切磋，博采众长，不断提高。当时的名士如严绳孙、顾贞观、姜宸英、陈维崧、秦松龄、朱彝尊、梁佩兰等，和他都有很深的交情。而大学问家徐乾学，则更是纳兰性德的座师，纳兰性德非常尊敬他，常常从他问学。

纳兰性德自幼聪敏，好读书，"读书一，再过即不忘"（徐乾学《通议大夫一等侍卫进士纳兰君墓志铭》），"读书机速过人"（韩菼《通议大夫一等侍卫进士纳兰君神道碑铭》），且文武双全，"当其奋武，不知善文；及为文词，不知能军"（朱彝尊《祭文》），又很刻苦，"容若数岁即善骑射，自在环卫，益便习发无不中，其扈跸时雕弓书卷错杂左右，日则校猎，夜必读书，书声与他人鼾声相和"（徐乾学《通议大夫一等侍卫进士纳兰君墓志铭》）。在做康熙侍卫的九年生涯里，得以近侍康熙，康熙的刻苦好学，也在潜移默化地影响着他。比如，康熙说他自己"自五龄后，好学不倦，丙夜披阅，每至宵分。凡帝王政治、圣贤心学、六经要旨，无不融会贯通、洞彻原委"（《清实录·圣祖实录》），且"十行俱下，略不遗忘"（同上）。康熙曾在《庭训格言》中回忆道："朕八岁登极，即知黾勉学问。……及至十七八，更笃于学，逐日未理事前，五更即起诵读，日暮稍暇，复讲论琢磨。竟至过劳，痰中带血，亦未少辍"，"至听政之暇，无间寒暑，惟有读书作字而已"，即使遇到极寒天气、生病时候，也不停辍读书。康熙的这种异乎常人的苦读，对身边的纳兰性德不可能不产生深刻的震撼和影响。

纳兰性德在十九岁会试之后的三年里，从徐乾学专心问学，"以豪迈挺特之才，勤勤学问"，"逢三六九日，黎明骑马，过余邸舍，讲论书史，日暮乃去，至入为侍卫乃止"（徐乾学《通志堂集序》），其向学如此。纳兰好友严绳孙也说:"盖其从容于学问之日,固已少矣,吾不知成子何以能成就其才若此……夫成子虽处贵盛,闲庭萧寂,外之无扫门望尘之谒,内之无裙屐丝管呼卢秉烛之游,每夙夜寒暑,休沐定省片晷之暇,游情艺林,而又能撷其英华,匠心独至,宜其无所不工也。"(严绳孙《成容若遗稿序》)正是由于好学与勤勉,纳兰性德留下了大量的作品。纳兰性德去世后,他的老师徐乾学编辑他的作品成《通志堂集》,蒐集其诗、词、文、赋、书信、经解序等二十卷。其中,赋一卷,5篇,诗四卷,329首;词四卷,300首;经解序三卷,65篇;序、记、书一卷,10篇;杂文一卷,16篇;渌水亭杂识,四卷;附录两卷,包括墓志1篇,神道碑文2篇,哀词6篇,诔1篇,祭文9篇,挽诗99首,挽词15首。

从《通志堂集》所选各体作品可以看出,纳兰性德的诗、词数量都不算少,诗的数量还多于词。纳兰性德主张诗要抒发性情,不能炫才逞学:"诗乃心声,性情中事也。发乎情,止乎礼义,故谓之诗。亦须有才,乃能挥拓;有学,乃不虚薄杜撰。才学之用于诗者,如是而已。昌黎逞才,东坡逞学,便与性情隔绝。"(《渌水亭杂识》卷四)还主张诗歌要重视意,即意象、意境的营造:"诸有意而不落议论,故佳;若落议论,史评也,非诗矣。"(同上)他主张诗歌要以《诗经》为准的,所谓"必宗《三百篇》",他认为"'十九首'皆高澹"(同上),是应该学习的对象。在创作实践上,纳兰性德亦以《诗经》、《古诗十九首》、汉魏六朝诗人诗作为学习对象,他的诗集中可以明显看到受以上诸家诗人诗作的影响。在纳兰性德诗歌中,五言古诗数量最多,质量最高。他有《效江醴陵杂拟古体诗二十》,分别模仿齐梁以前二十位诗人的代表作而成,如《班婕好怨歌》、《王仲宣从军》、《刘公干公宴》、《曹子建七哀》、《左太冲咏史》、《陆士衡赠弟》、《嵇叔夜言志》、《阮嗣宗咏怀》、《许玄度寓居》、《郭景纯游仙》、《陶渊明田家》、《鲍明远玩月》、《谢康乐游山》、《颜延年侍宴》、《谢惠连捣衣》、《卢子谅时兴》、《谢玄晖观雨》、《沈休文东园》、《范彦龙古意》、《张景阳忆友》,可见对这些诗人的学习。此外，纳兰性德有五言古诗《拟古》四十首，其中能明显看到受《诗经》、《古诗十九首》、曹植、阮籍、陶渊明等作品、诗人及吴声西曲如《西洲曲》的影响。这些诗歌高古简淡，天然出尘，深得古诗之遥旨。

纳兰性德反对步韵诗："今世之大为诗害者，莫过于作步韵诗。……今世非步韵无诗，岂非怪事？……若人不戒绝此病，必无好诗。"（纳兰性德《原诗》）反对一味依傍模拟他人、沉迷韵律而无自我特点之诗。他最看重的是有自家面目的诗："古诗称陶谢，而陶自有陶之诗，谢自有谢之诗。唐诗称李杜，而李自有李之诗，杜自有杜之诗。人必有好奇缒险、伐山通道之事，而后有谢诗。人必有北窗高卧、不肯折腰乡里小儿之事，而后有陶诗。人必有流离道路，每饭不忘君之心，而后有杜诗。人必有放浪江湖，骑鲸捉月之气，而后有李诗。"（纳兰性德《原诗》）即诗要有很强的自我色彩，有属于自己的内容特质，识别度要高，切忌千篇一律、缺乏真性情。

纳兰性德的这些诗学主张，为其词的创作，同样提供了理论基础和践行方向。

在纳兰性德各体创作中，他尤其喜欢词的创作，并且成就亦最高。他曾在病重期间与徐乾学诀别时，述及未专心文字之学的原因时，称自己是因为"性喜作诗余，禁之难止"（《通志堂集序》）。此外，纳兰性德自己亦在诗词中常常表达对于词的喜爱，他在扈驾途中仍手不释词："谁持《花间集》，一灯毡帐里"（《梭龙与经岩叔夜话》）；新建茅屋，亦命其为"花间草堂"（纳兰性德《致张纯休简》第二十简）；亦曾在《与韩元少书》中说："仆幼习科举业，即时时窃喜为古文词，然不敢令师友见也。"他的这一喜好广为人所熟知："兄善倚声，世称绝唱"（严绳孙、秦松龄《祭文》），"是时多暇，暇辄填词"（朱彝尊《祭文》），"精工乐府，时谓远轶秦柳。所刻《饮水》、《侧帽》词，传写遍于村校邮壁，海内文士竞所摹仿"（徐乾学《通议大夫一等侍卫进士纳兰君神道碑文》），"颇好为词，盖爱作长短句，跌宕流连，以写其所难言。尝辑

《全唐诗选》、《词韵正略》。而君有集名《侧帽》、《饮水》者，皆词也"（韩菼《通议大夫一等侍卫进士纳兰君神道碑铭》）。

在词学主张上，纳兰性德宗晚唐五代、北宋词，尤其是小令："好观北宋之作，不喜南渡诸家"（徐乾学《通议大夫一等侍卫进士纳兰君墓志铭》）；"《花间》之词如古玉器，贵重而不适用；宋词适用而少贵重。李后主兼有其美，更饶烟水迷离之致"（纳兰性德《渌水亭杂识》卷四）。虽然纳兰性德认为李煜词兼具贵重与适用，并且饶烟水迷离之致，是他认为的理想的词作，但是，纳兰性德实际最喜爱的仍是花间词。他在与友人梁佩兰的书信中谈道："仆少知操觚，即爱《花间》致语，以其言情入微，且音调铿锵，自然协律。唐诗非不整齐工丽，然置之红牙银钹间，未免病其版楱矣。从来苦无善选，惟《花间》与《中兴绝妙词》差能蕴藉。自《草堂》、《词统》诸选出，为世脍炙，便陈陈相因，不意铜仙金掌中有尘羹涂饭，而俗人动以当行本色诩之，能不齿冷哉！"（纳兰性德《与梁药亭书》）纳兰喜欢花间词的原因说得很清楚，是由于花间词言情入微、音调铿锵、自然协律。与"自然"相反，他不喜欢陈陈相因如尘羹涂饭一样的词，也不喜欢逞才炫学的词："词虽苏、辛并称，而辛实胜苏。苏诗伤学，词伤才。"（《渌水亭杂识》卷四）他甚至把编辑词选这回事，亦称为"料理《花间》课"（纳兰性德《虞美人·为梁汾》）。

纳兰性德词中的内容，主要是有关悼亡、边塞、表达友情与志向，以及无法知其为谁而作的大量的所谓艳情词，后者在纳兰词中所占数量较大。其词之特色，就如他所主张的诗歌创作要有自家面目一样，在清初词坛上亦颇具自家特色。词自唐末《花间集》开始进入文人创作以来，经历了两宋，已经足够成熟，词体亦由小令而发展成为长调。及至清代，词的派别纷然，主张亦多，词的创作亦可谓陈陈相因，很难突破前人窠臼。相对于以诗入词、以文入词，南宋姜夔之重骚雅清劲、格调高雅，吴文英之密丽质实、重声律和雕琢，纳兰性德更喜欢词最初的自然状态，即以《花间集》、南唐李煜和北宋诸家为主的词，体裁上亦喜小令。其实，纳兰性德是喜欢这些词中所具有的清新可喜、自然真挚的特色，就如他喜欢花间词的言情入微、音调铿锵、自然协律的特点一样。因此，纳兰性德词最大的特点便是刻情幽微、情感真挚、自然隽永。

词虽为心绪性极强之载体，但在纳兰性德这里，词便是他浪漫情感的寄托。从纳兰性德的言行来看，他天性浪漫，情感丰富，性格又颇为内向，再加上他入仕后一直做康熙的御前侍卫，内言不外出，工作的保密性要求极高，纳兰性德必须十分内敛自己的言行，方可免起灾祸。这就使得他的情感受到一定程度的束缚和压抑，这些压抑的情感，必须找到一个突破口，才能纾解和平衡他高度紧张的精神压力。所以，纳兰性德喜欢清新自然、纯以言情为主的词，词中亦喜欢表达隐秘的情感体验和不为人知的感情经历。这与词家纯粹以追求声律技巧、刻意追求刻镂之工的目的是有所不同的。但是后人未必真能理解他的词学思想与词心。比如王国维那段著名的评价："纳兰容若以自然之眼观物，以自然之舌言情。此由初入中原，未染汉人风气，故能真切如此。北宋以来，一人而已。"（《人间词话定稿》五十二）王国维说纳兰性德词作是"北宋以来，一人而已"，给予极高评价，殊为难得；但他认为纳兰性德之所以能够"以自然之眼观物，以自然之舌言情"，是因为他初入中原、未染汉人风气的非汉族身份，这却有些武断。纳兰性德从小受汉文化影响深刻，所交往者亦是汉族文人名士，自己进士出身，且研读过古代的经史子集，这从他所留下的《通志堂集》便可明晰。因此，说他是"未染汉人风气"，实在是值得商榷。王国维大约没有意识到，这是纳兰性德有意识的选择，源于自身经历、思想、词学主张和审美趣味，比如他认为逞才炫学会使性情隔绝，主张自然。况且，纳兰性德如此喜爱花间词、南唐后主，也是因为"唐五代北宋之词，可谓生香真色"（王国维《人间词话删稿》二十）。相比而言，况周颐对纳兰性德的理解就较王国维更准确些，他说："容若承平少年，乌衣公子，天分绝高。适承元、明词敝，甚欲推尊斯道，一洗雕虫篆刻之讥。独惜享年不永，力量未充，未能胜起衰之任。……其所为词，纯任性灵，纤尘不染，甘受和，白受采，进于沉着浑至何难矣。"（《蕙风词话》卷五）况周颐认为纳兰性德词"一洗雕虫篆刻之讥"，是有意为之，所以他的词"纯任性灵，纤尘不染"，这是对纳兰性德词最好的概括和诠释。况周颐还认为，以纳兰性德这样"天分绝高"的乌衣公子，如若使词风沉着浑至并没有什么难度，也是间接揭示了纳兰性德词之特色是由于他本人的主张和趣味所致。所以，理解纳兰性德词，其所体现出来的自然清新、隽逸超然，并不是因为他未习染汉人风气所至。

纳兰性德集中所谓的那些艳情词，就是在此种情境之下产生的。对于被称为艳情的这部分词，我觉得纯粹用"艳情"二字难以概括全面。纳兰性德虽然推崇花间词，但是，他对于花间词的一些内容与特点并不完全继承，他的词更加趋于雅化和文人化。就言情本身而言，纳兰性德痴迷的是情感中细腻、美好、感人的因素，以及情感在人的内心产生的复杂微妙、难以言说的各种感受和体验，而不是沉迷于部分花间词流于声色肉欲的描写。

此外，纳兰性德还善于用刻画情境的方式衬托人物之美以及情感之美。如"夕阳谁唤下楼梯。一握香荑。回头忍笑阶前立，总无语，也相宜。"（《落花时》）虽然以景写情、情景交融是词的一种普遍的表达方式，但是，在将其写得美好到位方面，很难有人出其右。所以，从这个角度来说，王国维的"北宋以来，一人而已"的评价是十分恰切的。这种极致，归因于词人本身的情感与审美，和他拥有的一颗世上难见的善感美好之心。

这种对于情的美好与执着的刻画，甚至体现在一些并不属于专写情感的词中，如边塞词与羁旅词。边塞题材的诗词，一般都写得意象阔大、苍凉豪放，如"大漠孤烟直，长河落日圆"，"羌笛何须怨杨柳，春风不度玉门关"，等等。但是，纳兰性德的边塞词却融入了细腻的闺思，将边塞羁旅与闺房之思打在一起，而显得情思缠绵、忧郁婉转。如《浪淘沙》："野店近荒城。砧杵无声。月低霜重莫闲行。过尽征鸿书未寄，梦又难凭。　身世等浮萍。病为愁成。寒宵一片枕前冰。料得绮窗孤睡觉，一倍关情。"《鹧鸪天》:"别绪如丝睡不成,那堪孤枕梦边城。因听紫塞三更雨,却忆红楼半夜灯。 书郑重,恨分明,天将愁味酿多情。起来呵手封题处,偏到鸳鸯两字冰。"羁旅、边塞词中尽现小女儿态,足见词人浪漫善感的内心,使此类传统题材体现出不一样的风格与色彩。

纳兰性德还善于在词中描写各种愁绪。比如,写闲愁:"闲愁似与斜阳约,红点苍苔,蛱蝶飞回。"(《添字采桑子》)"暮雨丝丝吹湿,倦柳愁荷风急,瘦骨不禁秋。总成愁。"(《昭君怨》)"烟丝宛宛愁萦挂,剩几笔晚晴图画。"(《秋千索》)"独睡起来情悄悄,寄愁何处好?"(《谒金门》)写羁旅愁思:"身世等浮萍,病为愁成。"(《浪淘沙》)"冰合大河流,茫茫一片愁。"(《菩萨蛮》)"一样晓风残月,而今触绪添愁。"(《清平乐》)"将愁不去,秋色行难住。"(《清平乐》)写相思、离愁:"愁无限,消瘦尽,有谁知?"(《相见欢》)"愁里不堪听,那更杂泉声雨声。"(《太常引》)"去去丁零愁不绝,那堪客里还伤别。"(《蝶恋花》)忆友人:"绕砌蛩螀人不语,有梦转愁无据。"(《清平乐》)自叙幽怀:"长飘泊,多愁多病心情恶。"(《忆秦娥》)如此等等。

纳兰性德词中还有不少写到"多情",对此并不忌讳。如写愁怀:"曾染戒香消俗念,怎又多情。"写悼亡:"多情终古似无情,别语悔分明。"(《荷叶杯》)"当时领略,而今断送,总负多情。"(《青衫湿·悼亡》)"人到情多情转薄,而今真个悔多情。"(《摊破浣溪沙》)写离愁:"多情不是偏多别,别离只为多情设。"(《青玉案·宿乌龙江》)写羁旅相思:"书郑重,恨分明,天将愁味酿多情。"(《鹧鸪天》)"无凭踪迹,无聊心绪,谁说与多情。"(《太常引》)如此等等。

总体上,纳兰性德从花间词中汲取营养,继承了花间词善于刻画男女之情的特色,但又增强了情感表达之摇曳深挚、缠绵悱恻的特色。他的词个人色彩浓厚,追求清新自然,隽逸超卓。情感细腻,真挚浪漫,痴迷于捕捉缠绵悱恻的"难言"之情,正如他欣赏李煜词之"更饶烟水迷离之致"一样。善写凄苦缱绻之情,尤其是在悼亡词中。风格上更倾向于柔婉缠绵,即使在辽阔恢宏的边塞词中,亦注入此种特色,使其边塞词因此而独具风格。纳兰性德的好友顾贞观说："容若天资超逸，悠然尘外，所为乐府小令，婉丽凄清，使读者哀乐不知所主，如听中宵梵呗，先凄惋而后喜悦。"（《通志堂词序》）"容若词一种凄忱处，令人不能卒读，人言愁，我始欲愁。"（榆园本《纳兰词评》）真可谓纳兰性德的知音。周之琦亦曰："纳兰容若，南唐李重光后身也。予谓重光天籁也，恐非人力所能及。容若长调多不协律，小令则格高韵远，极缠绵婉约之致，能使残唐坠绪，绝而复续。"（《箧中词》一引）

　　天分、个性、身份、崇尚、旨趣，共同成就了纳兰性德词的独特面貌。

鹊桥仙

倦收缃帙①，悄垂罗幕②，盼煞一灯红小。便容生受博山香③，销折得④、狂名多少。　是伊缘薄，是侬情浅，难道多磨更好⑤？不成寒漏也相催⑥，索性尽荒鸡唱了。⑦

■ 注释

① 缃帙：浅黄色的书的封套，用来代指书卷。缃：浅黄色。帙：用以存放帛书的套子。

② 罗幕：丝罗帐幕。

③ 生受：此指无以回报地接受馈赠，享受。博山香：博山炉里燃烧的香。

④ 销折：抵消。

⑤ 多磨：好事多磨的意思。宋郑云娘《西江月》有"虽则清光可爱，奈缘好事多磨"句。

⑥ 不成：难道。寒漏：漏壶的滴水声。此处之"寒"是指心理感觉。

⑦ 尽：任由。荒鸡：指三更前啼叫的鸡。

■ 简评

词中所写欢会之短暂。纳兰有三首《鹊桥仙》，似皆写他与妻子之情爱，此为其一。开头前两句一幅闺房宁静图。词人读书至深夜，疲倦地掩上书卷，只此四字，清雅书生形象立现。"悄垂罗幕"，为词人之动作，"悄"字流露温柔体贴，爱意顿出。

"盼煞"一句，明言"一灯红小"在盼，实则暗指妻子盼其早早就寝，少年夫妻的柔情蜜意含蓄流露。下二句写词人内心之复杂纠结。因两情深笃，良宵太美，不由人不沉醉，但词人又生出莫名愧疚与不安，故有且自享受片刻、任狂名且去之心理。纳兰曾有"德也狂生耳"句，自诩为狂生，但在两情面前，狂生再难狂妄起来。下片五句为恨语，承上片后二句而意思更进。前三句用反问形式出，不解欢会何以如此短暂，侧写情深。"难道多磨更好"是双方各自对对方的勉强抚慰，且带疑惑。但后两句又将乍平之心湖波澜卷起。寒漏在永无停止地滴，荒鸡亦应时而叫，都不以人的意志转移。在年少夫妻这里，寒漏与荒鸡如此无情，专门捣乱，故有"不成"，故有"也"，故有"相催"，懊恼之情难掩。"索性"一句是词人的丧气语，表示一种妥协，接受现实，也更反衬出此前的担心与挣扎。李商隐有"嗟余听鼓应官去，走马兰台类转蓬"之身不由己之语，应非常契合纳兰此时的心情。

鹊桥仙

梦来双倚，醒时独拥，窗外一眉新月①。寻思常自悔分明，无奈却照人清切。　　一宵灯下，连朝镜里，瘦尽十年花骨②。前期总约上元时③，怕难认飘零人物。

■ 注释

① 窗外一眉新月：齐己《湘妃庙》："新月如眉生阔水"。

② 花骨：比喻女子弱骨。史达祖《鹧鸪天》："十年花骨东风泪，几点螺香素壁尘。"

③ 前期：以前的约定。上元：指上元节，农历正月十五。欧阳修《生查子·元夕》：“去年元夜时，花市灯如昼。月上柳梢头，人约黄昏后。 今年元夜时，月与灯依旧。不见去年人，泪湿春衫袖。”

■ 简评

此似为悼亡词。上片前三句写梦醒时情形。梦与醒、双与独成鲜明对比，梦中双拥衬醒来独坐，足见凄凉。而窗外一眉新月似谙离情，偏将此种惆怅照得分明。而以“眉”形容月，亦易使人想起梦中女子之双眉。后两句极写懊悔。常，言悔之频率频繁；自，则强调自责。无奈，言月之不解人苦偏自照射，实则言自身之无奈；清切，明为月照分明，实则言内心之悔之思，清晰真切不容抹去。总体而言，上片言梦中相会，醒来悔恨。下片前三句写女子之憔悴，一宵与连朝相对，灯下与镜里比类，而“十”更与“一”、“连”比较，十年花骨于一宵及连朝间瘦尽，足见瘦之程度大，也反衬憔悴之甚。此似写女子，实则侧写词人思念之苦，形销骨立。末尾两句宕开，诉说前期。诉说以前约定会面总在元宵节，暗示如今不再；而“飘零人物”，更增沧海桑田之感，感觉当日之约定真如前尘往事。而“难认”，更将此种疏离和远隔推向更甚，失落的凄苦自然流露。此词之“前期总约上元时”，令人想起欧阳修《生查子·元夕》，诉恋人遗失之苦；而末句“怕难认飘零人物”，又使人想起苏轼之悼亡词“纵使相逢应不识，尘满面，鬓如霜”（《江城子·乙卯正月二十日夜记梦》），都充满伤感与沧桑。而此词之主题，似亦可从上二词中寻觅蛛丝马迹。

鹊桥仙 *七夕*

乞巧楼空 ①，影娥池冷 ②，说着凄凉无算 ③。丁宁休曝旧罗衣 ④，忆素手、为予缝绽 ⑤。　　莲粉飘红，菱花掩碧，瘦了当初一半。今生钿盒表予心，祝天上人间相见 ⑥。

■ 注释

① 乞巧楼：古时七月七日夜为乞巧所搭的棚架。《荆楚岁时记》载："是夕人家妇女结彩缕，穿七孔针，或以金银石为针，陈几筵酒脯瓜果于庭中以乞巧。有蟢子网于瓜上，则以为符应。"

② 影娥池：池名。《洞冥记》卷三载："（汉武）帝于望鹄台西起俯月台，台下穿池，广千尺，登台以眺月。影入池中，使宫人乘舟弄月影，因名影娥池。"

③ 无算：无数。

④ 丁宁：叮嘱。曝旧罗衣：曝晒旧衣服。古代七夕有曝衣的习俗。《四民月令》载："七月七日，作面合蓝丸及蜀漆丸，曝经书及衣裳。"

⑤ 素手：女子纤细之手。《古诗十九首》有"迢迢牵牛星，皎皎河汉女。纤纤擢素手，札扎弄机杼"句，以素手形容织女之手，此指亡妻之手。缝绽：缝补破绽。

⑥ 今生钿盒表予心，祝天上人间相见：白居易《长恨歌》："唯将旧物表深情，钿合金钗寄将去。钗留一股合一扇，钗擘黄金合分钿。但教心似金钿坚，天上人间会相见。"以此表达李杨二人爱情之坚贞。

■ 简评

　　七夕，古代传说为牛郎织女相见之日，亦是古代女子乞巧之日，秦观《鹊桥仙》（纤云弄巧）即写牛女相会。本词在《古诗十九首》（迢迢河汉女）、白居易《长恨歌》、秦观《鹊桥仙》等诗词传统积淀基础上而别创，借七夕乞巧而言悼亡。七夕乞巧本是一副欢乐场面，如今乞巧棚架下却空无一人；影娥池顾名思义，应是弄舟人影绰绰，如今却不见人影，冷冷清清。两句两转，由景带入。如此铺垫，三句便直抒胸中压抑，说话间生出无限凄凉。接下来二句如絮叨的女子，具说各种凄凉。原来叮嘱着不要曝晒旧时罗衣，而现实是见旧时罗衣而情更伤。由罗衣又忆起亡妻昔日为自己缝补衣裳，又是伤感。下片前两句以景入，仿佛是为逃离伤感情绪。莲粉飘红，菱花掩碧，本应美好灿烂之景，但在词人眼中，却仿佛都比当初清瘦了一半。以己意入彼景，景皆着己之情。收尾两句化用《长恨歌》诗句，一表对亡妻情感之坚，二扣悼亡主题。

添字采桑子

　　闲愁似与斜阳约，红点苍苔①。蛱蝶飞回②。又是梧桐新绿影③，上阶来④。　　天涯望处音尘断⑤，花谢花开⑥。懊恼离怀。空厌钿筐金线缕⑦，合欢鞋⑧。

■ 注释

　　① 苍苔：青色苔藓。

②蛱蝶：蝴蝶的一种。

③又是梧桐新绿影：欧阳修《摸鱼儿》："卷绣帘，梧桐秋院落，一霎雨添新绿。"

④上阶来：刘禹锡《陋室铭》："苔痕上阶绿，草色入帘青。"

⑤天涯望处音尘断：李白《大堤曲》："不见眼中人，天长音信断。"

⑥花谢花开：韩偓《六言三首诗》："半寒半暖正好，花开花谢相思。"此处取相思义。

⑦空厌钿筐金线缕：闲置。钿筐：镶有贝壳等精美物品的针线筐子。金线缕：一作金缕绣。

⑧合欢鞋：一说绣有鸾凤或鸳鸯图案的鞋子，一说两鞋帮上有相同图案的鞋子。

■ 简评

此写闺思。全词以一女子口吻来写。起句独特。开门见山即言愁，且将闲愁这一无形之物与有形之斜阳扯上关系，并以拟人手法言闲愁与斜阳有约，使斜阳着闲愁之色，写情状物微细，且又起到点题作用。接下来两句八字描景。苍苔本为沁人之绿色，以红来点缀，红绿相对，其间又有蝴蝶飞舞，静中有动，妖娆分明，美到极致。随后写新绿的梧桐树影摇曳上阶，景由庭院而移至闺房窗外。此为实景。下片宕开去，写女子望断天涯，音尘断绝，春去春来，心情懊恼。虚写景，实抒怀。花谢花开化自韩偓的"花开花谢相思"，表达相思之久。末两句定格在闺房实景。低头看，针线筐箩里的丝线空置在那儿，无心做女红，合欢鞋绣成却没有人穿，亦紧扣闺思主题，符合人物身份，情理两合。全词犹如一幅颇有景深的画，入画，出画，中间任由情感波涛汹涌，思念泛滥，虚实相交，亦真亦幻，开阖自如。

南乡子 　捣衣

鸳瓦已新霜①，欲寄寒衣转自伤。见说征夫容易瘦②，端相③。梦里回时仔细量④。　　支枕怯空房⑤，且拭清砧就月光⑥。已是深秋兼独夜，凄凉。月到西南更断肠⑦。

■ 注释

①鸳瓦：即鸳鸯瓦，据说一俯一仰上下咬合。

②见说：听说。

③端相：仔细看。

④仔细量：仔细打量，仔细看。

⑤支枕：支起枕头，指立起枕头，用来倚靠，无法入睡。怯：胆怯，害怕。

⑥清砧：指捣衣石。杜甫有"半扉开烛影，欲掩见清砧"（《暝》）句。

⑦断肠：指伤心。

■ 简评

欧阳修的《秋声赋》戳中许多文人的悲秋情结，从宋玉开始，悲秋一贯是文人的当然主题。但是，秋天对于女子，意味着更深的牵挂。本词题为"捣衣"，开首一句即扣主题。不说木叶落，不说秋风悲，词人眼光独到，情感细腻，只说屋檐上的鸳瓦已染新霜。一个"霜"字，表明秋已到来，一个"新"字，表明秋刚到来。次句更进一层，扣在衣上。秋对于独守空房的女子来

17

说，该是担心丈夫衣单受冻的时候了，故秋与捣衣，历来在诗歌里关系密切，李白曾说："长安一片月，万户捣衣声。秋风吹不尽，总是玉关情。何日平胡虏，良人罢远征。"（《子夜吴歌·秋歌》）杜甫也有"寒衣处处催刀尺，白帝城高急暮砧"（《秋兴八首》其一）的诗句。而次句，即是写出了女子欲寄寒衣的复杂心情。欲，表明想寄而没寄；转，道出了矛盾；自伤，又勾起了女子的感伤。而"自"，更透露了女子的孤独。情感起伏跌宕。三四五句由寄寒衣过渡到征夫身上。"见说"，听说，听说征夫容易消瘦，又是一种担心；"梦里回时仔细量"，情到深处之痴语也。下片首句亦刻画深微。女子无法入睡，支起枕头；闺房独自一人，冷清异常，为了逃避冷清，女子起身户外捣衣。捣衣才能缝衣，才能寄寒衣。拭，描画出女子捣衣之动作，亦刻画了她彼时的若有所思。就月光，言月光之明足以照亮黑夜故而可以捣衣，但亦衬托出环境之清冷以及捣衣女子之清冷感受。清砧之清，不在砧，而在月，在女子之感受。接下三句，乃将此种孤独清冷感受直接抒发，并渲染至高潮后结束。"深秋"本易引人感伤，"独夜"只会使感伤加重，"凄凉"是感伤酿制的更苦的酒，而"断肠"则是伤心至绝。情感由檐瓦新霜被唤醒，逐渐酝酿、发酵，至"月到西南"而终爆发，不可收拾，而词又在此无法收拾处戛然而止。"月到西南"只是月亮在天上运行的一小段轨迹，在此期间，人间女子的内心却涌起了如此翻天覆地的波浪。纳兰喜欢《花间词》的"言情入微"，而他之言情能力水准，怕是其后无人能及呀！

荷叶杯

帘卷落花如雪[①]。烟月。谁在小红亭？玉钗敲竹乍闻声[②]。风影略分明[③]。　　化作彩云飞去[④]。何处？不隔枕函边[⑤]。一声将息晓寒天[⑥]。肠断又今年。

■ 注释

①落花如雪：宋之问《寒食还陆浑别业》："洛阳城里花如雪，陆浑山中今始发。"

②玉钗敲竹：王彦泓《即事》："玉钗敲竹立旁皇，孤负楼心几夜凉。"

③风影：陈叔宝《自君之出矣》："思君若风影，来去不曾停。"

④化作彩云飞去：李白《宫中行乐词》："只愁歌舞散，化作彩云飞。"晏几道《临江仙》："当时明月在，曾照彩云归。"

⑤不隔枕函边：不隔，无法隔开。枕函，函式枕头。

⑥一声将息晓寒天：将息，珍重的意思。谢逸《柳梢青》："尊前忍听，一声将息。"晓寒天，又作"晓霜天"。

■ 简评

此词与《荷叶杯》（知己一人谁是）据说写于康熙十七年（1678）。此前一年，与纳兰结婚三载的妻子卢氏去世，纳兰正当二十三岁。纳兰与妻子卢氏关系亲密，视其为知己。从二词所写的伤感、怀念判断，应是与悼亡或思念妻子有关。上片记梦下片写实。梦中景物绝美。在烟月映衬下，春帘卷起，落花如雪，美而纯洁。可惜人未见，只依稀隐约有小红亭，偶尔听到玉钗轻敲翠竹的声音，和低低的歌唱。梦中的风景，月下的竹影，十分清晰。景美声美，却不见人，梦亦惆怅，感伤到家。下片写梦醒后所思所感。即使未见人影，那短暂的温馨的梦，却不曾停留，像是化作彩云一般，飞走了，给人来如春梦去无痕之感，恍惚而不真实。而那种"当时明月在"的刻骨铭心，却留在了枕函边，留在了梦的星空中，一刻也不曾远离。一声"将息"，词人对梦中人道的，无理而痴情。天寒将晓，梦醒后痛断肝肠。"肠断又今年"，又，表明断肠不止一次，此又暗契悼亡。唯有心爱的亡妻，才使他牵肠挂肚，无法抑制住感伤，而常有"肠断"之感啊！不惟写情高妙，实是情感真挚所至。

荷叶杯

　　知己一人谁是？已矣①。赢得误他生。多情终古似无情②，别语悔分明③。　　莫道芳时易度④。朝暮。将息好花天⑤。为伊指点再来缘⑥。疏雨洗遗钿⑦。

■ 注释

　　①已矣：罢了，算了，逝去了。

　　②多情：一作"有情"。杜牧《赠别》："多情却似总无情，惟觉樽前笑不成。"

　　③别语悔分明：一作"莫问醉耶醒"。

　　④莫道芳时易度：一作"未是看来如雾"。莫道，不要说。芳时，开花时节，指春天。

⑤将息：一作"珍重"。

⑥再来缘：来生缘。

⑦钿：女子头上装饰物。白居易《长恨歌》："花钿委地无人收，翠翘金雀玉搔头。"

■ 简评

此词为悼念亡妻，全篇皆恨语。首句以疑问形式抛出，谁是我的知己呢？不知知己为谁，看似荒谬，实则透露出纳兰的憾恨。"已矣"，罢了，算了，短短二字，又道出心灰意冷。"赢得误他生"，杜牧有"十年一觉扬州梦，赢得青楼薄幸名"，而纳兰却赢得了此生的痛憾与他生的悔恨，可谓恨匪浅。恨深即情多，故有"多情终古似无情"之叹。情多易生麻木，故似无情，此恐怕亦是纳兰经验之语。肠一夕而九转，上片结尾又转到当初的分别亦即诀别上，悔恨记忆犹新。下片写自己的处境。花开时节，繁花满天，本应尽情欣赏享受，但对于词人来说，却不易度过，亦即难过，只因美景更亦触动记忆，徒增伤感。朝暮，言此种伤感悔恨，朝朝暮暮，无有停歇。将息好花天，似为对己的故作宽慰之语，但恰倾泻出心情的低落和无以释怀。结尾两句，终又归结到伊即亡妻身上。对于未亡人纳兰而言，今生缘分未了，故寄希望于来生，企望来生缘。敏感的词人，甚至将来生的路，都恨不得指出来，所以有了"疏雨洗遗钿"这样的痴情语。意思是，来生，你一定要在疏雨中，认识自己前生遗留的钗钿啊，你一定要记得来找我啊！这句美到极致，伤心到极致！真个是多情公子空牵念！

落花时 ①

夕阳谁唤下楼梯。一握香荑②。回头忍笑阶前立，总无语③、也相宜④。　　相思直恁无凭据⑤，休说相思。劝伊好向红窗醉，须莫及、落花时⑥。

■ 注释

① 落花时，一作《好花时》，《谱律》不载，应是自度曲。

② 香荑（tí）：这里指初生的香草。荑，植物初生的叶芽。一说指女子的手，如《诗经·硕人》："手如柔荑，肤如凝脂。"柳永《寒孤》："相见了、执柔荑，幽会处、偎香雪。"

③ 总：纵，纵然的意思。

④ 相宜：一作"依依"。

⑤ 相思直恁无凭据：相思，一作"笺书"。直恁，竟然如此。晏几道《鹧鸪天》："相思本是无凭语，莫向花笺费泪行。"

⑥ 劝伊好向红窗醉，须莫及、落花时：唐杜秋娘《金缕衣》："劝君莫惜金缕衣，劝君惜取少年时。花开堪折直须折，莫待无花空折枝。"大意是劝诫人们莫辜负青春时光。此词中纳兰亦有劝女子珍惜青春美好时光之意。

■ 简评

此词写相爱及美好。上片写女子。画面感极强。以夕阳开头，并不写夕阳，而是惊讶谁将夕阳召唤到楼梯前。因为夕阳下，楼梯前，立一女子，手握香草，曼妙而立，回眸望向词人，无语却情多。此刻，夕阳是陪衬，在词人眼里，是可以随意呼来唤去的卑微角色，他的目光被女子吸引，女子就是那时世界的主宰。回头忍笑，传神之语，虽曰忍笑，却笑意洋溢，令人想起蒙娜丽莎的微笑，似有似无，神秘而不可言说。总无语、也相宜，是因为彼时，千言万语都多余，那一刻，"仿佛是无言之美"。如此美妙，大约是因为"情人眼里出西施"，所以下片开头即直言相思。面对此情此景此人，相思竟然显得毫无痕迹，无以言说，因此才会"休说"，是相思至极。结尾两句，足见词人之真爱胸怀。面对如此女子，词人希望她"好向红窗醉"，"莫及无花时"，对美的天然爱护之情毕现。如此情怀，令词顿生一格，非柳永词之狎态可比。而揆之纳兰词之习惯，此词大约是写妻子卢氏。"无语"、"休说"，道尽词人彼时的甜蜜复杂心态，真是"无语而妙"！

浪淘沙

闷自剔残灯①。暗雨空庭②。潇潇已是不堪听③。那更西风偏著意④，做尽秋声⑤。　　城柝已三更⑥。欲睡还醒⑦。薄寒中夜掩银屏⑧。曾染戒香消俗念⑨，怎又多情⑩。

■ 注释

① 闷自剔残灯：闷自，独自愁闷。剔残灯，挑灯花，意谓挑起灯芯，剔去灯芯上残余的灰烬，使灯光更加明亮。残灯，一作"银灯"。

② 暗雨空庭：宋姜夔《八归》："芳莲坠粉，疏桐吹绿，庭院暗雨乍歇。"暗，一作"夜"。宋柳永《尾犯》："夜雨滴空阶，孤馆梦回，

情绪萧索。”

③潇潇已是不堪听：潇潇，骤急的雨声。《诗经·风雨》：“风雨潇潇，鸡鸣胶胶。”不堪，无法忍受。刘禹锡《金陵怀古》：“《后庭花》一曲，幽怨不堪听。”周邦彦：“憔悴江南倦客，不堪听、急管繁弦。”陆游《鹊桥仙》：“故山犹自不堪听，况半世、飘然羁旅。”

④那更：况且又。柳永《祭天神》：“柔肠断，还是黄昏，那更满庭风雨。”偏著，一作“不解”。

⑤做尽，一作“又做”。

⑥城柝：夜里城上巡逻敲的木梆子。王问《赠吴之山》：“城柝声悲夜未央，江云初散秋风凉。”

⑦欲睡还醒：一作“冷湿银瓶”。

⑧薄寒中夜掩银屏：一作“柔情深后不能醒”。

⑨曾染戒香消俗念：一作“若是多情醒不得”。戒香：佛家说戒讲法时所点的香。

⑩怎又多情：怎又，一作“索性”，一作“莫又”。杜牧《赠别》：“多情却似总无情，惟觉樽前笑不成。”纳兰性德《荷叶杯》：“多情终古似无情，别语悔分明。”

■ 简评

词写愁怀。开首一个“闷”字，可见遣闷无由。剔残灯，这一动作多数情况，本应是女子行为，词人如此，可见百无聊赖。灯为残灯，也映射了内心世界。首句定调又紧扣时间，起得无痕。此为室内景。窗外，正下着秋雨。暗，呼应前句之“剔残灯”，亦窥见词人之心境；空，庭院无人，此本为下雨时常见之景，但又折射出词人内心之寂寥。情绪脉络逐渐显影，至第三句而爆发。潇潇，雨声。在内心平静人那里，引起的也许是愉悦之感。可在词人，潇潇雨声成了情绪的触媒，令他终于无法忍受。“不堪听”，三字重千斤。四句“那更”翻进一层，所谓雪上加霜，愁情更浓。"偏著意"，写西风似解人意，有意吹拂，实是与词人作对，怕什么来什么，故有"做尽秋声"之叹。词人之愁，亦至无以复加地步。"那更西风偏著意，做尽秋声"二句，与晏殊"明月不谙离恨苦，斜光到晓穿朱户"（《蝶恋花》）有异曲同工之妙。下片首句镜头更摇出去，"城柝已三更"，虽言时间，至三更仍未眠，但城柝之声，又在浓浓秋意上，加重一笔，词人的心境由此更明了。欲睡还醒，表明词人失眠不安，以及无奈；寒浸银屏，则寒彻入骨了。此二句本多为描写女子之情境，又足见词人缠绵多情之个性。末两句又回到情绪的直抒。为遣愁，词人曾寄托于佛教，可终至告败，此又见愁之坚韧，无处不在，无法逃避。"怎又多情"结得好，照应开头。起初即要却愁去情，但愁、情不仅未去，反而依仗残灯、秋雨、空庭、秋风、秋声、秋寒等意象无孔不入，终将词人俘获。怎又多情，词人的无奈之叹，何尝又不是词人的一贯个性呢？不是多情，又怎能留下如此多情缠绵的数百首词？词人困扰于多情，却成就了多情的词作。

浪淘沙

紫玉拨寒灰^①。心字全非^②。疏帘犹自隔花垂^③。半卷夕阳红雨入^④，燕子来时^⑤。　回首碧云西^⑥。多少心期^⑦。短长亭外短长堤^⑧。百尺游丝千里梦^⑨，无限凄迷^⑩。

■ 注释

① 紫玉拨寒灰：紫玉，这里指紫玉钗。寒灰，熏香燃烧后留下的

雪上加霜，愁情更浓。"偏著意"，写西风似解人意，有意吹拂，实是与词人作对，怕什么来什么，故有"做尽秋声"之叹。词人之愁，亦至无以复加地步。"那更西风偏著意，做尽秋声"二句，与晏殊"明月不谙离恨苦，斜光到晓穿朱户"（《蝶恋花》）有异曲同工之妙。下片首句镜头更摇出去，"城柝已三更"，虽言时间，至三更仍未眠，但城柝之声，又在浓浓秋意上，加重一笔，词人的心境由此更明了。欲睡还醒，表明词人失眠不安，以及无奈；寒浸银屏，则寒彻入骨了。此二句本多为描写女子之情境，又足见词人缠绵多情之个性。末两句又回到情绪的直抒。为遣愁，词人曾寄托于佛教，可终至告败，此又见愁之坚韧，无处不在，无法逃避。"怎又多情"结得好，照应开头。起初即要却愁去情，但愁、情不仅未去，反而依仗残灯、秋雨、空庭、秋风、秋声、秋寒等意象无孔不入，终将词人俘获。怎又多情，词人的无奈之叹，何尝又不是词人的一贯个性呢？不是多情，又怎能留下如此多情缠绵的数百首词？词人困扰于多情，却成就了多情的词作。

浪淘沙

紫玉拨寒灰[①]。心字全非[②]。疏帘犹自隔花垂[③]。半卷夕阳红雨入[④]，燕子来时[⑤]。　回首碧云西[⑥]。多少心期[⑦]。短长亭外短长堤[⑧]。百尺游丝千里梦[⑨]，无限凄迷[⑩]。

■ 注释

① 紫玉拨寒灰：紫玉，这里指紫玉钗。寒灰，熏香燃烧后留下的

灰烬。

②心字全非：心字，心形熏香。纳兰性德《梦江南》："轻风吹到胆瓶梅。心字已成灰。"

③疏帘犹自隔花垂：犹自，一说"犹是"。隔花垂，一作"隔年垂"，一作"隔帘垂"。

④红雨：比喻落花。刘禹锡《百舌吟》："花枝满空迷处所，摇动繁英坠红雨。"

⑤燕子来时：苏轼《蝶恋花》："燕子来时，绿水人家绕。"晏殊《破阵子》："燕子来时新社，梨花落后清明。"王诜《忆故人》："海棠开后，燕子来时，黄昏庭院。"

⑥碧云：江淹《杂体三十首休上人怨别》："日暮碧云合，佳人殊未来。"

⑦心期：白居易《和梦得洛中早春见赠》："何日同宴游，心期二月二。"纳兰性德《浣溪沙》："别后心期和梦杳，年来憔悴与愁并。"

⑧短长亭外短长堤：李白《菩萨蛮》："何处是归程？长亭更短亭。"谭宣子《江城子》："短长亭外短长桥，驻金镳，系兰桡。"

⑨百尺游丝千里梦：李商隐《日日》："几时心绪浑无事，得及游丝百尺长。"李弥《蝶恋花》："百尺游丝当绣户，不系春晖，只系闲愁住。"冯延巳《菩萨蛮》："宝钗横翠凤，千里香屏梦。"岳飞《小重山》："惊回千里梦，已三更。"

⑩凄迷：纳兰性德《相见欢》："落花如梦凄迷，麝烟微，又是夕阳潜下小楼西。"

■ **简评**

词写春日闺思，淡雅蕴藉。本是一个拨香烬的动作，词人用"紫玉"、"寒"、"心字"，唯美生动。感物之细，才能观物之微。三句"疏帘犹自隔花垂"，仍是闺景，但视线拉开距离。这句多本作"隔年垂"，但说不通，"隔花垂"与下句之"半卷"，有内在发展与脉络在。"疏帘犹自隔花垂",照应"紫玉拨寒灰。心字全非"。有慵懒之意。而从室内走向室外,待疏帘半卷时,夕阳与落花便乘虚侵入眼帘,梁间与花中翻飞的燕子亦来到女主人公面前。"燕子来时"坐定了具体季节。下片意境转阔。回头看西天的碧云,勾起许多有关离别的感受。短长亭,五里一短亭,十里一长亭,古代践行送别的场所。"百"、"千",勾勒出心思的绵细与思梦的遥远。结句"凄迷"二字,是女子的情感状态,在美学上也颇具发酵意义。夕阳、落花、凄迷,是纳兰非常喜欢的意象及感觉,比如他的《相见欢》:"落花如梦凄迷,麝烟微,又是夕阳潜下小楼西。"本词画面精美,如"半卷夕阳红雨入",充分运用意象及光与色的烘托来表情达意,情感点到为止,总体给人美的享受。

浪淘沙

红影湿幽窗[①]。瘦尽春光。雨余花外却斜阳[②]。谁见薄衫低髻子[③]?还惹思量[④]。　　莫道不凄凉[⑤]。早近持觞[⑥]。暗思何事断人肠[⑦]。曾是向他春梦里[⑧],瞥遇回廊。

■ 注释

①红影湿幽窗:红影,毛滂《蝶恋花》:"红影斑斑吹锦片,露叶烟梢,寒月娟娟满。"谢懋《风入松》:"笑舞落花红影,醉眠芳草斜阳。"幽窗,汤显祖《牡丹亭·悼殇》:"冷雨幽窗灯不红。"纳兰性德《临江仙》:"幽窗冷雨一灯孤。"

②雨余花外却斜阳:雨余,雨后。温庭筠《菩萨蛮》:"雨后却斜

阳，杏花零落香。"秦观《画堂春》："东风吹柳日初长，雨余芳草斜阳。"

③谁见薄衫低髻子：髻子，发髻。李清照《浣溪沙》："髻子伤春懒更梳，晚风庭院落梅初。"

④还惹思量：还惹，一作"抱膝"，一作"衔指"。苏轼《江城子》："不思量，自难忘。千里孤坟，无处话凄凉。"

⑤莫道不凄凉：李清照《鹧鸪天》："秋已尽，日犹长，仲宣怀远更凄凉。"

⑥持觞：举起酒杯。辛弃疾《蝶恋花》："劝客持觞浑未惯，未歌先觉花枝颤。"

⑦暗思何事断人肠：纳兰性德《浣溪沙》："我是人间惆怅客，知君何事泪纵横。断肠声里忆平生。"《临江仙》："几回肠断处，风动护花铃。"

⑧曾是向他春梦里：向他，一作"他乡"。白居易："来如春梦几多时，去似朝云无觅处。"

■ 简评

词为怀人。开头两句刻画幽妙。阳光透过花儿照在窗棂上，"湿"，凸显雨后空气湿润。"瘦尽春光"的比喻独特无双。这句大约是说词人在春光下憔悴消瘦，但一个"尽"字，将此种状态推至极致。纳兰喜欢唯美纯粹极致，写秋声，是"做尽秋声"（《浪淘沙》），诸如此类，恕不例举。第三句写景亦很有层次感。雨余花外却斜阳，雨后，斜阳透过花儿照射过来，在人与斜阳之间，多了花这层媒介，感物细致入微。"谁见"两句由景转移至人。薄衫低髻的那位女子，正是词人思念的人儿。这位女子到底是谁？从"还惹思量"、"莫道不凄凉"化用苏轼"十年生死两茫茫，不思量，自难忘。千里孤坟，无处话凄凉"来看，他思念的是亡妻。据有的注家以为，此词写于康熙十六年（1677）前后，而此年五月，纳兰年仅二十岁的妻子病逝，词内外互证，此词应作于康熙十六年暮春，妻子卢氏刚过世，是为悼亡。由此，亦不难理解词人的"瘦尽春光"、"还惹思量"、"莫道不凄凉",以及借酒浇愁,莫名肠断。结尾两句,写往日春梦,回廊相见,本来平常,如今阴阳两隔,春梦了无痕,颇生伤感与沧桑。陈廷焯评纳兰词:"一则精丽中有飞舞之象,一则缠绵中得凄婉之神"(《云韶集》二十四),此词恰为缠绵中得凄婉之神。这不止因词人感物审美能力超卓,更因其事可伤,其情可感,故得凄婉之神。

浪淘沙

夜雨做成秋。恰上心头①。教他珍重护风流②。端的为谁添病也?更为谁羞③? 密意未曾休。密愿难酬。珠帘四卷月当楼。暗忆欢期真似梦④,梦也须留。

■ 注释

①夜雨做成秋,恰上心头:李清照《一剪梅》:"此情无计可消除,才下眉头,却上心头。"吴文英《唐多令》:"何处合成愁,离人心上秋。"

②风流:指美好的仪容,动人的风度。

③端的为谁添病也,更为谁羞:端的,真个、到底、究竟。元稹《莺莺传》里崔莺莺说:"不为旁人羞不起,为郎憔悴却羞郎。"添病也,一作"成病也"。更为,一作"却为"。

④真似梦:一作"真是梦"。

■ 简评

词写一段隐秘的相思。全词以抒情为主,前两句写得似文字游戏。开头五字，言明季节、时间，以及天气状况。秋上心头，合成"愁"字，虽似乎是说天气给人造成的影响，实是委婉表达愁情，所谓"何处合成愁，离人心上秋"（吴文英《唐多令》）。李清照在《一剪梅》中说："此情无计可消除，才下眉头，却上心头。"则此二句又暗含了相思之无以排遣。纳兰喜欢花间词，对宋词也熟稔于心，如不了解这种体裁之内的继承，对于理解词意，恐怕终隔一层。第三句语带嗔怒。"教他"，实是指自己。说好了让你珍重自己的！实际情况如何，正好相反。此句以他者眼光与口气反观自己，实含无奈。下两句，为谁添病，为谁羞，与其说是明知故问，不如看作愁多的一种表现，就如纳兰自己说的，"病为愁成"（《浪淘沙·野店近荒城》）。多病又羞恼的心态，不只崔莺莺一人，恋爱中人，大约都有此不得已而易怒频嗔的心态。下片两个"密"字，表明此情之隐秘难舍，又难遂心意。帘幕四卷，指四周之帘幕卷起，望月，难眠，明月无人际正好暗自追忆。结尾"梦也难留"，又将那隐秘相思推远一层。梦如流水，从指间滑过，难以强留，这一情态与李商隐之"此情可待成追忆，只是当时已惘然"，有相似之妙。纳兰喜欢花间词的"言情入微"，实际自己的刻情画愁已然远远超越，即如心头掠过的一抹情丝，他都能敏锐地捕捉，化作入骨三分的描述。世间无纳兰，人们对情感的认知和刻画，得留下多少遗憾！

浪淘沙

野店近荒城①。砧杵无声②。月低霜重莫闲行。过尽征鸿书未寄③，梦又难凭④。　身世等浮萍⑤。病为愁成。寒宵一片枕前冰⑥。料得绮窗孤睡觉⑦，一倍关情⑧。

■ 注释

① 野店：一说"野宿"。

② 砧杵：指捣衣声。

③ 过尽征鸿：冯延巳《鹊踏枝》："过尽征鸿，暮景烟深浅。"赵长卿《临江仙》："过尽征鸿来尽燕，故园消息茫然。"赵闻礼《鱼游春水》："过尽征鸿知几许，不寄萧娘书一纸。"

④ 梦又难凭：毛文锡《更漏子》："人不见，梦难凭。红纱一点灯。"柳如是《诉衷情近》："衔来好梦难凭，碎处轻红成阵。"

⑤ 身世等浮萍：韦庄《与东吴生相遇》："十年身世各如萍，白首相望泪满缨。"文天祥《过零丁洋》："山河破碎风飘絮，身世浮沉雨打萍。"

⑥ 寒宵一片枕前冰：刘商《古意》："风吹昨夜泪，一片枕前冰。"

⑦ 绮窗：指雕刻或绘有精美花纹的窗户。《古诗十九首》："西北有高楼，上与浮云齐。交疏结绮窗，阿阁三重阶。"一作"倚窗"。

⑧ 关情：牵动情怀。

■ 简评

词写羁旅愁思。前三句紧扣秋意，烘托氛围，带出愁情。野店，行役在外；近荒城，强调逆旅孤凄。砧杵，说明已经秋天了，应是千家万户捣衣声，可因地近荒城，听不到一声捣衣声，荒寒到令人脊背发冷。词人的心境可想而知。鸿雁本为传书，李清照"云中谁寄锦书来"，是盼书信，纳兰的过尽征鸿，则是书信未寄。此为一纠结。梦里又难以相见，无有凭据。此又为一纠结。情绪郁结，过片终于爆发。身世如浮萍般，漂泊无根。作为世家公子、康熙御前一等侍卫，此处应指为公事四处奔波。比起普通士人的衣食无着、身世浮沉，纳兰的处境应该算不上是"浮萍",但词人多愁,一丝愁可能在他即会感受到几倍或几十倍的愁,所以,词人说自己是"病为愁成",就如《西厢记》中张生所言"多愁多病的身",是多愁公子的多愁病。纳兰的早逝,与"病为愁成"不能无关。思乡,即易望月,也易对月光有别样感受。在词人眼里,彼时的月光如洒在枕前的一片冰,莹洁,却寒冷无比。此情移至对方,分明感到闺中人孤独无眠,绮窗望月。"一倍关情",是词人更加牵挂,也是闺中人更加牵挂,两地同情,语涉双方,妙极。"病为愁成","寒宵一片枕前冰",是纳兰才有的独特感受,尽管后者化自前人,却有点金之效。

雨中花　送徐艺初归昆山①

天外孤帆云外树②。看又是春随人去③。水驿灯昏④。关城月落,不算凄凉处。　　计程应惜天涯暮。打叠起伤心无数⑤。中坐波涛⑥,眼前冷暖,多少人难语。

■ 注释

①徐艺初:即徐树毅,字艺初,江苏昆山人,纳兰性德老师徐乾学之子,康熙进士。康熙十二年(1673),徐乾学因任顺天乡试副试官时受弹劾,降级回昆山,此大约为徐艺初次年回昆山时纳兰所作。

②天外孤帆云外树:天外孤帆,李白《黄鹤楼送孟浩然之广陵》:"孤帆远影碧空尽,唯见长江天际流。"孟浩然《宿永嘉江寄山阴崔少府国辅》:"相去日千里,孤帆天一涯。"云外树,钱起《再得毕侍御书闻巴中卧病》:"数重云外树,不隔眼中人。"

③看又是、春随人去：吴文英《忆旧游》："送人犹未苦，苦送春随人去天涯。"

④水驿灯昏：姜夔《解连环》："水驿灯昏，又见在曲屏近底。"

⑤打叠起：收拾起。

⑥中坐波涛：李贺《胡子觱篥歌》："心事如波涛，中坐时时惊。"中坐，坐中。

■ 简评

　　词为纳兰送老师徐乾学之子徐艺初回昆山而作。起句格高境阔，可谓以诗为词，再现了别时所见。次句为词语，交代了时为春日。接下三句为想象语。水驿灯昏，关城月落，已是凄凉之境，可词人偏说"不算凄凉处"，可见对于离去的人，内心与处境之凄凉更甚于此，暗含不平。下片前两句写词人的伤别之情。打叠起伤心无数，正反映出离愁与伤心之甚，难以收拾。结尾三句写徐艺初由于父亲降级，颇感受到了冷暖炎凉，内心如波涛般难以平静。"多少人难语"，是当事人心中之苦难以言表，也是纳兰的愤激之词。全词情感蕴藉，点到为止，不似情词缠绵，但结尾三句颇道出了世态炎凉，对于贵胄公子，已属难得。

鹧鸪天

　　别绪如丝睡不成①。那堪孤枕梦边城②。因听紫塞三更雨③，却忆红楼半夜灯④。　　书郑重⑤，恨分明，天将愁味酿多情⑥。起来呵手封题处⑦，偏到鸳鸯两字冰⑧。

■ **注释**

①别绪如丝睡不成：梅尧臣《送仲连》："别绪如乱丝，欲理还不可。"江淹《灯赋》："秋夜如岁，秋情如丝。"

②那堪孤枕梦边城：徐昌图《临江仙》："残灯孤枕梦，轻浪五更风。"真山民《渡江之越宿萧山县》："只身千里客，孤枕一灯秋。"

③紫塞：边塞。李贺《雁门太守行》："角声满天秋色里，塞上燕脂凝夜紫。"纳兰性德《菩萨蛮》："黄云紫塞三千里，女墙西畔啼乌起。"

④却忆红楼半夜灯：韦庄《菩萨蛮》："红楼别夜堪惆怅，香灯半卷流苏帐。"

⑤书郑重：李商隐《无题》："锦长书郑重，眉细恨分明。"

⑥天将愁味酿多情：徐再思《天净沙》："多才惹得多愁，多情便有多忧。"

⑦封题：此指在信封口上签押。白居易《与微之书》："封题之时，不觉欲曙。"曹唐《织女怀牵牛》："封题锦字凝新恨，抛掷金梭织旧愁。"

⑧鸳鸯两字：欧阳修《南歌子》："等闲妨了绣功夫，笑问鸳鸯两字怎生书。"

■ **简评**

词写羁旅相思。别字起头，说明正处于此种状态；别绪如丝，与闺中人分别使词人心乱如丝，故致"睡不成"。此为一层，开头点题，并奠情绪基调。"那堪"更近一层，"孤枕梦边城"，为想象闺中人思念之语。想到闺中人孤枕凄凉，梦中来到边城，心中之痛又深一层。下两句为词人彼时状态。无法入睡，便听到了边塞夜雨淅沥声，愁又生长；脑海中偏偏又想起红楼中闺中人半夜孤灯独坐，愁更深入。上片四句，词人心绪难宁，思绪忽而边地忽而闺中，足见相思之深。下片写起草书信。书信里道珍重，希望对方保重自己。"恨分明"，愁多生恨，情深起恨，一个"恨"字，道尽心中所有复杂情感。结尾两句写在信封上签押。"呵手"、"冰"，边城天气寒冷，"鸳鸯"，则另一种体现相思情绪的载体。"天将愁味酿多情"，似乎是词眼，而将其视为纳兰全部词的成因，亦应不为过。"诗情如夜鹊，三绕未能安"，纳兰之相思如夜鹊，在边城和闺中往返飞翔，令人易产生迷惑，不知上片到底是从词人还是闺中人角度来写。这也从侧面反映出纳兰愁情之深，以致非理性导致了情感和读者理解上的混乱。

青衫湿 悼亡

　　近来无限伤心事，谁与话长更。从教分付[①]，绿窗红泪[②]，早雁初莺[③]。　　当时领略[④]，而今断送，总负多情。忽疑君到[⑤]，漆灯风飐[⑥]，痴数春星[⑦]。

■ **注释**

　　① 从教分付：听凭吩咐，任其安排。

　　② 绿窗红泪：李郢《为妻作生日寄意》："应恨客程归未得，绿窗红泪冷涓涓。"

　　③ 早雁初莺：《南史·萧子显传》："早雁初莺，开花落叶，有来斯应，每不能已。"

　　④ 领略：领悟。

　　⑤ 忽疑君到：卢仝《有所思》："相思一夜梅花发，忽到窗前疑

是君。"

⑥漆灯风飐：漆灯，燃漆木作灯，此应指灯光昏暗；风飐，风吹而使之摇动。

⑦痴数春星：杜甫《夜宴左氏庄》："暗水流花径，春星带草堂。"周邦彦《过秦楼》："谁信无聊为伊，才减江淹，情伤荀倩。但明河影下，还看稀星数点。"

■ 简评

　　词题为"悼亡"，是词人悼念康熙十七年（1678）春去世的妻子卢氏的，所以开门见山。开头两句说许多的伤心事，没有人去听他说，反写出妻子为知己，是他独一无二的听众与陪伴者。接下三句以"从教"领起，见出词人心情的灰冷。词人从教分付的事物为何呢？一是人事，绿窗红泪，词人面对旧景的独自垂泪；一是自然界物事，早春飞翔的大雁和鸣叫着的黄莺。

　　雁为传书之信，莺为报春之鸟。春日来临，情书再难寄，莺啼则妻子再难听到，这是无奈的事；绿窗垂泪不止，这也是无奈之事，故言"从教"，只能听之任了。下片前三句通过今昔对比，写生死分离的伤痛。许多事，当时一起领略，如今却断送，无法继续，辜负词人多情牵念。"昔日戏言身后意，今朝都到眼前来"（元稹《遣悲怀三首》其二），"被酒莫惊春睡重，赌书消得泼茶香，当时只道是寻常"（纳兰性德《浣溪沙》）……昔日的说笑，昔日平常至极的生活细节，如今都不可能再有了，这种强烈的今昔对比，不独纳兰有，也不独纳兰的这首词有，其实是说尽夫妻生离死别的凄凉境况。结尾三句反射出词人复杂的内心活动。思妻深切，情到深处，不免产生幻觉，所以觉得妻子来到身边。而漆灯在风中摇曳不定的情景，在他人则易产生恐怖害怕的感觉，在词人则希望真有鬼魂，能令他与妻子见上一面。结尾"痴数春星"为奇笔。词人从思念的似真似幻、如魔似狂中沉静下来，在暗夜里，痴情地数着天上的星星，一是词人或许以为妻子变作天上的星星，彼时正与他脉脉遥望，一是词人将满腹心事，化作长夜里痴痴的独坐，痴数春星，就是这种痴坐的下意识动作。但无论如何，"痴数春星"，为读者留下了词人独坐的美好画面，词人的形象借此立体而定格在了读者心目中。纳兰多情公子的形象，此词与有以也。

昭君怨

暮雨丝丝吹湿①。倦柳愁荷风急②。瘦骨不禁秋③。总成愁④。　别有心情怎说⑤。未是诉愁时节。谯鼓已三更⑥。梦须成。

■ 注释

① 暮雨：李冶《得阎伯钧书》："情来对镜懒梳头，暮雨萧萧庭树秋。"白居易《闲居春尽》："愁因暮雨留教住，春被残莺唤遣归。"白居易《长相思》："巫山高，巫山低，暮雨潇潇郎不归，空房独守时。"

② 倦柳愁荷：史达祖《秋霁》："望倦柳愁荷，共感秋色。"

③ 瘦骨不禁秋：瘦骨，澹交《病后作》："病肠犹可洗，瘦骨不禁寒。"

④ 总成愁：卫宗武《满江红》："望寒莎衰草，总成愁绪。"

⑤ 别有心情怎说：白居易《长恨歌》："别有幽愁暗恨生，此时无声胜有声。"

⑥ 谯鼓：城门楼上的更鼓。

■ 简评

词写闲愁。开头"暮雨",点明时间、天气状况,时为黄昏,正下着雨。雨又怎样?"丝丝吹湿"。黄昏的雨下得不大,如一丝丝的细线,若有若无,风来了,吹湿了地面与四周景物。丝丝,吹湿,景物柔美有层次。下一句接写天气。柳为倦柳,荷为愁荷,风则吹得很急。荷的出现,进一步定义了时间为夏秋之际。柳本不知倦,荷亦不懂愁,倦、愁,完全是词人心理感受的折射。风急,结合上句之暮雨丝丝,不见得是实际状况,也是词人内心状态的外射。六字写景,则景为人用,完全是写人,王国维所谓的"有我之境"。两句一柔一急,反差鲜明,正反映了外物与词人内心差距之大。后两句直接写情。"病骨"两句,写词人因生病而情绪压抑,经受不住秋雨秋风,最终全部凝结为"愁"绪。"总成愁",是带着某种宿命的无奈。实际上,外界的明媚与凄惨,对于词人而言都不会有根本的改变,任何事物,在词人的心里,都会化作愁闷、愁苦、愁绪。下片前两句表达了词人内心微妙的感受和这种情绪的无法言说。"未是诉愁时节",反语,秋日易引发愁绪,从宋玉到杜甫到欧阳修,等等,文人墨客很少不被秋日的肃杀打败而愁苦的。此处纳兰说不是倾诉愁绪的时节,实际是此愁细腻莫名,如暮雨吹来的雨丝,难以捕捉却又令词人内心起伏罢了。"谯鼓"句,说明枯坐至三更,侧写愁之困惑侵扰,无以摆脱。"梦须成",自我宽慰语,失眠,无法入睡又希望尽早入睡,更有借梦而脱愁的心思,则愁之深之令人无奈,完全烘托出来了。韩慕庐说纳兰"作长短句,跌宕流连以写其所难言",也是指出了纳兰善写难以捕捉的愁绪;顾梁汾认为"容若词,一种凄婉处,令人不忍卒读",陈其年认为纳兰《饮水词》"哀感顽艳,得南唐二主之遗",都是就其词善言愁而言。愁为纳兰的生命底色,故言愁之句在词中尤多见(如"病为愁成","年来憔悴与愁并","天将愁味酿多情"），此词无更多具体信息，只能说是纳兰的一首"别有心情"的闲愁之作了。

天仙子

梦里蘼芜青一剪①。玉郎经岁音书远②。暗钟明月不归来，梁上燕。轻罗扇③。好风又落桃花片④。

■ 注释

①蘼芜：香草名，一称江蓠。《古诗十九首》："上山采蘼芜，下山逢故夫。"薛道衡《昔昔盐》："垂柳覆金堤，蘼芜叶复齐。"赵嘏《昔昔盐》："提筐红叶下，度日采蘼芜。掬翠香盈袖，看花忆故夫。叶齐谁复见，风暖恨偏孤。一被春光累，容颜与昔殊。"孟郊《古薄命妾》："春山有蘼芜，泪叶长不干。"李贺《黄头郎》："沙上蘼芜花，秋风已先发。"

②音书远：一作"音书断"。

③轻罗扇：一作"生罗扇"。

④好风又落：一作"轻风落尽"。又落，一作"吹落"。

■ 简评

这是一首闺思词，有的本子副标题即为"闺思"。单片小令，词意简洁，意脉明了。开首写梦境。梦中梦见青青的蘼芜，一剪，用剪刀剪了一束，也可理解为数量词。蘼芜，又名江蓠，从《古诗十九首》"上山采蘼芜"始，蘼芜就与女子、两性产生密切关系，而有学者认为，自从薛道衡的《昔昔盐》之后，蘼芜又与女子怀人有关。所以词人此处用蘼芜,自然包含了它积淀的内涵。梦里蘼芜是提醒,梦醒后女子感叹情人离去经年,音书日稀。明月为女子当时所见,暗钟为远处钟声,由于未见,由于依稀,故称为"暗"。明月暗钟与情人的归来间本无必然联系,但由于女子失眠,故有期盼,希望有奇迹发生,在夜半钟声想起之际,情人亦踏月色归来。"钟声",令人想起"夜半钟声到客船",明月,令人想起"不知乘月几人归,落月摇情满江树",都暗示了思妇怀人。下面三句写景描物。"梁上燕",令人想起"海燕双栖玳瑁梁",也令人想起"暗牖悬蛛网,空梁落燕泥";"罗扇",令人想起班婕妤《团扇歌》:"新裂齐纨素,皎洁如霜雪。裁为合欢扇,团团似明月。出入君怀袖,动摇发微风。常恐秋节至,凉飙夺炎热。弃捐箧笥中,恩情中道绝。"燕本应双栖,反衬如今思妇独宿;罗扇本为消夏佳品,但逢秋日即被捐弃。以上二物,莫不象征女子无法逃脱的悲凉命运。风吹桃花,落花成阵,缤纷美丽,绚烂之美,夺人心魄。虽然风为好风,落花为"桃花片",但绮丽美艳难掩零落沟渠的凄惨下场。"罗扇"、"梁燕"、"桃花片",三样事物,无不美丽,也不无结局可叹。田茂遇评价纳兰此词"雅隽绝伦"(《清平初选后集》一),陈廷焯更评为"措词遣句,直逼五代人"。二人说出了此词的艺术特色:意象精美,情绪婉转,情感纯粹真挚。以故,初读觉其美,细思似又没有什么,但终是被其意象或某词、某种说法而深深吸引。

浣溪沙

记绾长条欲别离。盈盈自此隔银湾①。便无风雪也摧残。
青雀几时裁锦字②,玉虫连夜剪春幡③。不禁辛苦况相关。

①银湾：指银河。李贺《溪晚凉》："玉烟青湿白如幢，银湾晓转流天东。"高观国《隔浦莲·七夕》："银湾初霁暮雨。鹊赴秋期去。"

②青雀，传书之鸟；锦字，书信。

③春幡：春旗，旧俗于立春日或挂春幡于枝头，或剪缯绢成小幡，连缀簪于发上，以表达迎春之意。牛峤《菩萨蛮》："玉钗风动春幡急，交枝红杏笼烟泣。"欧阳炯《清平乐》："春幡细缕春缯，春闺一点春灯。"

■ 简评

词写相思。《瑶华集》有副题"欲别"，当是拈取首句二字，实则不切题。衡之词意，分明诉男子别后相思，怎能是"欲别"，况前有"记"字？上片三句，用倒叙手法，由过去写到现在，季节亦由春日至冬天。记，表明已分别；欲，诉当日饯别情形。绾长条，折柳送别也。记，反映出分离日久，显影成记忆；而欲，则点染出当日分别之依依不舍、欲罢不能，或许亦是"执手相看泪眼，竟无语凝噎"。"自此"句，写别后之初心，感觉如被银河相隔，盈盈一水间，脉脉不得语，那种身分而情连、心中可望现实却不可即的复杂心态，被词人敏锐地捕捉到了。三句是写创作该词时当下的感受。风雪，外界之应季物候；无、也，内心之巨大寒冷、风暴。借外景使内在感受具象化。下片前两句是诗从对面来，想象之语：青雀啊，你什么时候才能将那人裁好的锦书捎过来呢？她此时，可能正在灯下连夜剪着春幡吧。几时，透露出企盼。春幡，立春之日插缀的小旗。《岁时风土记》："立春之日，士大夫之家，剪裁为小幡，谓之春幡。或悬于家人之头，或缀于花枝之下。"此又透露出立春将至，则二人的分别，将近一年。如戏剧之剧情，别在春日，思亦在立春前，形成一个封闭自足的循环。末句收束得紧。由忆别至想象，心念之间，全在思与牵挂，故曰"辛苦"，故曰"正相关"（况，正也）。本词为小令，相比于长调的领字，词中一些副词的妙用，强化了表情达意的能力，如"记"、"欲"、"自此"、"便"、"也"。此外，动词如"隔"、"裁"、"剪"，看出词人的慧心，也使词颇有画面感和立体感。

菩萨蛮

　　澹花瘦玉轻妆束①。粉融轻汗红绵扑②。妆罢只思眠。江南四月天。　　绿阴帘半揭。此景清幽绝。行度竹林风③。单衫杏子红④。

■ 注释

　　① 澹花瘦玉轻妆束：一作"惜春春去惊新燠"。孙光宪《女冠子》："澹花瘦玉，依约神仙妆束。"澹澹，同"淡淡"。杜甫《行次盐亭县聊题四韵》："云溪花淡淡，春郭水泠泠。"徐铉《寒食日作》："过社纷纷燕，新晴淡淡霞。"瘦玉，《诗经·小雅·白驹》："生刍一束，其人如玉。"《诗经·秦风·小戎》："言念君子，温其如玉。在其板屋，乱我心曲。"谢逸《清平乐》："不觉肌肤瘦玉，但知带解腰围。"

　　② 红绵扑：女子化妆时敷粉用的粉扑。白居易《和梦游春诗一百韵》："朱唇素指匀，粉汗红绵扑。"

　　③ 竹林风：祖咏《宴吴王宅》："砌分池水岸，窗度竹林风。"

　　④ 单衫杏子红：南朝乐府杂曲歌辞《西洲曲》："单衫杏子红，双鬓鸦雏色。"

■ 简评

　　词以闲澹之笔，蕴藉之情，勾画出江南女子的美。张草纫由"江南四月天"推，认为大约"思念沈宛而作"；赵秀亭、冯统一以为词见于《清平初选后集》（康熙十七年刊），当作于康熙十六年（1677）前，时纳兰性德还未去过江南，故疑为题画之作。二说可作一定参考，但既然无法完全掌握纳兰行踪，又无法排除词有重刊乱入之情形，故以此来推断为写沈宛或题画，都略嫌武断，因此暂付阙如。纳兰词与花间词一样，写情之作本来大多无法系年，只要遵循文本细读，来进行鉴赏和分析，也便最大限度接近作者的心理真实了。

　　上片前两句写女子的美与化妆。"花"、"玉"，喻女子的美貌，限以"澹"、"瘦"，发掘出女子的气质。古人有"其人如玉"，"温其如玉"，形容人之美貌与美德。轻妆束，形容化妆之淡。她是淡雅温润的，不同于浓艳肥腻。二句写女子细汗轻出，用红粉扑来补妆。两句两个"轻"字，一"澹"一"瘦"，勾画出女子的闲淡美丽、清雅出尘，那是江南女子特具的美。三句之"妆罢只思眠"，进一步刻画出女子的娇柔无力。"江南四月天"，平淡的描述，在此定义出了具体情境，却具有点睛之效。下片接写景。"绿阴"，"半卷之帘"，"清幽"，"绝"，写出江南特有的绿意与湿幽之境。三句写出风过竹林与人行竹林的凉爽，亦写出女子步态之轻盈，暗应上片之"轻"、"瘦"。结句化用前人成句，再次强调了女子的少女之美。"双鬟鸦雏色，单衫杏子红"，我以为是对少女最美的形容，就如"其人如玉"、"温其如玉"对男子是最美的形容一样。全词巧用意象如花、玉、粉、妆、帘、竹、风、衫，与程度形容词如澹、瘦、轻、半、幽、单，以及色彩形容词如红、绿、清、杏子红等结合，使词如水墨画般美，人在美景中，其美更不必说了。

菩萨蛮

梦回酒醒三通鼓①。断肠啼鹃花飞处②。新恨隔红窗。罗衫泪几行。　　相思何处说③，空有当时月④。月也异当时，团栾照鬓丝⑤。

■ 注释

①梦回酒醒三通鼓：朱淑真《春宵》："梦回酒醒春愁怯，宝鸭烟销香未歇。"彭孙遹《丹凤吟》："正值梦回酒醒，旅中单枕眠乍觉。"杨慎《丹铅总录·琐语》："鼓三百三十搥为一通。"这里指打更的鼓。孙洙《菩萨蛮》："楼头尚有三通鼓，何须抵死催人去。"

②断肠啼鹃花飞处：鹃，鹧鸪，即杜鹃鸟。《汉书·扬雄传》注："鹧鸪一名子规，一名杜鹃，常以立夏鸣，鸣则众芳皆歇。"《后汉书·张衡传》李善注《临海异物志》："鹧鸪，一名杜鹃，至三月鸣，昼夜不止，夏末乃止。"《离骚》曰："恐鹧鸪之先鸣兮，使夫百草为之不芳。"白居易《东南行一百韵寄通州元九侍御等》："残芳悲鹧鸪，暮节感茱萸。"欧阳修《千秋岁》："数声啼鹃，又报芳菲歇。"秋瑾《满江红·鹃》："鹧鸪声哀，恨此际芳菲都歇。"

③相思何处说：韦庄《应天长》："暗相思，无处说，惆怅夜来烟月。"

④空有当时月：晏几道《采桑子》："白莲池上当时月，今夜重圆。"

⑤团栾：任华《寄杜拾遗》："积翠扈游花匼匝，披香寓值月团栾。"

■ 简评

词写悼亡。首见于《清平初选后集》（康熙十七年刊），则最迟应写于康熙十六年。此年五月三十一日，妻卢氏产后病逝，衡之词意，写悼念亡妻无疑。"梦回"，梦醒也。"梦醒酒醒"，无法入睡，故听到更鼓三响，可见心情凄苦。"鶒"，即杜鹃鸟，其声哀苦，犹如啼哭，啼叫可使百草凋零，故有杜鹃啼血的说法。词人听见杜鹃哀鸣，心随之飞于落花处。杜鹃啼血，词人断肠，心情凄苦到极点。新恨，说明恨之多之密，恨复恨，新恨很快沦为旧恨。这些恨凝为泪滴，一行行，打湿了词人的罗衫。上片通过无形的梦与有形的酒、鼓、鹈鶒、花、红窗、罗衫、泪等，刻画词人触物感怀、泪恨交织的丧妻之痛。下片主要通过月的意象，衬托物是人非、感今伤昔之感。空有当时月，说明当时明月之下发生的事刻骨铭心，早已定格在心里，所谓"当时明月在，曾照彩云归"。但"月也异当时"，就连亘古不变的月也不同以往，似乎也在欺人，实则是再难感受到当日二人相处时的"团栾照鬓丝"。青年夫妻，耳鬓厮磨，一旦失去，痛彻肝肠。全词从头至尾直抒这种情绪，把青年词人丧妻之初的伤痛展现出来了。而杜鹃鸟这一物候之鸟的引入，更从词内暗应了妻子卢氏去世的时节。

菩萨蛮

催花未歇花奴鼓①。酒醒已见残红舞②。不忍覆余觞③。临风泪数行。　　粉香看欲别④。空剩当时月⑤。月也异当时。凄清照鬓丝⑥。

■ **注释**

① 催花未歇花奴鼓：催花，事见唐南卓《羯鼓录》载："尝遇二月初，诘旦，（唐玄宗）巾栉方毕，时当宿雨初晴，景色明丽，小殿内庭柳杏将吐，睹而叹曰：'对此景物，岂得不为他判断之乎？'左右相目，将命备酒。独高力士遣取羯鼓，上旋命之，临轩纵击一曲，曲名《春光好》。神思自得，及顾柳杏，皆已发拆，上指而笑谓嫔御曰：'此一事不唤我作天公可乎？'"

② 残红：开残的落花。

③ 覆余觞：喝掉酒杯里残留的剩酒。鲍照《秋夜二首》其一："愿君剪众念，且共覆前觞。"

④ 粉香：落花，一说指女子。欲别：一作"又别"。催花，此处指催花的羯鼓声。花奴，唐汝南王李琎的小字。李琎擅长击羯鼓，《羯鼓录》载："上性俊迈酷不好琴。曾听弹琴，正弄未及毕，叱琴者出曰：'待诏出去。'谓内官曰：'速召花奴，将羯鼓来，为我解秽！'"

⑤ 空剩当时月：晏几道《临江仙》："当时明月在，曾照彩云归。"

⑥ 凄清：凄凉冷清。

■ **简评**

词写别情。首句催花，化用唐玄宗奏羯鼓催花开的故事，以及唐汝南王李琎善弹羯鼓的逸事，表示花还未开。次句骤转，"已"字，表示事情已发生。什么样的事情？不仅花已开，而且落花已经开始飞舞。从催花到花落，其间只隔了一顿酒，好像是瞬间发生的事情，不免使人产生虚幻感，自然就会感伤。不忍，不是仅仅不忍尽杯中残酒，而是如下片首句所言，不忍"粉香看欲别"。花落，如人别，产生的怜惜之情和惜别之意，怎能不令多情的词人"临风泪数行"呢？而粉香，岂又仅指落花？似也应暗喻着某人，则惜花中又含了惜人。"空剩当时月"，化用晏几道《临江仙》之"当时明月在，曾照彩云归"。晏词如下："梦后楼台高锁，酒醒帘幕低垂。去年春恨却来时。落花人独立，微雨燕双飞。　记得小苹初见，两重心字罗衣。琵琶弦上说相思。当时明月在，曾照彩云归。"是说宴会、歌舞散去，心中爱恋的人儿亦离去的惆怅。则纳兰的心思，与此相差无几。末两句通过月的异于当时，进一步表述春花与美人美景变得杳茫而不可及，虚幻感和虚空感进一步袭来，故产生凄清之感。此词与上一首词韵脚多处相似，且一句相同，似可视为姊妹篇。如果说上篇是悼亡，此篇则是惜别，从情感的强烈程度来看，则分离的人儿不似亡妻，大约多是歌场女子。

菩萨蛮　早春

晓寒瘦著西南月①。丁丁漏箭余香咽②。春已十分宜③。东风无是非④。　蜀魂羞顾影⑤。玉照斜红冷⑥。谁唱《后庭花》⑦。新年忆旧家。

■ 注释

① 晓寒瘦著西南月：欧阳修《采桑子》："残霞夕照西湖好，花坞蘋汀，十顷波平，野岸无人舟自横。　西南月上浮云散，轩槛凉生。莲芰香清，水面风来酒面醒。"

② 丁丁漏箭余香咽：丁丁，滴漏中的水落下的滴答声。吴融《个人三十韵》："花残春寂寂，月落漏丁丁。"方干《陪李郎中夜宴》："间世星郎夜宴时，丁丁寒漏滴声稀。"

③ 春已十分宜：郭应祥《菩萨蛮》："春宜留取住，人却推将去。"

④ 东风无是非：东风，陆游《钗头凤》："东风恶，欢情薄。一怀

愁绪，几年离索，错！错！错！”以东风暗指姑恶。唐英："是非不入
东风耳，花开花落只读书。"

⑤蜀魂羞顾影：蜀魂，《华阳国志·蜀志》记载："后有王曰杜宇，
教民农务，一号杜主。七国称王，号曰'望帝'……会有水灾，其相
开明决玉垒山以除水害，帝遂委以政事，法尧舜禅授之义，遂禅位于开
明，帝升西山隐焉。时适二月子鹃鸟鸣，故蜀人悲子鹃鸟鸣也。"传说
望帝死后精魂化为杜鹃，后人也以蜀魂来称杜鹃。李商隐《燕台四首》
之二："蜀魂寂寞有伴未，几夜瘴花开木棉。"顾影：顾影自怜。杜甫
《杜鹃行》："尔岂摧残始发愤，羞带羽翮伤形愚。"

⑥玉照斜红冷：玉照，张镃有堂名曰玉照，在堂的四周种梅，有
《玉照堂梅品》和《玉照堂词》一卷。其《满江红》曰："玉照梅开、
三百树、香云同色。"

⑦谁唱《后庭花》：《后庭花》，南朝陈后主作的一首《玉树后庭
花》："丽宇芳林对高阁，新妆艳质本倾城。映户凝娇乍不进，出帷含
态笑相迎。妖姬脸似花含露，玉树流光照后庭。花开花落不长久，落红
遍地归寂中。"陈后主因宠信贵妃张丽华而亡国，此诗也被视作是亡国
之音。杜牧《泊秦淮》："商女不知亡国恨，隔江犹唱《后庭花》。"

■ 简评

　　词写早春。起句可见词人慧心独具。晓寒，拂晓的寒。拂
晓的寒冷使西南方的月亮都变瘦了。月竟能被寒瘦，视野独特，
比喻新奇。下句"丁丁"，明滴漏声也；余香咽，香炉内的香即
将燃尽，如人在哽咽。余香咽，感物亦极独特。此写早春夜尽之
情形。下两句写春日风景与各物皆宜，东风和煦，没有乍暖还
寒，也没有冷冻难忍。这样的体感温度，只能是江南的早春，而
非北方之寒春。下阕意象更显春之地域性。蜀魂，杜鹃鸟也。杜
鹃鸟掠过春的水面，似多情之少女，羞于徘徊水边顾影自怜。玉
照，玉照堂。玉照堂边斜斜的梅花冷艳开放。末两句，是谁在唱

着《后庭花》？新年到来之际，很怀念旧时的家。有学者认为此词选入纳兰词中甚为可疑，"置胜明遗老集中，恐不能辨识"（赵秀亭、冯统一《饮水词笺校》，中华书局2015年版，第236页），这大约是因为"谁唱《后庭花》"一句。其实，本词是写江南的早春。这从词中的意象与典故可以推知。西南月，欧阳修《采桑子》写西湖美景时，即有"西南月上浮云散，轩槛凉生"，只不过欧阳修写的是西湖夏日之西南月。再说蜀魂，源于蜀地的典故；玉照，即玉照堂，即是指南宋人张镃的玉照堂。张镃为张俊曾孙，贵公子，他曾居南宋都城临安（即今杭州），所以玉照堂亦是暗指杭州。而《玉树后庭花》涉及的人事亦在南京，即江南一带。所以，此为写江南早春无疑。

考纳兰行迹，一生中只有在三十岁时，侍从康熙到过江南，时间约为康熙二十三年（1684）的九月二十八至十一月二十九之间，显然与词中所示节令不符。但江南之行无疑在纳兰心中留下了极深刻的印象，他曾作《忆江南》词两首，与《梦江南》词十三首，写江南美景、风物古迹及对江南的眷恋。其中"江南好，城阙尚嵯峨。故物陵前惟石马，遗踪陌上有铜驼。《玉树》夜深歌"，也提到《玉树后庭花》。大约在纳兰这里，《玉树后庭花》是江南的象征，故在此词中，几处与江南有关的典故之中，亦有《玉树后庭花》。后人一提到《玉树后庭花》就会想到亡国之音，这本身没错，但也大约有些主题的单一先行。也就是说，《玉树后庭花》除此含义之外，还要结合具体语境去了解、解读它。其实在纳兰的语境中，《玉树后庭花》更多的是与江南风物紧密融合在一起了，成为江南风物的标志。如此理解，就不会怀疑本词是胜明遗老之词乱入纳兰词中了。

也许是出于对江南的痴迷与向往，纳兰才在好友顾贞观的帮助下结识江南女子沈宛，并与之一起短暂生活过。后来迫于家族的压力，纳兰被迫与沈宛分开，但没过多久便病逝。沈宛有

《朝玉阶·秋月有感》:"惆怅期期秋暮天,萧条离别后,已经年。乌丝旧咏细生怜。梦魂飞故国、不能前。　　无穷幽怨类啼鹃。总教多血泪,亦徒然。枝分连理绝姻缘。独窥天上月、几回圆。"对比沈宛此词与纳兰的这首,其间似乎有更多丝丝缕缕的隐含的情感经历,则纳兰之引用蜀魂的典故,是否也是被沈宛"梦魂飞故国、不能前"有意借用呢?而沈宛词末句之"独窥天上月、几回圆",显然在隐括纳兰词之"辛苦最怜天上月",此句出自纳兰的《蝶恋花》:"辛苦最怜天上月,一夕如环,夕夕都成玦。若似月轮终皎洁,不辞冰雪为卿热。　　无那尘缘容易绝,燕子依然,软踏帘钩说。唱罢秋坟愁未歇,春丛认取双栖蝶。"如果结合沈宛与纳兰的情感经历及纠葛,则大约明白沈宛此词亦为悼纳兰了。词人说天上月是最辛苦的,一个轮回中,只有一天是团圆的,其他时间都是不圆满的,有缺憾的。月的"一夕如环,夕夕都成玦",月本身并不觉得辛苦,但望月之人结合身世之感,却读出了那份无奈和凄凉、伤感。以相比纳兰之悼亡,则沈宛对纳兰的情感,又何尝不是如此呢?相聚是短暂的,分离则是长久的。而从沈宛词中尤其提到的这一首来看,则当初此词很可能说的就是他与沈宛的情感,以及被迫分手后祈望双方矢志不渝的心态。下片前三句感叹尘缘易绝,透出无奈。唱罢秋坟愁未歇,表明自己的愁怀难以平歇;认取双双蝶,则在羡慕蝴蝶的双栖双宿,反衬出自己因相思而形单影只。沈宛的这首《朝玉阶》只能是写于纳兰逝后,因此,词中隐含了不少纳兰词中的情事,那大约是与沈宛自己有关的吧。

菩萨蛮

问君何事轻离别^①。一年能几团栾月^②。杨柳乍如丝^③。故园春尽时。 春归归不得。两桨松花隔^④。旧事逐寒潮^⑤。啼鹃恨未消^⑥。

■ 注释

①问君何事轻离别：问君，一作"人生"。何事，因为什么事，为何。

②一年能几团栾月：能几，一作"几度"。团栾月，一作"团圆月"。龚鼎孳《蝶恋花》："天欲为人须为彻，一生乞做团栾月。"

③杨柳乍如丝：温庭筠《菩萨蛮》："杨柳又如丝，驿桥春雨时。"

④两桨松花隔：松花隔，一作"空滩黑"。松花，指松花江。《西洲曲》："西洲在何处？两桨桥头渡。"

⑤旧事逐寒潮：一作"急雨下寒潮"。

⑥啼鹃恨未消：一作"精灵恨未消"。

■ 简评

词写春日思乡。开头两句用反问的句式，道出轻离别带来的懊悔，用一年无几次团圆月，反映出渴望团圆的心态。接下一句是写景，杨柳抽枝发芽，柳树又如丝了，这是词人所处之地。下句则由眼前之春景想到故乡春天已经过去，牵挂之态、遗憾之情顿现。过片意不断。下片首句说春已去，人却仍然滞留他乡，无法归去，情感浓度加大。"两桨"句明确点明自己所居之地。

《西洲曲》有"西洲在何处？两桨桥头渡"，是说西洲所在的地方，从桥头渡划两桨就过去了。此句亦是，自己住在什么地方？离松花江有两桨的路程，即离松花江很近。因此，本词大约是词人于康熙二十一年（1682）三月扈从康熙巡视东北、祭祀长白山时所作。末两句仍诉思乡情。旧事（即轻离别所带来的懊悔）随着寒潮逐渐淡化，但新的思乡之愁却随杜鹃"不如归去"的哀啼无法消去、日甚一日。"问君何事轻离别"一句，道出了离人普遍的懊悔，易产生强大共鸣。前人则更青睐"杨柳乍如丝，故园春尽时"，陈廷焯认为"亦凄婉，亦闲丽，颇似飞卿语"（《白雨斋词话》），吴梅以为"凄婉闲丽，较'驿桥春雨'更进一层"（《词学通论》），所谓见仁见智。

菩萨蛮

萧萧几叶风兼雨①。离人偏识长更苦②。欹枕数秋天③。蟾蜍早下弦④。　　夜寒惊被薄。泪与灯花落⑤。无处不伤心。轻尘在玉琴⑥。

■ 注释

① 萧萧几叶风兼雨：萧萧，杜甫《登高》："无边落木萧萧下，不尽长江滚滚来。"风兼雨，李煜《乌夜啼》："昨夜风兼雨，帘帏飒飒秋声。"

② 离人偏识长更苦：长更苦，一作"愁滋味"。温庭筠《更漏子》："梧桐树，三更雨，不道离情正苦。一叶叶，一声声，空阶滴到明。"

③ 欹枕数秋天：欹枕，斜倚着枕头。权德舆《送张周二秀才谒宣州薛侍郎》："上帆涵浦岸，欹枕傲晴天。"冯延巳《菩萨蛮》："欹枕不

成眠，关山人未还。"

④ 蟾蜍早下弦：蟾蜍，即蛤蟆，俗称癞蛤蟆。《淮南子·精神》："日中有踆乌，而月中有蟾蜍。"故古人常以蟾蜍指代月。

⑤ 泪与灯花落：花仲胤妻《伊川令寄外》："教奴独自守空房，泪珠与灯花共落。"

⑥ 轻尘在玉琴：一作"风吹壁上琴"。白居易《古意》："玉琴声悄悄，鸾镜尘幂幂。"温庭筠《题李处士幽居》："水玉簪头白角巾，瑶琴寂历拂轻尘。"晁补之《调笑》："玉琴尘暗薰炉歇，望尽床头秋月。"

■ 简评

词写相思。开头点明季节与天气。萧萧几叶，说明秋日，已有落叶。风兼雨，又是风又是雨。风雨的秋日，凄寒的基调奠定。而风兼雨，也就是"霎儿雨，霎儿风"（李清照《行香子》）。难道就是实际的风雨吗？很可能是洒在心上的风雨，或者说心中一会儿风又一会儿雨，风雨不定，起伏不已。首句写景，含蓄写情；次句直接抒意，明言离人长夜凄苦无眠。接下两句具写如何"偏识长更苦"：攲枕、数，无眠也；下弦，下弦月，也指月快落下。下片景物回到室内。惊，指温度骤落，突感寒意，亦是惊心别期之长，故流泪。泪与灯花落，相似事物间的共情与呼应，更加剧了此种情感的强度，故灯花落，泪更落。感物独特。接下一句用"无"、"不"两个否定，极言愁之无处不在、无法摆脱。末句意象定格在"玉琴"上。玉琴染尘，可见主人公因相思而久不弹琴，心中的伤感与凄凉借玉琴凸显且定格。下片四句体物而精，言情而妙，王国维评纳兰词的"北宋以来，一人而已"，应不限于一句，在纳兰词中是普遍存在的一种能力与才华。

菩萨蛮

为春憔悴留春住^①。那禁半霎催归雨^②。深巷卖樱桃^③。雨余红更娇。　　黄昏清泪阁^④，忍便花漂泊^⑤。消得一声莺^⑥，东风三月情^⑦。

■ 注释

① 为春憔悴留春住：为春憔悴，赵长卿《临江仙》："一春憔悴有谁怜。"李清照《玉楼春》："道人憔悴春窗底，闷损阑干愁不倚。"留春住，欧阳修《蝶恋花》："雨横风狂三月暮，门掩黄昏，无计留春住。"

② 那禁半霎催归雨：半霎，比一霎还短的时间，形容极短的时间。李行道《灰阑记》第三折："头上雪何曾住半霎。"冯梦龙《桂枝儿·泣别》："可怜半霎儿相见也，好似五更时梦儿里。"

③ 深巷卖樱桃：陆游《临安春雨初霁》："小楼一夜听春雨，深巷明朝卖杏花。"李煜《临江仙》："樱桃落尽春归去，蝶翻金粉双飞。"

④ 黄昏清泪阁：阁，阻拦、遏制。周紫芝《踏莎行》："情似游丝，人如飞絮，泪珠阁定空相觑。"

⑤ 忍便花漂泊：忍便，任由。

⑥ 消得一声莺：消得，禁得起。陈师道《临江仙》："只缘些子意，消得百般夸。"陈著《浪淘沙》："回首楝华中，消得春浓。"

⑦ 东风三月情：朱淑真《问春》："东风负我春三月，我负东风三月情。"

■ 简评

词写春愁。开头一句点题。憔悴不为谁，是因为春天。担心春尽，故想将春留住，惜春之情颇苦。由于惜春，故即使是半霎的春雨，也几乎无法忍受，因为怕雨后春去的脚步更快。接下两句色彩明丽。雨后的深巷，有人在叫卖樱桃。樱桃鲜嫩欲滴，雨后的花也更加鲜红亮丽。这是春的可喜迷人。下片前两句重拾惜春之情。黄昏时分，忍住要流的清泪，任由落花飘零。这句与欧阳修的"泪眼问花花不语，乱红飞过秋千去"（《蝶恋花》），有异曲同工之妙，惜春之情亦达至高潮。末两句自作宽慰之语。全词意境，竟似与欧阳修《蝶恋花·暮春》有许多内在联系。无论惜春与悲秋，大约都是文人喜欢的主题吧。

菩萨蛮

　　阑风伏雨催寒食①。樱桃一夜花狼藉。刚与病相宜②。琐窗薰绣衣③。　　画眉烦女伴。央及流莺唤。半晌试开奁，娇多直自嫌④。

■ 注释

　　① 阑风伏雨催寒食：杜甫《秋雨叹》："阑风伏雨秋纷纷。"赵子栎注解为："阑珊之风，沉伏之雨，言其风雨之不已也。"比喻忽风忽雨，不时有风雨的意思。寒食，冬至日后一百零五天，一般在清明节前一两日。《荆楚岁时记》载："去冬节一百五日，即有疾风甚雨，谓之寒食。"

　　② 刚与病相宜：刚，偏。

　　③ 琐窗薰绣衣：琐窗，雕刻有花纹的精美的窗子，暗示居处之精美讲究。薰绣衣，指将衣服覆在薰笼之上薰香。王次回《病春》："樱桃花尽雨霏霏，慢炷沉香熨夹衣。"

④娇多直自嫌：直，即使。

■ 简评

　　词写春闺闲愁。首句言明节令及天气状况。"阑风伏雨"，明写风雨无时，暗写女子内心情绪起伏多变。次句接上句天气顺写下来。一夜风雨，地上落了许多樱桃花瓣，一片狼藉。而这狼藉竟与病中女子的身体状况非常一致，故有"刚与病相宜"。下句写闺中生活之精细美好，琐窗下，绣衣正在熏香。下片首句写女子梳妆打扮。画眉，不是自己画，而是身边侍女帮着画，女子富家小姐的身份实际由上片末句已然明了。但是，由于心情烦躁，故觉着彼时帮她画眉的女伴特别扰人。说起画眉，东汉有张敞为妇画眉的故事，彼时的女子该不是想起这一典故而更增孤独之感，因而迁怒于女伴吧？"央及流莺唤"，说明女子不愿与人打交道，反而央求流莺，希望听到它的鸣叫，可谓娇宠而无理。结尾两句，半晌，说明时间之流逝，又暗指女子之无聊，无所事事，故试着打开妆奁，开始化妆。末句"娇多直自嫌"，有点睛之效。则女子之娇，之骄，之任性而难以侍候，静下心来，连她自己都嫌弃自己。女子为何"娇多直自嫌"？大约也能猜到，一为伤春，二为怀人，则其主题与王昌龄的"闺中少妇不知愁，春日凝妆上翠楼。忽见陌头杨柳色，悔教夫婿觅封侯"（《闺怨》），异代而同。

少年游

　　算来好景只如斯①。惟许有情知②。寻常风月③，等闲谈笑，称意即相宜^④。　　　十年青鸟音尘断^⑤，往事不胜思。一钩残照，半帘飞絮^⑥，总是恼人时。

■ 注释

① 算来好景只如斯：如斯，像这样。

② 惟许有情知：惟许，只许，只允许。

③ 寻常风月：寻常，平常。

④ 称意即相宜：称意，称心如意，合乎心意。

⑤ 十年青鸟音尘断：青鸟，班固《汉武故事》载："七月七日，上于承华殿斋。日正中，忽见有青鸟从西来。上问东方朔。朔对曰：'西王母暮必降尊像。'……有顷，王母至，乘紫车，玉女夹驭，载七胜，青气如云，有二青鸟如鸾，夹侍王母旁。"后来多用青鸟比喻传递书信的使者、信使。李商隐《无题》："蓬山此去无多路，青鸟殷勤为探看。"顾敻《浣溪沙》："青鸟不来传锦字，瑶姬何处锁兰房？忍教魂梦两茫茫。"

⑥ 半帘飞絮：周邦彦《瑞龙吟》："断肠院落，一帘飞絮。"

■ 简评

词写相思。上片首句以感叹形式，说出当时美好景物在人心底引起的振动。次句更进一步，说出美好景物只在有情的两人中产生深刻印象，实则是彼时的景与情，在当事者心中，产生叹为观止的感觉。本词上片忆旧下片写今，此二句中包含的情感与赞叹，是经历了十年时间过滤，故更显珍贵。上片后三句写彼时二人有说有笑的情景。"寻常"，"等闲"，说明二人彼时所言说的与他人并无二致，但末句"称意即相宜"却道出了其中奥秘：由于二人称心如意，故即使平平常常的相处，也是极致的。这又暗含了十年相思的苦衷，才显影出来的生命体验。下片开首即言"十年"，又说青鸟断了音书，说明此情已逝十年，可谓久矣。"往事不胜思"，是说往日情感让今人不堪回首。"不胜思"，不堪思也。结尾三句用"一钩残照"、"半帘飞絮",衬托与反射如今词人的心情,正像如血的残阳、飘落在帘上的飞絮一样,没落无依,同时又令人烦恼不已,所谓"总是恼人时"。总是,说明恼人的心情不是一次,而是每次,也就是说,十年来每年都如此,侧写词人对这份消逝情感的留恋。深于情者,所言所想无不动人。

临江仙

昨夜个人曾有约①。严城玉漏三更②。一钩新月几疏星③。夜阑犹未寝④,人静鼠窥灯⑤。 原是瞿唐风间阻⑥,错教人恨无情⑦。小阑干外寂无声⑧。几回肠断处,风动护花铃⑨。

■ 注释

①昨夜个人曾有约:个人,有个人。曾有约,曾约会相见。

②严城玉漏三更:严城,戒备森严的城,此指夜里宵禁后的城。玉漏,玉壶滴漏的声音。三更,周邦彦《少年游》:"低声问、向谁行宿,城上已三更。"

③一钩新月几疏星:《千秋岁·咏夏景》:"人散后,一钩新月天如水。"

④夜阑犹未寝:夜阑,夜深了,夜将尽。杜甫《羌村》之一:"夜阑更秉烛,相对如梦寐。"陆游《十一月四日风雨大作》:"夜阑卧听风吹雨,铁马冰河入梦来。"

⑤人静鼠窥灯:秦观《如梦令》:"梦破鼠窥灯,霜送晓寒侵被。"

⑥原是瞿唐风间阻:瞿唐,即瞿塘峡,在今重庆巫山县,是著名

的长江三峡之首，形势险要。

⑦错教人恨无情：王建《宫词》："自是桃花贪结子，错教人恨五更风。"

⑧小阑干外寂无声：秦观《眼儿媚》："楼上黄昏杏花寒，斜月小阑干。"

⑨风动护花铃：护花铃，王仁裕《开元天宝遗事·花上金玲》："天宝初，宁王日侍，好声乐。风流蕴藉，诸王弗如也。至春时，于后园中纫红丝为绳，密缀金玲，系于花梢之上，每有鸟鹊集，则令园吏掣铃索以惊之，盖惜花之故也。诸宫皆效之。"纳兰性德《太常引》："晚来风起憾花铃，人在碧山亭。"

■ 简评

词写一次约会未成的憾恨。开头直写事头——昨夜有人约。接着写严城阻隔，三更未眠，望见一弯新月，几颗疏落的星星。更明言"夜阑犹未寝"，心中惆怅，难以入眠。"人静鼠窥灯"，写出了夜静老鼠出来活动而被未眠的人儿瞧见的情形。下片首句言二人未能约会成功是因为有如瞿塘峡一样阻隔之物事存在，暗自呼应上片之"夜阑犹未寝，人静鼠窥灯"，点出失眠原因。"错教人恨无情"，虽然怅恨，但自我宽解，是由于人事阻隔，并非那个人儿无情，因此恨无情是错的。"小阑干"，楼外栏杆，此刻词人正户外长立。"寂无声"，外界寂静无声，但内心情潮汹涌。寂更衬托出不寂。断肠又言"几处"，可见断肠之甚，心中怅恨之难以抚平。结句"风动护花铃"，是说风吹动了护花的铃儿响动，又是词人情感落寞无着的寄托处，或者是见证处。风动护花铃，正好比"泪眼问花花不语，乱红飞过秋千去"，是一样的愁情难遣，一样的无奈而不知所措。纳兰此词大胆写出约会不成内心的不甘与憾恨，由于情真故感物方式亦独特，读者大都能从中体会到词人寄寓其中的情感。

临江仙

　　点滴芭蕉心欲碎^①，声声催忆当初^②。欲眠还展旧时书^③。鸳鸯小字^④，犹记手生疏。　　倦眼乍低缃帙乱^⑤，重看一半模糊。幽窗冷雨一灯孤^⑥。料应情尽^⑦，还道有情无^⑧？

■ 注释

　　①点滴芭蕉心欲碎：杜牧《芭蕉》："芭蕉为雨移，故向窗前种。怜渠点滴声，留得归乡梦。"李清照《添字丑奴儿》："窗前谁种芭蕉树，阴满中庭。阴满中庭。叶叶心心，舒卷有余情。伤心枕上三更雨，点滴霖霪。点滴霖霪。愁损北人，不惯起来听。"

　　②声声催忆当初：温庭筠《更漏子》："一叶叶，一声声，空阶滴到明。"

　　③欲眠还展旧时书：蔡伸《生查子》："看尽旧时书，洒尽今生泪。"

　　④鸳鸯小字，犹记手生疏：欧阳修《南歌子》："等闲妨了绣功夫，笑问鸳鸯两字怎生书。"王次回《湘灵》："戏仿曹娥把笔初，描花手法未生疏。沉吟欲作鸳鸯字，羞被郎窥不肯书。"

　　⑤倦眼乍低缃帙乱：倦眼，元稹《遣悲怀三首》其三："惟将终夜长开眼，报答平生未展眉。"缃帙，孙枝蔚："呼童急收书，已愁缃帙乱。"

　　⑥幽窗冷雨一灯孤：汤显祖《牡丹亭·悼觞》："冷雨幽窗灯不红。"

　　⑦料应情尽：柳永《木兰花》："往往曲终情未尽。"仲殊《蝶恋花》："酒有尽时情不尽。"陈师道《减字木兰花》："十载相看情不尽。"

⑧还道有情无：刘禹锡《竹枝词二首》其一："东边日出西边雨，道是无情却有情。"

■ **简评**

词写悼亡。起句用雨滴在巨大芭蕉叶上滴答作响，衬托词人的"心欲碎"。次句接承上句雨打芭蕉的声音，再叙感受：雨滴在芭蕉上的声音，一声声都是在催促着词人回忆起当初二人在一起的情形。无法入眠，展书欲看，可书都带着旧时的记忆。看到"鸳鸯"二字，还记得她当初写这二字时的生疏模样。上片通过眼前景，勾起无数往日事，旧时记忆充满每个角落，无法摆脱掉。下片写自己的生活状态。"倦眼"，因思念亡妻长期无法入睡，而产生眼睛疲倦之感，正如元稹所言的"终夜长开眼"。倦眼强自观书，但缃帙却已乱，外物违拗。"缃帙乱"，反衬出心里乱。下句"重看一半模糊"，呼应上句"倦眼"。一半模糊，一为倦眼所致，一为流泪太过而致视力下降。"重看"，又多了物是人非之感，更增忆旧之情。接下一句，写词人托身居处之状态。七字三意象："窗"，"雨"，"灯"。但三个意象都被冠以凄冷的形容词：窗为幽窗，雨为冷雨，灯为孤灯。然而窗未必幽，雨未必冷，灯更未必孤，则幽窗、冷雨、孤灯皆为词人彼时之心理感受，足见其内心凄苦到无以复加的地步。情到极致，便自产生疑惑，故结尾两句，用"料"字，猜测自己为亡妻已用尽了情。而"还道"，又以反诘口吻，暗自疑惑，则上句之"料应情尽"，是为妻情尽；下句之"还道有情无"，则为以后可能产生的情下断语：此情已尽，还会说我有情吗？多情词人，故其词感人。

眼儿媚

独倚春寒掩夕扉①。清露泣铢衣②。玉箫吹梦③，金钗画影④，悔不同携⑤。　　刻残红烛曾相待。旧事总依稀⑥。料应遗恨⑦，月中教去⑧，花底催归⑨。

■ 注释

①独倚春寒掩夕扉：独倚，一作"依约"，温庭筠《望江南》："梳洗罢，独倚望江楼，过尽千帆皆不是，斜晖脉脉水悠悠。肠断白蘋洲。"掩，一作"敛"；扉，一作"霏"。此句，一作"春寒独倚竹间扉"。掩夕扉，韦应物《社日寄崔都水及诸弟群属》："春风动高柳，芳园掩夕扉。"

②清露泣铢衣：清露泣，一作"露上五"。铢衣，形容重量极轻的衣服。铢，古代重量单位，二十四铢相当于旧制一两。贾至《赠薛瑶英》："舞怯铢衣重，笑疑桃脸开。"

③玉箫吹梦：玉箫，《列仙传》载："萧史善吹箫，作凤鸣。秦穆公以女弄玉妻之，作凤楼，教弄玉吹箫，感凤来集，弄玉乘凤、萧史乘龙，夫妇同仙去。"吹梦，李白《江夏赠韦南陵冰》："西忆故人不可见，东风吹梦到长安。"

④金钗画影：钗，一作"筯"；画，一作"酹"，一作"划"。金钗，白居易《长恨歌》："唯将旧物表深情，钿合金钗寄将去。"

⑤悔不同携：同，一作"重"。

⑥刻残红烛曾相待，旧事总依稀：两句一作"闲思往事曾相待，央及小风吹"。旧事，杜牧《旅宿》："寒灯思旧事，断雁警愁眠。"乐婉《卜算子》："相思似海深，旧事如天远。"依稀，李商隐《春雨》：

"远路应悲春晼晚，残宵犹得梦依稀。"

⑦ 料应遗恨：遗，一作"同"。晏几道《鹧鸪天》："手捻香笺忆小莲，欲将遗恨倩谁传"。

⑧ 月中教去：李商隐《霜月》："青女素娥俱耐冷，月中霜里斗婵娟。"

⑨ 花底催归：晏殊《玉楼春》："楼头残梦五更春，花底离情三月雨。"洪适《眼儿媚》："断肠狂客，只愁径醉，银漏催归。"苏轼《陌上花三首》小序："游九仙山，闻里中儿歌《陌上花》，父老云，吴越王妃每岁春必归临安，王以书遗妃曰：'陌上花开，可缓缓归矣。'吴人用其语为歌，含思宛转，听之凄然。而其词鄙野，为易之云。"

■ 简评

　　词写相思。上片开头两句写女子生活状态。她独自倚靠在黄昏的门扉上，春寒料峭，露湿铢衣。"泣"，不是说露，而是说人，暗示女子在啼泣，或是心里在泣。"铢衣"，传说中神仙穿的极轻薄的衣服，透露出女子生于富贵之家，或是富贵人家的舞女。接下三句是忆往抒恨。"玉箫"，暗含弄玉吹箫典故，当初二人亦似弄玉与萧史般亲密相伴；"吹梦"，是箫声如吹在梦中。"金钗"，女子美丽的头饰，亦如幻影般存在于往日。一句"悔不同携"，回到当下，憾恨全出。下片首句又回到过去。曾经，二人夜深犹在相惜相伴。下一句逆转，回到当下，感慨旧事杳杳，已模糊不清。一伤。"料应"三句，有天人永隔之感。思念的那个人，意料中应该是有遗恨的吧；"月中教去"，是无奈；"花底催归"，又是非理性的强求。则不仅憾恨，又生不切实际的幻想。此词不易有确切的解读，大约由于词有时为心绪之抒发，可以不必实有其事，也可以不必穿凿附会，或草蛇灰线地考证，我们可以将其视为词人在文学艺术世界中的任性，以及一种微妙的难以言说的情绪的表达。这样理解，有时反而更接近词人所创造的艺术世界的真实。

生查子

　　东风不解愁，偷展湘裙衩^①。独夜背纱笼^②，影著纤腰画^③。　　爇尽水沉烟^④，露滴鸳鸯瓦^⑤。花骨冷宜香^⑥，小立樱桃下^⑦。

■ 注释

　　①偷展湘裙衩：偷展，周邦彦《玲珑四犯·大石》："夜深偷展香罗荐。暗窗前、醉眠葱蒨。"湘裙，用湘地的丝织品做成的裙子。晏几道《鹧鸪天》："歌渐咽，酒初醺。尽将红泪湿湘裙。"关汉卿《双调·沉醉东风》："六幅湘裙一搦腰，间别来十分瘦了。"裙衩，裙子下摆的开口处。李商隐《无题》："十岁去踏青，芙蓉作裙衩。"李商隐《无题》："裙衩芙蓉小，钗茸翡翠轻。"

　　②独夜背纱笼：纱笼，用纱制成的灯笼。欧阳修《系裙腰》："方床遍展鱼鳞簟，碧纱笼。"

　　③影著纤腰画：纤腰，杜牧《屏风绝句》："屏风周昉画纤腰，岁久丹青色半销。"

　　④爇（ruò）尽水沉烟：水沉，即沉香。向滈《菩萨蛮》："金鸭水沉烟，待君来共添。"向滈《西江月》："枕畔水沉烟尽，床头银蜡烧残。"施岳《步月·茉莉》："玩芳味、春焙旋熏，贮浓韵、水沉频爇。"

　　⑤露滴鸳鸯瓦：鸳鸯瓦，指上下相扣成对的瓦。白居易《长恨歌》："鸳鸯瓦冷霜华重，翡翠衾寒谁与共。"韦庄《过旧宅》："阶前雨落鸳鸯瓦，竹里苔封蟋蜶桥。"王元鼎《醉太平》："画楼洗净鸳鸯瓦，彩绳半湿秋千架。"

⑥花骨冷宜香：苏轼《雨中看牡丹》："清寒入花骨，肃肃初自持。"史达祖《鹧鸪天》："十年花骨东风泪，几点螺香素壁尘。"

⑦小立樱桃下：纳兰性德《山花子》："小立红桥柳半垂，越罗裙飐缕金衣。"

■ 简评

词写一位少女。上片前两句极富动感。以"东风"起势，将其拟人化，用不解忧愁的东风轻轻吹起女孩子的湘裙下摆，引出本词女主人公。接下两句写女子灯下之美。她独自一人背对着纱笼，笼里散发的烛光，将她的背影清晰地投射在墙上，她的腰是那么的纤细。下片前两句以景衬人。闺房内，沉香将燃尽，淡淡的烟雾缭绕；屋檐下，夜露冷凝，滴在了鸳鸯瓦上。结尾两句写花亦写人。花骨虽冷，却散发宜人的香味；女子娉娉婷婷，款款地立在樱桃树下。全词意象美丽，似色彩雅丽的绘画，将一位少女描绘得唯美超尘。说"东风不解愁"，实是在说少女还不解相思愁。她只是一味地自己未曾意识到地美好着，举手投足都如一幅美丽的画。风吹湘裙衩，美；夜里独背纱笼，美；纤腰映在墙上如画，美；看沉烟尽，觉露湿鸳鸯瓦，美；花下弱骨袅袅，美；轻柔地伫立在浓艳欲滴的樱桃树下，美！词人得有多么美好的情怀，多么温柔的眼睛，眼里才会出现这么美好的女子啊！

生查子

散帙坐凝尘①，吹气幽兰并②。茶名龙凤团③，香字鸳鸯饼④。
玉局类弹棋⑤，颠倒双栖影⑥。花月不曾闲⑦，莫放相思醒。

■ **注释**

①散帙坐凝尘：散帙，展开的书卷。卢纶《同耿拾遗春中题第四郎新修书院》："散帙灯惊燕，开帘月带风。"张华《杂诗三首》其一："朱火青无光，兰膏坐自凝。"凝尘，积上灰尘。李贺《伤心行》："古壁生凝尘，羁魂梦中语。"赵文《望海潮》："书几凝尘，琴丝带润，小窗幽梦生凉。"

②吹气幽兰并：宋玉《神女赋》："陈嘉辞而云对兮，吐芬芳其若兰。"张九龄《荆州作》："古剑徒有气，幽兰只自薰。"

③茶名龙凤团：龙凤团，茶名，上等茶。

④香字鸳鸯饼：鸳鸯饼，刻画有鸳鸯图案的香饼。

⑤玉局类弹棋：玉局，玉做的棋盘。弹棋，汉魏时期的一种游戏。《后汉书·梁统传》注引《艺经》载："弹棋，两人对局，白黑棋各六枚，先列棋相当，更先弹也。其局以石为之。"李商隐《柳枝五首》其二："玉作弹棋局，中心亦不平。"

⑥颠倒双栖影：指树上双栖鸟儿在玉局上的倒影。

⑦花月不曾闲：蜀妓《鹊桥仙》："相思已是不曾闲，又那得、工夫咒你。"

■ **简评**

另类的相思词。全词八句，表面上书、茶、香、棋、花、月等，书斋生活的清雅都写了，末一句才彰明显其志——莫放相思醒。原来这一切都是压制相思的镇物，是为了不让相思之情苏醒，故意以他物而吸引、排遣之。则全词用欲扬先抑法，增大了相思的张力。而散落染尘的书帙，如幽兰般清香的气息，龙凤团泡制的茶，鸳鸯饼燃烧的香，玉制的棋盘，颠倒在玉局上的双栖鸟，不曾闲歇的花开与月升，都可谓人间美好的极致。而这一切，都无法阻止相思之情的爆发，足见相思之深。茶为龙凤，饼为鸳鸯，影为双栖，这些相伴不离之鸟，衬托出彼时人之孤单，亦是词人所要抒发的。在词的世界，写景即言情，景为破解隐秘之情的密码，确实如此啊。"花月不曾闲，莫放相思醒"为情语名句，亦为本词点睛之句。

生查子

鞭影落春堤①，绿锦障泥卷②。脉脉逗菱丝③，嫩水吴姬眼④。啮膝带香归⑤，谁整樱桃宴⑥？蜡泪恼东风⑦，旧垒眠新燕⑧。

■ 注释

①鞭影落春堤：鞭影，卢挚《湘妃怨》："苏堤鞭影半痕儿，常记吴山月上时。"

②绿锦障泥卷：障泥，马具，置于马腹两侧用来遮挡泥土。李商隐《隋宫》："春风举国裁宫锦，半作障泥半作帆。"辛弃疾《蝶恋花》："应惜障泥，忘了寻春路。"

③脉脉逗菱丝：脉脉，含情脉脉地注视。逗，此处指目光被菱丝逗引。菱丝，菱茎折断后如藕丝一样仍相连。

④嫩水吴姬眼：嫩水，春日碧水。杜牧《早春赠军事薛判官》："晴梅朱粉艳，嫩水碧罗光。"方千里《浣溪沙》："嫩水带山娇不断，湿云堆岭腻无声。香肩婀娜许谁凭？"吴姬，吴地的女子，用以代指美丽女子。王昌龄《重别李评事》："吴姬缓舞留君醉，随意青枫白露寒。"潘阆《酒泉子》："长忆西湖，湖上春来无限景。吴姬个个是神仙。"

⑤啮膝：啮膝，良马名。

⑥谁整樱桃宴：樱桃宴，唐朝自僖宗起，新进士及第要以樱桃宴

客，是为樱桃宴。

⑦蜡泪恼东风：蜡泪，温庭筠《更漏子》："玉炉香，红蜡泪，偏照画堂秋思。"

⑧旧垒眠新燕：旧垒，旧巢。

■ 简评

由"樱桃宴"一词推测，本词应写于康熙十二年（1673）二月。此时的词人会试考中，需廷对时不巧患寒疾，与之擦肩而过，所以"谁整樱桃宴"颇含失意感。上片写踏马游春之景。首句以骑马人鞭子的影子落在春堤上，衬托出骑马者的率性；二句以卷起绿锦障泥来说明惜障泥，也衬托出"绿锦障泥"之新。两句以驱马之鞭、所乘马之护具，烘托出骑马者的春风得意，所谓"春风得意马蹄疾"。下两句以身边之景、人进一步烘托。含情的眼神被菱丝所逗引，无法离开；碧绿春水中美人的眼，实际两句合起来表达经过之处美人的眼睛，如藕丝一般，似断实连，始终被骑马者所牵引。此两句实际是写"一日看尽长安花"，看花即看人，说看花，实际是被花看，即被美人看，其得意与自豪不言而喻。上片四句诠释的是一个士子中举后游街、引来女子艳羡目光的情形。下片前两句写游街之后中举士子照例要参加的樱桃宴。"谁整"，疑问中又暗含好奇和失落的苦涩心理。联系词人因生病不能参加廷试，本已到手的功名却因此失去，内心的凄惶难以用语言表述。结尾两句写景，却是写人。蜡烛燃烧留下了蜡泪，那蜡泪一定是恼恨东风的吹拂，加快了自己的消逝吧；而旧日的巢垒里也住进了新的燕子，言下之意，那新的燕子却不是旧垒原来的主人，有鸠占雀巢之感。失意语，也是自喻语。全词上片写中举者的意气风发，下片写未中举者内心的凄苦与失意，对比鲜明。词人抓住描写科考中举最典型的两个场面（游街与樱桃宴），同时写出了得意者与失意者的情形与感受。词意的拈取可以说是由孟郊"春风得意马蹄疾，一日看尽长安花"（《登科后》）而来，但由于词人深谙填词之道，故写得细腻婉曲，尤其是对失意者的描述，由于亲身感受，故更加触动人心一些。

忆江南

昏鸦尽①，小立恨因谁②？急雪乍翻香阁絮③，轻风吹到胆瓶梅④，心字已成灰⑤！

■ 注释

①昏鸦：黄昏的乌鸦。马致远《天净沙·秋思》有"枯藤老树昏鸦"。陈孚《咏永州》："烧痕惨澹带昏鸦，数尽寒梅未见花。"

②小立：杨万里《雪后晚晴四山皆青惟东山全白赋最爱东山晴后雪二绝句》其一："只知逐胜忽忘寒，小立春风夕照间。"吴文英《拜星月慢》："绛雪生凉，碧霞笼夜，小立中庭芜地。"纳兰性德《山花子》："小立红桥柳半垂，越罗裙飏缕金衣。"

③香阁：女子居所。李白《菩萨蛮》词有"泣归香阁恨，和泪淹红粉"句。晏殊《诉衷情》："恼他香阁浓睡，撩乱有啼莺。"絮，本指飞絮，东晋谢道韫以"未若柳絮因风起"形容雪，此后絮亦用来形容雪。

④胆瓶梅：插在胆瓶里的梅花。胆瓶，细长颈、大肚、形状像悬胆的花瓶。黄公绍《踏莎行》："胆瓶枕畔两三枝，梦回疑在瑶台宿。"李子昌【正宫】《梁州令南》："胆瓶中懒添温水浸梅花。"

⑤心字：蒋捷《一剪梅》："何日归家洗客袍？银字笙调，心字香烧。"

■ 简评

这首词写一段深情。开首以昏鸦入画，令人想起马致远的
"枯藤老树昏鸦"（《天净沙·秋思》），瘦冷寒瑟的基调已现。如
今，连昏鸦已四处飞散，没有了踪影，聒噪复归静寂。所有这一
切景，其实都是一个人眼中之景，那个人就是小立含恨之人。而
这个正在含恨却恨起莫名的人，亦成了读者眼中的风景。接下两
句写雪写风。雪来得很急，在香阁前翻飞舞动如飞絮，风则穿户
而入，吹得胆瓶里的梅花轻轻颤动。景语亦情语。翻飞的雪、无
痕却动的风，像极了此刻主人公的心迹。内心的波澜翻涌，令人
很疲累，所以结句就有了"心字已成灰"，收束得好。心字薰香
燃烧成了灰烬，可知此前内心发生过多么大的感情动荡，而此刻
又是多么心灰意冷！伤心人伤心语也。

由昏鸦入画，由灰出画，形象的画面感就不用说了，倒像
是一首乐曲，经历高潮后归向平静，但静中余味隽永。全词似乎
都在写景，昏鸦，人立，急雪，香阁絮，轻风，胆瓶梅，心字，
但情感却在这些有形无形的事物中穿梭、跨越、发酵、蒸腾，而
情感的主人却外表波澜不惊，只是"小立"而已。那么，这首词
到底写的是谁的恨呢？是小立那个人的恨？还是作者的恨？作者
即是小立之人吗？这些只能见仁见智了。

全词由特定季节的特定意象展示。短暂的"小立"与心中
无尽的"恨"形成鲜明对比。昏鸦、飞雪、风吹的寒梅在香消成
灰这一永恒寂灭前显得变动不居，在动与静、短暂与永恒、绚丽
与寂灭的触发下，词人的情绪归于沉寂。本词起句面对昏鸦的恨
不知因谁而生，欲寄无人，结句恨化作灰，则是由失望走向内心
更深的枯寂，悲凄缠绵也体现了纳兰词一贯的风格。

忆王孙

　　西风一夜剪芭蕉①，倦眼经秋耐寂寥②。强把心情付浊醪③。读《离骚》④。愁似湘江日夜潮⑤。

■ 注释

　　①西风：纳兰性德《临江仙》："西风多少恨，吹不散眉弯。"《浣溪沙》："谁念西风独自凉，萧萧黄叶闭疏窗。"芭蕉：李商隐《代赠二首》其一："芭蕉不展丁香结，同向春风各自愁。"

　　②倦眼经秋耐寂寥：倦眼，疲倦的眼。汤舜民【越调】《柳营曲》："离绪蒙茸，倦眼朦胧，清泪滴香容。"耐：忍受得住，忍耐。寂寥，宋玉《九辩》："沉潦兮天高而气清，寂寥兮收潦而水清。"刘禹锡《秋词》："自古逢秋悲寂寥，我言秋日胜春朝。"

　　③强把心情付浊醪：付，交付。浊醪，浊酒。杜甫《落日》："浊醪谁造汝，一酌散千忧。"辛弃疾《贺新郎》："江左沉酣求名者，岂识浊醪妙理。"

　　④《离骚》：战国著名诗人屈原的一首长诗。诗中表现了忧国忧民的情感以及理想不能实现的愤懑。王禹偁《清明日独酌》："脱衣换得商山酒，笑把《离骚》独自倾。"边贡《午日观竞渡》："江亭暇日堪高会，醉讽《离骚》不解愁。"

　　⑤湘江：水名，湖南境内，屈原自杀的汨罗江是湘江的支流。杜审言《渡湘江》："独怜京国人南窜，不似湘江水北流。"

■ 简评

这首词写秋日饮酒读骚的情景。西风在极短的时间内以极凌厉之势摧残了芭蕉，场面触目惊心，词人对此并未惊慌失措，只是倦眼视之。但内心深处，难免愁闷，故借酒浇愁。酒后难眠读《离骚》，屈原的遭际使词人颇有同感，故愁绪如湘江潮水，日夜翻腾不已。开首以劲烈的西风，奠定了悲秋的格调，情绪不言自明。一个"剪"字，寒意顿起。接下来的几个动词如经、耐、付、读，将词人的内心情感层层推进，展露无遗。词人先是"倦眼"看外界的激变，但寂寥无以排遣而试图以酒解闷，寄酒失败转而读书，但屈原的遭际又让他的情绪进一步低落，终至爆发。短短三十一字而情绪三转折。"愁似湘江日夜潮"比喻独特。前人写愁独特者，有李煜的"问君能有几多愁，恰似一江春水向东流"，有李清照的"只恐双溪舴艋舟，载不动许多愁"，而纳兰的这句不仅描述出了愁之多之深，而且还描述出了愁的起伏如潮水涨落一般，是词体内的一种发展。

纳兰词极为动人处在于人们总是能于词中看到一位多愁公子的形象，此词亦是。

玉连环影

何处？几叶萧萧雨[①]。湿尽檐花[②]，花底人无语。掩屏山[③]。玉炉寒[④]。谁见两眉愁聚[⑤]，倚阑干[⑥]。

■ 注释

①几叶萧萧雨：萧萧，形容雨声。这句意思是：雨零零星星地打

在几片叶子上。白居易《寒食野望吟》："冥寞重泉哭不闻，萧萧暮雨人归去。"元好问《僧寺阻雨》："僧窗连夜萧萧雨，又较归程几日迟。"石孝友《眼儿媚》："愁云淡淡雨萧萧，暮暮复朝朝。"纳兰性德《菩萨蛮》："萧萧几叶风兼雨，离人偏识长更苦。"

②檐花：屋檐前的花。杜甫《醉时歌》："清夜沉沉动春酌，灯前细雨檐花落。"林正大《满江红》："听细雨，檐花落。"

③屏山：屏风。古时屏风上多画有山的形状，所以称之为屏山。温庭筠《菩萨蛮》："无言匀睡脸，枕上屏山掩。"欧阳修《蝶恋花》："枕畔屏山围碧浪。"寇准《踏莎行》："画堂人静雨濛濛，屏山半掩余香袅。"

④玉炉寒：指玉炉里的香燃尽了，玉炉冷了。温庭筠《更漏子》："玉炉香，红蜡泪，偏照画堂秋思。"孙光宪《生查子》："玉炉寒，香烬灭，还似君恩歇。"牛峤《菩萨蛮》："玉炉冰簟鸳鸯锦，粉融香汗流山枕。"李清照《浣溪沙》："淡荡春光寒食天，玉炉沉水袅残烟。"

⑤两眉愁聚：指两眉因忧愁而凝结在一起。晏殊《玉楼春》："窗间斜月两眉愁，帘外落花双泪堕。"《浣溪沙》："月好漫成孤枕梦，酒阑空得两眉愁。"《浣溪沙》："一杯销尽两眉愁。"赵长卿《青玉案》："梅黄又见纤纤雨，客里情怀两眉聚。"李珣《望远行》："露滴幽庭落叶时，愁聚萧娘柳眉。"

⑥倚阑干：李白《清平调三首》其三："解释春风无限恨，沉香亭北倚阑干。"刘禹锡《同乐天登栖灵寺塔》："步步相携不觉难，九层云外倚阑干。"秦观《丑奴儿》："夜来酒醒清无梦，愁倚阑干。"欧阳修《蝶恋花》："独倚阑干心绪乱。"

■ 简评

这首词写一个人的闲愁离绪。展现在我们眼前的是檐外被雨浇得浓湿的花朵，和花底对雨默默发呆的主人公。屏风虚掩，玉炉已冷。室内压抑冷清的环境与屋外淅沥缠绵的雨将主人公压

抑愁闷的心情逼到心底，浓缩在一起。雨中的花浸润着雨水无声
而幸福地绽放，叶子在碧绿舒展，自然界孕育着激情的生命更衬
托出主人公此时的虚弱、苍白和迷惑。人与雨、花和叶形成强烈
的对比，画面幽美，景物与人完美交融，启人联想。

如梦令

　　正是辘轳金井①，满砌落花红冷②。蓦地一相逢③，心事眼
波难定。谁省④？谁省？从此簟纹灯影⑤。

■ **注释**

　　①正是辘轳金井：辘轳，井上取水的工具。李璟《应天长》："柳
堤芳草径，梦断辘轳金井。"李煜《采桑子》："辘轳金井梧桐晚，几
树惊秋。"周邦彦《蝶恋花》："月皎惊乌栖不定，更漏将残，辘轳牵
金井。"

　　②满砌落花红冷：满砌，满台阶。白居易《晚春重到集贤院》：
"满砌荆花铺紫毯，隔墙榆荚撒青钱。"罗隐《扇上画牡丹》："为爱红
芳满砌阶，教人扇上画将来。"落花，李煜《阮郎归》："落花狼藉酒
阑珊，笙歌醉梦间。"晏几道《临江仙》："落花人独立，微雨燕双飞。"
马致远《寿阳曲》："落花水香茅舍晚，断桥头卖鱼人散。"红冷，吴文
英《探芳信》："藻池不通宫沟水，任泛流红冷。"张枢《壶中天》："窈
窕西窗谁弄影，红冷芙蓉深苑。"

　　③蓦地一相逢：蓦地，出乎意料地，突然。赵长卿《贺新郎》：
"怕人人、蓦地知时，怎生处置。"汤舜民【南吕·一枝花】："蓦地相
逢，眼眩乱魂飞动，方信道仙凡路可通。"一相逢，李益《喜见外弟又

言别》:"十年离乱后,长大一相逢。"秦观《鹊桥仙》:"金风玉露一相逢,便胜却人间无数。"

④省:明白,知道。

⑤从此簟纹灯影:簟纹,竹席的纹路在身上留下的痕迹。簟,竹席。张先《菩萨蛮》:"簟纹衫色娇黄浅。"欧阳修《临江仙》:"凉波不动簟纹平。"苏轼《南歌子》:"簟纹如水玉肌凉。"灯影,钱谦益《金陵后观棋绝句六首》其一:"白头灯影凉宵里,一局残棋见六朝。"纳兰性德《浣溪沙》:"微晕娇花湿欲流,簟纹灯影一生愁。"

■ 简评

这首词写青年男女一见钟情。他们相遇在金井边,此时正当落红成阵的暮春,片片花瓣洒落在地,春的灿烂美丽成就了他们的相遇,而春的即逝也使人心头袭上阵阵冷意,也预示了两人爱情道路的坎坷。"心事眼波难定"道出了古代男女初见时紧张甜蜜、忐忑不安的心情,更透露出相思的无处不在。

忆江南 宿双林禅院有感

心灰尽①,有发未全僧。风雨消磨生死别②,似曾相识只孤檠③。情在不能醒。 摇落后④,清吹那堪听⑤。淅沥暗飘金井叶⑥,乍闻风定又钟声⑦。薄福荐倾城⑧。

■ 注释

①心灰尽:白居易《冬至夜》:"心灰不及炉中火,鬓雪多于砌下霜。"吴文英《夜行船》:"日与愁长,心灰香断,月冷竹房扃户。"郑

良士《寄富洋院禅者》："谁能学得空门士，冷却心灰守寂寥。"

②消磨：逐渐消失。贺知章《回乡偶书》其二："离别家乡岁月多，近来人事半消磨。"

③似曾相识：晏殊《浣溪沙》："无可奈何花落去，似曾相识燕归来。"吴文英《瑞鹤仙》："西园有分，断柳凄花，似曾相识。"孤檠：孤灯。檠（qíng）：灯台、烛台。陈允平《绮罗香》："孤檠清梦易觉，肠断唐宫旧曲，声迷官漏。"

④摇落：指草木凋零。曹丕《燕歌行》："秋风萧瑟天气凉，草木摇落露为霜。"杜甫《摇落》："摇落巫山暮，寒江东北流。"韦庄《摇落》："摇落秋天酒易醒，凄凄长似别离情。"

⑤清吹：清吹，笙箫之类管乐器吹奏的曲子。孟郊《题陆鸿渐上饶新开山舍》："啸竹引清吹，吟花成新篇。"陆龟蒙《秋热》："殷勤付柔握，淅沥待清吹。"常建《听琴秋夜赠寇尊师》："寒虫临砌急，清吹裛灯频。"贺铸《东吴乐》："平湖底，见层岚，凉月下，闻清吹。"那堪：怎能忍受。李益《上洛桥》："那堪好风景，独上洛阳桥。"张先《青门引》："那堪更被明月，隔墙送过秋千影。"欧阳修《少年游》："那堪疏雨滴黄昏。更特地、忆王孙。"

⑥淅沥暗飘金井叶：淅沥，象声词，形容风雨声、落叶声，此处指落叶声。高适《送别》："萤飞木落何淅沥，此时梦见西归客。"李绅《奉酬乐天立秋夕有怀见寄》："阶篁淅沥响，露叶参差光。"韦应物《楼中阅清管》："淅沥危叶振，萧瑟凉气生。"

⑦乍闻风定又钟声。金井，古时四周装饰讲究的井，井的美称。井边多植梧桐，秋天到来时金色梧桐与井相称很美，因以呼金井。王昌龄《长信怨》："金井梧桐秋叶黄，珠帘不卷夜来霜。"张籍《楚妃怨》："梧桐叶下黄金井，横架辘轳牵素绠。"李煜《采桑子》："辘轳金井梧桐晚，几树惊秋。"

⑧薄福荐倾城：薄福，福薄之人。荐，献、祭。倾城，汉李延年有"北方有佳人，绝世而独立。一顾倾人城，再顾倾人国"，后来习惯

用倾城代指美丽的女子。

　　此为悼亡词，一作《望江南》，大约作于康熙十六年
（1677）秋季，这年的五月，纳兰性德的妻子卢氏去世。开头即
定下基调——心如死灰。不仅心如死灰，而且死灰已尽，哀到
极点。次句紧衔"心灰尽"，说情不仅死了而且冷了，词人恨不
得隔断青丝、遁入空门。"有发"，是没有完全遁入空门的客观
羁绊，也是一种人生状态的比喻说法。三句中的"风雨"不见得
是真的，而是指词人经历了生离死别这样大的人生风雨。四句将
目光定格在了一只"孤檠"上。但仍为一物二意，一是词人彼时
面对孤灯，情思忧伤；二是比喻自己犹如那盏灯，失去了伴侣，
孤独无依，所以是写景亦写人，状物亦自喻。"情在不能醒"一
句为上片之结句，既使悲伤孤独情绪告一段落，又说明自己被控
在思念亡妇的情绪中无法自拔，承上启下，开启悼亡词下片的书
写内容。下片首句"摇落后"，宕开一笔，写秋景，树叶凋零、
万木萧瑟的情景顿时现于眼前。此为眼见。"清吹"，引入听觉
感受。草木枯黄、百花凋零之际听箫管之音，不免更加萧瑟，令
人浑身起寒战，故有"那堪听"之语。清吹之音，又将情绪向清
冷哀瑟的路上更推进一层。三四句依然围绕秋景、秋风来写，亦
与双林禅院的实际情景契合。秋风渐沥而来，不觉吹落了金井
梧桐叶，耳中的风似乎刚刚停歇，但又听到了寺院里的钟鸣。
是停又未能停，实是暗喻词人的思念之情无法停下来。结句收
束又点题。原来，整首词其实写的恰是"我这薄福之人祭奠那
倾城之人"啊！以倾城之貌形容卢氏，亦可见词人对妻子情感之
深，而薄福与倾城，又形成了一种张力极大的对比，通过自贬以
扬亡妻，喜爱与憾恨之情流溢纸间。

长相思

　　山一程，水一程①，身向榆关那畔行②。夜深千帐灯。　风一更，雪一更，聒碎乡心梦不成③。故园无此声④。

■ 注释

　　①山一程，水一程：史达祖《鹧鸪天》："雁足无书古塞幽。一程烟草一程愁。"

　　②榆关：山海关。高适《燕歌行》："摐金伐鼓下榆关，旌旗逶迤碣石间。"王昌龄《从军行二首其一》："大将军出战，白日暗榆关。"韦庄《赠边将》："昔因征远向金微，马出榆关一鸟飞。"张惠言《风流子》："海风吹瘦骨，单衣冷、四月出榆关。"

　　③聒碎乡心梦不成：聒碎，搅碎。聒，声音嘈杂，惹人厌烦。马致远杂剧《江州司马青衫湿》："少不的听那惊回客梦黄昏犬，聒碎人心落日蝉。"乡心，思念故乡之心。白居易《望月有感》："共看明月应垂泪，一夜乡心五处同。"刘长卿《新年作》："乡心新岁切，天畔独潸然。"

　　④故园无此声：故园，故乡。岑参《逢入京使》："故园东望路漫漫，双袖龙钟泪不干。"崔涂《春夕》："故园书动经年绝，华发春唯满镜生。"

■ 简评

　　这首词写词人随皇帝东巡、出山海关时的感受。开头两句"山一程，水一程"，行完了山又过水，过完了水又行山，极写路途遥远、行军艰难单调。三句交代此行的目的地。下一句写夜里情形，别有一番景致。"夜深千帐灯"，晚上安营扎寨，深暗的旷野上千帐灯火通明。巧用数词，"千"，说明帐篷数目极多，千帐明亮的灯光照射出来，十分壮观。千帐灯光同写，又似乎将镜头摇远，像无数的星星闪烁。为军旅写景佳句。此为视觉上的震撼。下片从听觉入手。"风一更，雪一更"，写风雪密集交加。"聒碎"，渲染北风呼啸。聒碎乡心梦不成，写风雪交加、北风呼啸之声，刮到了梦中，不谙人情地搅碎了征人的思乡梦。利用通感、移情手法的对接，起到了很好的艺术效果。末句"故园无此声"为点睛之笔，使全词掩抑的思乡之情被引爆，抒情达到顶峰，并就此定格。夜、灯、雪在颜色、明暗度上的对比平添了绚丽的色彩，数量词的巧用也增强了时空表达的延展性。全词气象恢宏壮观，十分感人，尤其"夜深千帐灯"一句，深得王国维赞许："'明月照积雪'，'大江流日夜'，'中天悬明月'，'长河落日圆'，此种境界，可谓千古壮观。求之于词，唯纳兰容若塞上之作，如《长相思》之'夜深千帐灯'，《如梦令》之'万帐穹庐人醉，星影摇摇欲坠'，差近之。"(《人间词话》)

相见欢

微云一抹遥峰[1]，冷溶溶[2]。恰与个人清晓、画眉同[3]。　　红蜡泪[4]，青绫被[5]，水沉浓[6]。却与黄茅野店、听西风。

■ **注释**

① 微云一抹遥峰：远远的山峰上飘着一缕薄薄的云雾，好像抹在山峰上一样。秦观《满庭芳》有"山抹微云"一句。

②冷溶溶：丘处机《无俗念·灵虚宫梨花词》："静夜沉沉，浮光霭霭，冷浸溶溶月。"

③恰与个人清晓、画眉同：恰巧与那人清晨起来画的眉毛一模一样。个人，那人，这里指思念的女子。周邦彦《瑞龙吟》："黯凝伫。因念个人痴小，乍窥门户。"王沂孙《高阳台》："相思一夜窗前梦，奈个人、水隔天遮。"清晓，清晨，早上。牛希济《生查子》："残月脸边明，别泪临清晓。"韦庄《浣溪沙》："晓妆成寒食天，柳球斜袅间花钿，卷帘直出画堂前。"画眉同，《西京杂记》载："文君姣好，眉色如望远山。"所以望远山也便想起了女子的眉毛。

④红蜡泪：红色的蜡泪。蜡泪，蜡烛燃烧留下的油脂就像人的眼泪一样一串串流下，故称蜡泪。温庭筠《更漏子》："玉炉香，红蜡泪，偏照画堂秋思。"

⑤青绫被：青色绫缝就的被子。绫，一种很薄的丝织品，一面光，像缎子。晁补之《摸鱼儿》："青绫被，莫忆金闺故步。"赵孟頫《点绛唇》："富贵浮云，休恋青绫被。"

⑥水沉浓：水沉散发的浓郁的香气。水沉，沉香。杜牧《为人题赠二首》其一："桂席尘瑶佩，琼炉烬水沉。"苏轼《阮郎归》："碧纱窗下水沉烟。"周邦彦《浣溪沙》："金屋无人风竹乱，衣篝尽日水沉微。"

■ 简评

本词写征人旅途思家。首句乃征人极目远眺山峰所见之景。"微云一抹"，透露出温柔。"冷溶溶"，描摹出体感，也暗示季节渐冷。结合下片之听西风，可知彼时正值秋日，故会感到"冷"。"冷"其实不仅是客观感受，更是一种心理感受，刻画出旅人孤寂冷清之境。三句由景至人，写景亦是写人。这微云一抹的远山，却令词人想起闺中人儿的翠眉，思念之闸由此被打开。下片用三个三字句连写三样物事：红色的蜡泪，青绫做的被子，沉香散发的浓烈香味。这精美的物事本应是闺房必备清品，令人不能不想起闺中人儿，但此刻，这些清品却与他一起，在荒凉的野店听西风肆意恶叫。相似的物品与不同的地理居处环境，形成强烈的反差与对比，在词人的内心搅起巨大的情感波澜，自叹与思乡融为一体，粗犷与柔情交织在一起。

相见欢

落花如梦凄迷^①，麝烟微^②。又是夕阳潜下、小楼西^③。　　愁无限^④，消瘦尽^⑤，有谁知^⑥？闲教玉笼鹦鹉、^⑦ 念郎诗。

■ 注释

① 落花如梦凄迷：秦观《浣溪沙》：“自在飞花轻似梦，无边丝雨细如愁。”如梦，秦观《鹊桥仙》：“柔情似水，佳期如梦，忍顾鹊桥归路。”韦庄《台城》：“江雨霏霏江草齐，六朝如梦鸟空啼。”文天祥《满江红》：“相思处、青年如梦，乘鸾仙阙。”凄迷，苏轼《浣溪沙》：“行人肠断草凄迷。”吕渭老《望海潮》：“望处凄迷，半篙绿水浸斜桥。”顾贞观《画堂春》：“扑天香絮拥凄迷，南北东西。”纳兰性德《采桑子》：“而今才道当时错，心绪凄迷。”

② 麝烟微：麝烟，用麝香制成的薰香点燃散发出的烟气。鱼玄机《和人》：“宝匣镜昏蝉鬓乱，博山炉暖麝烟微。”顾敻《临江仙》：“画堂深处麝烟微。”

③ 又是夕阳潜下、小楼西：杜牧《题扬州禅智寺》：“暮霭生深树，斜阳下小楼。”潜下，悄悄地落下。小楼西，欧阳修《临江仙》：“柳外轻雷池上雨，雨声滴碎荷声。小楼西角断虹明。”刘基《眼儿媚·秋思》：“萋萋芳草小楼西，云压雁声低。”

④ 愁无限：冯延巳《鹊踏枝》："昨夜笙歌容易散，酒醒添得愁无限。"吕渭老《薄幸·青楼春晚》："乍听得、鸦啼莺弄，惹起新愁无限。"

⑤ 消瘦尽：宋之问《江南曲》："待君消瘦尽，日暮碧江潭。"张祜《病宫人》："惆怅近来消瘦尽，泪珠时傍枕函流。"

⑥ 有谁知：杨无咎《生查子》："此意有谁知，恨与孤鸿远。"聂胜琼《鹧鸪天》："有谁知我此时情，枕前泪共阶前雨，隔个窗儿滴到明。"

⑦ 玉笼鹦鹉：韦庄《归国遥》："惆怅玉笼鹦鹉，单栖无伴侣。"欧阳修《踏莎行》："画梁新燕一双双，玉笼鹦鹉愁孤睡。"

■ 简评

词写闺思。"落花"，点季节，为春日相思。落花，言春将尽，令人易生惜春之情，闺中独处的女子，更易生相思之情与自怜之意，正如王昌龄诗中写到的："闺中少妇不知愁，春日凝妆上翠楼。忽见陌头杨柳色，悔教夫婿觅封侯。"由惜春引起相思，自然无痕。落花如梦凄迷。落花怎会如梦？梦又为何凄迷？大约落花缤纷，令人产生梦幻感；又或是如秦观所言的"自在飞花轻似梦"般，由轻、柔而联想到梦。总之，似乎是无理而妙的一句，也符合女子非理性的性格与情绪。次句视角由室外移至室内，麝烟袅袅缭绕，似有若无。"微"，形容麝烟将尽未尽之状态，又刻画出女子幽眇难言的感受。三句以九个字敷述女子彼时所处之具体时地。这是一个春日的落花的夕阳悄悄洒落在小楼的时刻。"潜"，以拟人笔法写出夕阳落下之不易被人察觉，暗示时光之易逝，更通过夕阳之潜下写出其善解人意，实则是害怕引起小楼中女子之伤感疼惜。以婉转之景烘托女子惜春思念之情。下片前三句直接抒情。三个三字句，两陈述一设问，描述出女子彼时的身体与情感状态。写愁，亦写身体消瘦，但愁为"无限"，消瘦为"尽"，都达到了一种极端状态，是女子之愁多至无限、难以承载的状态，而她消瘦的身体也已经到了极点，无法再消瘦了。下一句反转设问。一句"有谁知"道出，即使如此身心两不堪，但又有谁知道呢？言下之意，相思的那个人儿又怎么能知道呢？委婉的哀怨，着实令人心疼。结句宕开去，表面似乎以故作潇洒之举动排遣郁闷，而教鹦鹉读情郎写的诗，则是换一种说法在表达女子无以排遣掉的思念。全词用闲淡之笔，轻轻勾勒，淡淡描绘，将闺中女子深曲委婉的情感和韵致如墨似画地描绘了出来，但又含蓄蕴藉，幽微细腻，实是闺思佳作。

生查子

　　短焰剔残花①，夜久边声寂②。倦舞却闻鸡③，暗觉青绫湿④。　　天水接冥濛⑤，一角西南白。欲渡浣花溪⑥，远梦轻无力⑦。

■ 注释

　　①短焰剔残花：烛焰短了，灯光就暗了，挑去烛花，使灯光明亮。杜荀鹤《赠僧》："利门名路两何凭，百岁风前短焰灯。"温庭筠《烧歌》："微红夕如灭，短焰复相连。"周邦彦《渡江云》："沉恨处，时时自剔灯花。"

　　②夜久边声寂："边声寂"一作"边声急"。边声，指边地特有的声音。范仲淹《渔家傲》："四面边声连角起，千嶂里，长烟落日孤城闭。"张孝祥《六州歌头》："征尘暗，霜风劲，悄边声。"刘克庄《忆秦娥》："浙河西面边声悄，淮河北去炊烟少。"

③倦舞却闻鸡：一作"未卧已闻鸡"，反用祖逖闻鸡起舞的典故，指渐有睡意时却听到了鸡鸣，心下倦懒。《晋书·祖逖传》："与司空刘琨俱为司州主簿，情好绸缪，共被同寝。中夜闻荒鸡鸣，蹴琨觉曰：'此非恶声也。'因起舞。"

④暗觉青绫湿："暗觉"一作"惆怅"。青绫，青色有花纹的丝织品，古代上层人士常用来做被服和帷帐。晁补之《摸鱼儿》："青绫被，莫忆金闺故步。"方君遇《风流子》："红烛怨歌，鬓花零落，青绫牵梦，屏影参差。烛怨歌，鬓花零落，青绫牵梦，屏影参差。"陈师道《卜算子》："会有青绫梦觉人，可爱池塘草。"

⑤天水接冥濛：冥濛，幽暗不明的样子。赵与仁《西江月》："夜半河痕依约，雨余天气冥濛。"王泠然《夜光篇》："游人夜到汝阳间，夜色冥濛不解颜。"

⑥欲渡浣花溪：一作"忽忆浣花人"。浣花溪，位于四川成都，唐代诗人杜甫曾于此建草堂居住，这里借指词人的家。杜甫《将赴成都草堂途中有作，先寄严郑公五首》其三："竹寒沙碧浣花溪，菱刺藤梢咫尺迷。"韦庄《乞彩笺歌》："浣花溪上如花客，绿暗红藏人不识。"张泌《江城子》："浣花溪上见卿卿，脸波秋水明。"

⑦远梦轻无力：一作"轻梦浑无力"。王昌龄《送李擢游江东》："离肠便千里，远梦生江楼。"杜牧《旅宿》："远梦归侵晓，家书到隔年。"周朴《秋夜不寐寄崔温进士》："归乡凭远梦，无梦更思乡。"曹邺《四怨三愁五情诗十二首·一愁》："远梦如水急，白发如草新。"

■ 简评

词写思家之情。首句剔灯花的动作，表明夜不能寐。短焰、残花，言烛烧之久，夜已深。残，是言烛花，亦透露彼时词人之心绪。下句水到渠成，接以"夜久"。边声，更明地点，此刻词人正置身于荒凉的边地。边声为何？没写，但反写边声之寂无，亦烘托夜之深静、境之荒远，连边声都听不到了。三句由景移至人，反用闻鸡起舞之典，说明词人状态之消极，倦意弥散。此"倦"，是指身体，更指情感心理，衬托出思家之甚，可视为词眼。倦表示烦闷，是需休息意，闻鸡却表示需起床行动之意，外界与自身之状态产生违拗，亦揭示一种懊恼情绪。下句则为此种懊恼之有形体现。依然是含蓄，不写自己流泪，而写青绫被让泪水打湿，使思家之深情似抑实显。"暗"字亦用得幽眇。过片转折宕开，由人复到景，且境界始大。天水相接处，幽暗朦胧，是边地辽阔的夜色。下句用"一角"、"白"，写夜色将尽、拂晓来临时暗去微明之景，则词人之思家整夜未眠，写出其心苦情执。结尾两句写似睡非睡间的感受。想要渡过浣花溪，回到家中，却因梦太遥远，又太轻了，没有足够的力渡过去，因此也就无法回到家中。写梦，但梦中都无法到家，伤心到骨。全词刻画情感细腻微妙，写出思家之人的复杂心绪与感受，柔婉多情蕴溢纸间，尤其是结尾两句，唯美浪漫，形容梦的远而轻，亦是极为独特别致，堪称名句。

浣溪沙

谁念西风独自凉①。萧萧黄叶闭疏窗②。沉思往事立残阳③。
被酒莫惊春睡重④，赌书消得泼茶香⑤。当时只道是寻常⑥。

■ 注释

①谁念西风独自凉：谁念，张埜《夺锦标·七夕》："谁念文园病客？夜色沉沉，独抱一天岑寂。"西风，纳兰性德《临江仙》："西风多少恨，吹不散眉弯。"西风，晏殊《蝶恋花》："昨夜西风凋碧

树，独上高楼，望尽天涯路。"辛弃疾《念奴娇》："一点凄凉千古
意，独倚西风寥郭。"马致远【双调】《夜行船》："帘外西风飘落叶，
扑簌簌落满阶砌。"独自凉，龚自珍《浪淘沙》："独自凄凉还自遣，
自制离愁。"

②萧萧黄叶闭疏窗：萧萧，叶绍翁《夜书所见》："萧萧梧叶送寒
声，江上秋风动客情。"纳兰性德《一络索》："萧萧落木不胜秋，莫回
首、斜阳下。"黄叶，李珣《定风波》："帘外西风黄叶落，池阁，隐莎
蛩叫雨霏霏。"王实甫《崔莺莺待月西厢记》之【仙吕】《赏花时》："相
见时红雨纷纷点绿苔，别离后黄叶萧萧凝暮霭。"疏窗，郑板桥《沁园
春》："看蓬门秋草，年年破巷，疏窗细雨，夜夜孤灯。"

③沉思往事立残阳：沉思往事，夏完淳《一剪梅》："往事思量
一晌空，飞絮无情，依旧烟笼。"立残阳，李珣《浣溪沙》："暗思何
事立残阳。"吕止庵【仙吕】《后庭花》"立残阳，江山如画，倦游非
故乡。"

④被酒莫惊春睡重：被酒，中酒、醉酒。史达祖《探芳信》："被
酒滞春眠，诗萦芳草。"春睡重，晏殊《木兰花》："海棠开后晓寒轻，
柳絮飞时春睡重。"欧阳修《蝶恋花》："半醉腾腾春睡重。"称埈《愁
倚阑》："昨夜酒多春睡重，莫惊他。"

⑤赌书消得泼茶香：化用宋代女词人李清照和丈夫赵明诚的典
故。李清照《金石录后序》："每饭罢，坐归来堂。烹茶，指堆积书
史，言某事在某书某卷，第几页，第几行，以中否角胜负，为饮茶
先后。中则举，否则笑，或至茶覆怀中，不得饮而起。"消得，柳永
《玉女摇仙佩》："未消得、怜我多才多艺。"刘克庄《清平乐》："消
得几多风露，变教人世清凉。"王沂孙《齐天乐》："枯形阅世，消得
斜阳几度？"

⑥当时只道是寻常：只道，只以为、只认为。

■ 简评

　　此词应为纳兰写给亡妻的。"谁念"，反问，没人念，透出孤独和失意。西风吹拂，已感凉意，何况是"独自"一人呢？则凉意更重。是身体感到凉，亦是心凉。此句亦点明季节。下一句接秋日独有景象。黄叶飘零，疏窗紧闭，则词人不仅置身西风劲吹之秋日，又逢黄叶飘零，更遇疏窗紧密，人身之际遇悲凉到底。疏窗紧闭，则又暗示词人被隔离于此前的人事，陷入真正孤独。三句写词人独立残阳中，思想着以前的往事。此为本词情感叙述的关键，词人所有的情绪都与以往的人事有关。过片承接上片之沉思往事，写昔日情事：春日醉酒后沉沉睡去，这样的事情不要感到惊讶；像李清照、赵明诚一样赌书而导致茶泼到怀里的情形，也属平常。末句"当时只道是寻常"，将思绪拉回现实，则前两句之往事与末句之现实对比鲜明。一句"当时只道是寻常"，意味着现在看来这些事是多么的不寻常，是多么的难以达到，真有恍若隔世之感。联系赌书泼茶乃为赵李闺中乐事，则知词人诉说的往事，亦应是他与妻子的燕居之乐。"当时"句道出如今的恍然大悟，如今的懊悔，亦衬托出往事之难得。则词人所谓的疏窗紧闭，指亡妻的闺房疏窗紧闭，更是指词人与妻子阴阳相隔，孤独哀伤。此句极富哲理，也道出了人类情感的一种普遍感受：当时只以为是平常小事，没有很好珍视，没想到失去后才觉得珍贵，但人生不可能再重来。全词情景交融，叙忆结合，现时与往昔穿插对比，一些动词、副词与形容词的运用，如"谁念"、"独自"、"凉"、"闭"、"残"等，增强了情感的表达力，使本词显得情思缠绵，幽怨伤感，引人共鸣。

浣溪沙　西郊冯氏园看海棠①，因忆《香严词》有感②

谁道飘零不可怜③，旧游时节好花天④。断肠人去自经年⑤。
一片晕红疑著雨⑥，晚风吹掠鬓云偏⑦。倩魂销尽夕阳前⑧。

■ 注释

①西郊冯氏园看海棠：西郊冯氏园，一说在今北京广安门外小屯，一说在今北京阜成门外。每年海棠花开的时候，龚鼎孳都要与亲友到西郊冯氏园看海棠。《香严词》中就有多首词提到看海棠之事。如《菩萨蛮》（西郊海棠已放，风复大作，对花怅然）："那禁风似箭，更打残花片。莫便踏花归，留他缓缓飞。"《菩萨蛮·同韶久西郊冯氏园看海棠》："年年岁岁花间坐，今来却向花间卧。卧倚璧人肩，人花并可怜。　轻阴风日好，蕊吐红珠小。醉插帽檐斜，更怜人胜花。"《罗敷媚·朱右君司马招集西郊冯氏园看海棠》："今年又向花间醉，薄病深春。火齐才匀，恰是盈盈十五身。　青苔过雨风帘定，天判芳辰。莺燕休嗔，白首看花更几人。"

②《香严词》：清初诗人龚鼎孳的词集《香严斋存稿》的简称，后定稿为《定山堂诗余》。

③谁道飘零不可怜：谁道，谁说。冯延巳《鹊踏枝》："谁道闲情抛掷久？每到春来，惆怅还依旧。"苏轼《浣溪沙》："谁道人生无再少？门前流水尚能西！休将白发唱黄鸡。"飘零，飘落、凋零、漂泊。卢照邻《曲池荷》："常恐秋风早，飘零君不知。"辛弃疾《玉楼春》："未随流落水边花，且作飘零泥上絮。"顾贞观《金缕曲》："我亦飘零久！"

④旧游时节好花天：旧游，李白《忆襄阳旧游赠马少府巨》："此地别夫子，今来思旧游。"章良能《小重山》："旧游无处不堪寻。无寻处，惟有少年心。"张宁《满江红》："想翠竹、碧梧风采，旧游何处。"好花天，吴潜《满庭芳》："无萦绊，炊粳酿秫，长是好花天。"纳兰性德《荷叶杯》："珍重好花天。"

⑤断肠人去自经年：经，一作"今"。断肠人，鱼玄机《寄国香》："雨中寄书使，窗下断肠人。"陈允平《唐多令》："断肠人、无奈秋浓。"马致远《天净沙·秋思》："夕阳西下，断肠人在天涯。"王实甫《十二月过尧民歌·别情》："新啼痕压旧啼痕，断肠人忆断肠人。"

⑥一片晕红疑著雨：疑，一作"才"。晕红，李曾伯《满江红》："弱柳眼回青尚浅，小桃腮晕红将入。"曹勋《二色莲》："素肌鉴玉，烟脸晕红深浅。"著雨，杜甫《曲江对雨》："林花著雨胭脂湿，水荇牵风翠带长。"王雱《倦寻芳》："倚危栏，登高树，海棠著雨胭脂透。"

⑦晚风吹掠鬓云偏：一作"几丝柔柳乍和烟"。鬓云，形容女子的鬓发像云一样乌黑细密。温庭筠《菩萨蛮》："小山重叠金明灭，鬓云欲度香腮雪。"《更漏子》："眉翠薄，鬓云残，夜长衾枕寒。"

⑧倩魂销尽夕阳前：倩魂，美魂，多指少女之魂。纳兰性德《菩萨蛮》："朔风吹散三更雪，倩魂犹恋桃花月。"

■ **简评**

词写看海棠，并兼忆友。开头一句，飘零，指友人龚鼎孳离世。谁道不可怜，是说可怜。为什么？因为背景，又到了海棠花开的美好时节，更因为此前此时，正是龚鼎孳与友人们赏海棠的时节，旧地重游，旧景旧花，更增今昔之感，也倍加思念友人，所以有了三句——"断肠人去自经年"。"断肠人"，伤心人也，一般指心上人或情人，此处显然是指友人龚鼎孳。在这样的人文背景下赏海棠，滋味杂陈。下片三句写海棠的姿态。以女子情态比拟花，是古代诗词传统，所以不必坐实穿凿为某个具体人

事。"一片晕红疑著雨",与龚词"重来门巷,尽日飞红雨"的
意境类似,写粉嫩的海棠花,犹如女子娇羞的脸庞一样美好;花
瓣坠地,犹如阵阵红雨飞落,绚丽而凄美。次句写风中的海棠。
晚风好似吹在了美人的脸上,将她鬓边如云的乌发吹偏了,海棠
的风姿借以展现。末句写夕阳下之海棠。夕阳下,绰约风姿的海
棠令人销魂,而且是销尽魂,海棠之美又一次被强调。总体而
言,词人触目春日海棠,思及友人之词和他的早逝,而海棠之美
更令人陡增对生命的眷恋,思念之情弥漫于夕阳下,倍增惆怅。
全词意境幽美,景色绚丽,赏花与怀人完美融合。

浣溪沙 古北口①

杨柳千条送马蹄②,北来征雁旧南飞③。客中谁与换春衣④?
终古闲情归落照⑤,一春幽梦逐游丝⑥。信回刚道别多时。

■ 注释

①古北口:据《大清一统志·顺天府》四,古北口在密云县东北
一百二十一里处,也叫虎北口。

②杨柳千条送马蹄:古人有折杨柳送别的习俗。杨柳千条,沈佺
期《奉和春日幸望春宫应制》:"杨柳千条花欲绽,葡萄百丈蔓初萦。"
刘方平《代春怨》:"庭前时有东风入,杨柳千条尽向西。"温庭筠《题
柳》:"杨柳千条拂面丝,绿烟金穗不胜吹。"送马蹄,刘长卿《送李判
官之润州行营》:"江春不肯留行客,草色青青送马蹄。"杜牧《春日古
道旁作》:"君看陌上何人墓,旋化红尘送马蹄。"

③北来征雁旧南飞:一作"向南飞"。雁每年秋分后飞往南方,次

年春分后北返。这里指北来的大雁就是去年南飞的那一群。李峤《雁》："春晖满朔方，归雁发衡阳。"征雁，岑参《奉陪封大夫九日登高》："横笛惊征雁，娇歌落塞云。"李商隐《霜月》："初闻征雁已无蝉，百尺楼高水接天。"

④ 客中谁与换春衣：客中，作客他乡。孟浩然《早寒江上有怀》："乡泪客中尽，孤帆天际看。"李颀《送魏万之京》："鸿雁不堪愁里听，云山况是客中过。"换春衣，皇甫冉《送裴阐》："道向毗陵岂是归，客中谁与换春衣。"岑参《与独孤渐道别长句兼呈严八侍御》："借问君来得几日，到家不觉换春衣。"岑参《送郭乂杂言》："博陵无近信，犹未换春衣。"

⑤ 终古闲情归落照：终古，自古。李白《古风五十九首》其十四："胡关饶风沙。萧索竟终古。"李商隐《隋宫》："于今腐草无萤火，终古垂杨有暮鸦。"闲情，冯延巳《蝶恋花》："谁道闲情抛弃久，每到春来，惆怅还依旧。"晁端礼《浣溪沙》："十里闲情凭蝶梦，一春幽怨付鲲弦。"吴文英《探芳新》："渐没飘鸿，空惹闲情春瘦。"落照，落日，即将下山的夕阳。吴融《游华州飞泉亭》："偶同人去红尘外，正值僧归落照时。"

⑥ 一春幽梦逐游丝：一春幽梦，赵彦端《秦楼月》："一春幽梦，与君相续。"游丝，飘荡于空中的断掉的蛛丝。皎然《效古诗》："万丈游丝是妾心，惹蝶萦花乱相续。"冯延巳《鹊踏枝》："满眼游丝兼落絮，红杏开时，一霎清明雨。"周紫芝《踏莎行》："情似游丝，人如飞絮。泪珠阁定空相觑。"王守仁《春晴》："游丝冉冉花枝静，青壁迢迢白鸟过。"

■ 简评

这是词人随康熙巡视古北口时思家之作。首句点题。杨柳拂道，点明时间，烘托出一个欣喜勃发的春天；折杨柳而送别，疾驰而去的马蹄，分明是在诉说着离别。次句写大雁。飞回北方的大雁，就是那去年飞去南方的啊！大雁的往返，意味时间的流逝，也意味着词人与家人彼时只能寄希望于鸿雁传书了。三句季节变换，更换衣服。"谁与"，明知故问，羁留他乡的客人，谁来给他更换春天的衣服呢？答案显而易见，没有人。更换春衣，说明词人离家已经有一段时间了，从季节上来说，跨越了冬春。上片选用三个有代表性的情节，杨柳送马蹄，大雁北归，客中换春衣，在在写离别，可见别情之苦、之深。下片首句意象阔大。"终古"，把时间拉长；"落照"，把空间扯大。在这样巨大的时空之中，充斥着词人的闲情。也就是说，这可以视为千古的思念之情，归于落日，定格在落日之中了。意境变大，境界提升，使私人性的思念具有了苍茫庄严之感。这样的意境也符合古北口这样的特定环境。下句空间、角色暗中转换，想象妻子也在闺中思念。梦魂，本已无凭；游丝，杨柳吐出的细丝随风飘拂，脆弱无依；梦魂追逐游丝，则是虚空中的虚空，可想见妻子的失魂落魄。此句显幽发微，笔力深辣。末句收束得紧。接到妻子的家信，信中说"别多时"，通过妻子之口，说出离家时间之长，也正道出了词人的心声，可谓卒章显志。本词意象繁复多变，南与北、塞外与闺中、去冬与今春，等等，众多意象形成对比与张力，阔大中见细腻而"终古闲情归落照"、"一春幽梦逐游丝"，则将情抒发到了极致，且意境唯美。

浣溪沙

身向云山那畔行①，北风吹断马嘶声②。深秋远塞若为情③！
一抹晚烟荒戍垒④，半竿斜日旧关城⑤。古今幽恨几时平！

■ **注释**

①身向云山那畔行：那畔，那边。纳兰性德《长相思》："山一程，水一程，身向榆关那畔行。夜深千帐灯。"

②北风吹断马嘶声：岑参《胡笳歌送颜真卿使赴河陇》："凉秋八月萧关道，北风吹断天山草。"长孙佐辅《南中客舍对雨送故人归北》："家书作得不忍封，北风吹断阶前雨。"

③深秋远塞若为情：若为情，如何动情，难以为情。司空曙《新蝉》："今朝蝉忽鸣，迁客若为情。"李珣《定风波》："帘外烟和月满庭，此时闲坐若为情。"张孝祥《六州歌头》："冠盖使，纷驰骛，若为情。"宋·陈克《临江仙》："故人相望若为情。别愁深夜雨，孤影小窗灯。"

④戍垒：堡垒。

⑤半竿斜日：张孝祥《眼儿媚》："半竿残日，两行珠泪，一叶扁舟。"

■ **简评**

词写北赴边塞途中所感。旅途的劳顿奠定了全词的基调。战马嘶鸣声被北风呼啸声所淹没，狂风震耳，尘沙满面，使人难免心情郁闷，更眷念故土。旅途所见，唯是一幅幅荒残凄寒的景象。一抹晚烟，半竿斜日，荒垒废都，到处静寂无声。这样荒寂的废城残垒与肆虐的北风构成了边塞永久的风景，不知迎来送走多少过客，怎不让人陡生幽恨？郁闷的情绪到此化为怀古伤今的凭吊，笔触也由封闭的自我走向辽阔的绝域和深纵的历史，仿佛一曲幽远的歌，余音不绝。

浣溪沙

肠断斑骓去未还^①，绣屏深锁凤箫寒^②。一春幽梦有无间。
逗雨疏花浓澹改^③，关心芳草浅深难^④。不成风月转摧残^⑤？

■ 注释

①肠断斑骓去未还：斑骓（zhuī），有斑点的马。骓，青白杂色的
马。李商隐《对雪二首》其二："关河冻合东西路，肠断斑骓送陆郎。"

②凤箫寒：指凤箫吹奏出的音调悲凉。凤箫，排箫。辛弃疾《江
神子》："绣阁香浓，深锁凤箫声。"

③逗雨疏花浓澹改：雨水洒在疏落的花朵上，似被花朵逗弄，花
色也显得时深时浅。逗雨，张先《山亭宴慢》："天意送芳菲，正黯淡、
疏烟逗雨。"卢祖皋《眼儿媚》："余寒逗雨，罗裙无赖，重暖金猊。"疏
花，张嵲《墨梅》："山边幽谷水边村，曾被疏花断客魂。"王沂孙《声
声慢》："纵疏花淡月，也只凄凉。"赵与洽《江城梅花引》："澹月疏花
三四点，尚春浅，早相看、似有情。"

④关心芳草浅深难：指芳草牵引着人的感情，但它不解人心，很
难使草色的深浅与人的情感协调统一。关心，关情、牵情。高观国《西
江月》："几度烟波共酌，半生风月关心。"浅深，李绅《宿扬州》："嘹
唳塞鸿经楚泽，浅深红树见扬州。"王次回《宾于席上徐霞话旧》："时
世妆梳浓淡改，儿郎情境浅深知。"李商隐《潭州》："湘泪浅深滋竹色，
楚歌重叠怨兰丛。"吴文英《思佳客》："欲知湖上春多少，但看楼前柳
浅深。"

⑤不成风月转摧残：不成，难道。王溥《咏牡丹》："堪笑牡丹如斗

大，不成一事又空枝。"张耒《陌上花》："不成便没相逢日，重整钗鸾筝雁。"风月，清风明月，喻男女间的情爱。转，渐渐。摧残，李白《秋日炼药院镤白发赠元六兄林宗》："卷舒固在我，何事空摧残。"

■ 简评

这首词写女子闺中思念征人。凤箫吹寒，一春幽梦，逗雨疏花，关心芳草，为闺中常景。思妇绵韧的思念就在这有限的事物上碰撞回环。尤其是，花草梦雨没有生命，不解相思，思妇却要从中找出情爱的见证，因此，梦成了"有无间"，疏花更是"浓淡改"，芳草也是"浅深难"。身闲心累的闺中思念不仅养成了她游疑的性情，也滋长了与外物不合拍的乖戾。思念是如此的煎熬着这位女子。本词体物深微，"逗雨"、"关心"句，写出了遭雨之花由浓转淡、春日芳草由浅至深，美好事物之易逝，与春日独处之绵长，形成巨大反差，心绪性极强，如出女子之手，十分感人。

浣溪沙

败叶填溪水已冰①，夕阳犹照短长亭②，行来废寺失题名③。
驻马客临碑上字④，斗鸡人拨佛前灯⑤。劳劳尘世几时醒⑥？

■ 注释

①败叶填溪：败叶填溪，唐求《和舒上人山居即事》："败叶填溪路，残阳过野亭。"

②短长亭：古代送别朋友的地方，一般十里一长亭，五里一短亭。

王昌龄《少年行二首》其一:"西陵侠少年,送客短长亭。"晏几道《浣溪沙》:"衣化客尘今古道,柳含春意短长亭。"钱枚《忆王孙》:"短长亭子短长桥,桥外垂杨一万条。"

③行来废寺失题名:行来,一作"何年"。废寺,荒废了的寺庙。失题名,指寺院墙柱上的题名因年久荒芜已经看不见了。白居易《早春题少室东岩》:"东岩最高石,唯我有题名。"张籍《送远曲》:"愿君到处自题名,他日知君从此去。"崔涂《过长江贾岛主簿旧厅》:"过县已无曾识吏,到厅空见旧题名。"

④驻马客临碑上字:驻马,一作"倚马"。周邦彦《浣溪沙》:"下马先寻题壁字,出门闲记榜村名。"王建《香印》:"火尽转分明,青苔碑上字。"

⑤斗鸡人拨佛前灯:斗鸡人,古代贵族豪门喜欢斗鸡成风。唐玄宗喜欢斗鸡,宫里专门养了一批饲鸡斗鸡的人。这里斗鸡人指贵族、豪族。佛前灯,李商隐《题白石莲花寄楚公》:"白石莲花谁所共,六时长捧佛前灯。"马戴《寄终南真空禅师》:"松门山半寺,夜雨佛前灯。"陆龟蒙《赠老僧二首》其一:"枯貌自同霜里木,余生唯指佛前灯。"

⑥劳劳尘世几时醒:一作"净消尘土礼金经"。劳劳,形容惆怅忧伤。李白《劳劳亭》:"天下伤心处,劳劳送客亭。"李贺《题归梦》:"劳劳一寸心,灯花照鱼目。"杜牧《偶题二首》:"劳劳千里身,襟袂满行尘。"

■ 简评

词借荒溪废寺之景寄托怀古伤今之感。"败叶填溪",突出一个"败"字;"水已冰",突出一个"冰"字。则衰败冰冷之景现于眼前。败叶填满的冰溪做背景,则夕阳之惨淡荒凉自不必说,一个"犹",更增强了此种氛围,就是说,何况夕阳还照在那短长亭上。短长亭,送别之地也。彼时的短长亭,空寂无人,但仍能提醒昔日热闹的送别场面。如今连伤感的送别似乎都成了奢侈。哀景衬哀则更哀。前两句全为景，接下一句出现人。人行走在废寺中，看到墙壁和廊柱上的题名已漫漶不清，则昔日人存在的痕迹进一步被抹去。过片意不断，行客下马，临摹起古碑上残留的字来，而废寺里仅有的伴着佛前青灯的人，曾经是斗鸡走马的贵胄之士。败叶填溪、溪水成冰、夕阳犹照、废寺失题，到处都是人迹断绝、衰败不堪的景象。长亭空落，提醒人春天曾在这里留驻，昔日的繁华更显如今的荒凉惨败。自然界如此，人事又何尝不如此！强烈的今非昔比，人事与自然的巨大反差，给人造成了强大的震撼与冲击，令词人产生强烈的古今之感和幻灭感，生发出结句的感慨。"劳劳尘世几时醒"，为本词的点睛之笔，亦是词人触景而发的感悟。

浣溪沙

睡起惺忪强自支①，绿倾蝉鬓下帘时②，夜来愁损小腰肢③。远信不归空伫望④，幽期细数却参差⑤。更兼何事耐寻思。

■ 注释

①睡起惺忪强自支：惺忪，睡眼迷蒙的样子。张炎《甘州》："听惺忪语笑，香寻古字，谱掐新声。"潘汾《玉蝴蝶》："醉眼羞抬，娇困犹自未惺忪。"强自支，勉强支撑。蒋旭亭《闺怨》："花朝又届好良时，病骨萧疏强自支。"

②绿倾蝉鬓下帘时：绿倾蝉鬓，形容低着头，头发歪堕的样子。绿，绿云，指古代妇女的头发。蝉鬓，古代女子如蝉翼般的发型，崔豹《古今注杂注》："魏文帝宫人绝所爱者，有莫琼树、薛夜来、田尚衣、

段巧笑四人，日夕在侧。琼树乃制蝉鬓，缥眇如蝉，故曰蝉鬓。"杨巨源《观妓人入道二首》其二："春来削发芙蓉寺，蝉鬓临风堕绿云。"姚合《咏云》："怜君翠染双蝉鬓，镜里朝朝近玉容。"

③愁损：愁损，愁坏了，愁得憔悴了。史达祖《双双燕》："愁损翠黛双蛾，日日画阑独凭。"孔夷《南浦》："故国梅花归梦，愁损绿罗裙。"

④远信不归空伫望：远信不归，指远方没有音讯传来。远信，元稹《得乐天书》："远信入门先有泪，妻惊女哭问何如。"柳永《玉蝴蝶》："念双燕、难凭远信，指暮天、空识归航。"赵令畤《蝶恋花》："远信还因归燕误。小屏风上西江路。"空伫望，何仲宣《七夕赋咏成篇》："日日思归勤理鬓，朝朝伫望懒调梭。"

⑤幽期细数却参差：幽期，男女之间的约会。晁补之《御街行》："幽期莫误香闺恨。"吴文英《渡江云三犯》："题门惆怅，堕履牵萦，数幽期难准。"陆游《一丛花》："尊前凝伫漫魂迷。犹恨负幽期。"参差，蹉跎、错过。秦观《水龙吟》："怅佳期、参差难又。"

■ 简评

词写闺思。上片写女子早起情态。"睡起"，点明时间为清晨或白天。"惺忪"，说明睡意未去，暗示整夜无眠或没有睡好。"强自支"，言体力虚弱，勉强支撑着起床。下句写女子鬓云歪堕地撤去帐帘。三句写衣带渐宽，身形消瘦。"愁损"，说明腰肢清减的原因，乃是因为愁苦。三句总体勾勒出女子清晨起来睡眼惺忪、浑身无力、鬓发凌乱、憔悴慵懒的精神状态。下片前两句具写愁因。原来是心上人久离而杳无音信，使二人的相会一再推迟。信为"远信"，突出了"远"；望为"伫望"，突出了"空"。而"空"又透露出女子一再的失望。幽期参差，暗示男子薄幸；"细数"幽期，刻画出女子执着而情深。一句中含对比，反差极大。结句回到现实，通过反问，表明再没有什么事情是可以值得寻思的了，有"曾经沧海难为水，除却巫山不是云"

的意味，也表示女子的注意力很难再被别的事物吸引，则女子的执着、多情再次体现。动词和形容词的恰当运用，增强了体物抒情的能力，因此形象而颇具画面感；小开口的押韵，使女子情感的碎密得到很好体现，也可体味到压抑与隐忍的情感特色，是闺思中的佳作。

浣溪沙　小兀喇[①]

桦屋鱼衣柳作城[②]，蛟龙鳞动浪花腥[③]。飞扬应逐海东青[④]。犹记当年军垒迹[⑤]，不知何处梵钟声[⑥]。莫将兴废话分明。

■ 注释

①兀喇：即乌喇、乌拉，在吉林城北七十里混同江东。

②桦屋鱼衣柳作城：以桦树为屋，以鱼皮为衣，以插柳枝围成藩篱作城墙。这句写乌喇城的风俗。

③蛟龙：杜甫《又观打鱼》："日暮蛟龙改窟穴，山根鳣鲔随云雷。"吕岩《绝句》："剑术已成君把去，有蛟龙处斩蛟龙。"

④海东青：雕鹰的一种，产于辽东地区。黄遵宪《夜起》："正望鸡鸣天下白，又惊鹅击海东青。"

⑤军垒：军营周围的防御工事。杜甫《雨过苏端》："妻孥隔军垒，拨弃不拟道。"张籍《送流人》："拥雪添军垒，收冰当井泉。"陆龟蒙《奉和袭美寄滑州李副使员外》："清秋月色临军垒，半夜淮声入贼壕。"

⑥梵钟：寺院中的大钟。李世民《谒并州大兴国寺》："梵钟交二响，法日转双轮。"

■ 简评

此词作于康熙二十一年（1682）三月词人护卫康熙巡行乌拉城之际。上片三句写乌拉城的景色风俗。当地人以桦树皮做屋子、以鱼皮做衣服、以柳条围城篱笆做城墙，海里似乎有蛟龙游动，浪花带着浓浓的鱼腥味，天上飞着随时会俯身下来捕食的海东青。景色是如此明朗绚丽，颇有异国情调。下片言词人面对此景，不仅心中感慨，发思古之幽情。"犹记"，仍然记得，还记得，说明记忆深刻。词人还记得当年军垒的位置和痕迹，这是思古。下一句转为现实。不知何处飘来寺院的钟声。则内心之澎湃又被寺院的钟声洗涤，似又恢复平静。次句不仅从意思上是转折，更透露出词人内心挣扎之后心灵的升华。所以，结句看似由怀古而生发的把兴废都看淡、不必仔细追究的感悟，实则是对自己的劝说。纳兰的祖先属海西女真的叶赫部，世居混同江畔，后被努尔哈赤打败，纳兰的高祖金台什战败自焚而死。对于纳兰家族而言，这是一段被毁灭的惨痛历史，也是一段痛苦的记忆。所以，面对昔日祖先生存过的土地如今却物是人非、江山易主，兴亡之感令词人难免颓然而感伤，但限于自己是康熙御前侍卫的特定身份，词人又不便过多抒发亡国之恨，故只能说出"莫将兴废话分明"这样的话来安慰自己了，实则是含蓄隐忍的伤痛之语。

浣溪沙

残雪凝辉冷画屏①，落梅横笛已三更②。更无人处月胧明③。
我是人间惆怅客④，知君何事泪纵横⑤。断肠声里忆平生⑥。

■ 注释

①残雪凝辉冷画屏：残雪，杜审言《杂曲歌辞·大酺乐》："梅花落处疑残雪，柳叶开时任好风。"项斯《和李用夫栽小松》："影侵残雪际，声透小窗间。"李煜《虞美人》："烛明香暗画堂深，满鬓青霜残雪思难任。"凝辉，温庭筠《阳春曲》："云母空窗晓烟薄，香昏龙气凝辉阁。"孙光宪《浣溪沙》："自入春来月夜稀，今宵蟾彩倍凝辉。"方千里《解语花》："长空淡碧，素魄凝辉，星斗寒相射。"冷画屏，杜牧《秋夕》："银烛秋光冷画屏，轻罗小扇扑流萤。"白朴《唐明皇秋夜梧桐雨》："瑶阶月色晃疏棂，银烛秋光冷画屏。"

②落梅：指羌族乐曲《落梅花》，用来表现思乡之情。苏味道《正月十五夜》："游妓皆秾李，行歌尽落梅。"高适《塞上闻笛》："借问落梅凡几曲，从风一夜满关山。"李白《襄阳歌》："千金骏马换小妾，醉坐雕鞍歌《落梅》。"《与史郎中钦听黄鹤楼上吹笛》："黄鹤楼中吹玉笛，江城五月落梅花。"

③月胧明：月光微明。张九龄《荆溪夜泊》："点点渔灯照浪清，水烟疏碧月胧明。"元稹《嘉陵驿二首》其一："仍对墙南满山树，野花缭乱月胧明。"温庭筠《菩萨蛮》："灯在月胧明，觉来闻晓莺。"岳飞《小重山》："人悄悄，帘外月胧明。"

④惆怅客：赵崇《过秦楼》："当日琴心，只今诗思，惆怅客衣尘染。"

⑤泪纵横：眼泪纵横交错的样子。鹿虔扆《虞美人》："不堪相望病将成，钿昏檀粉泪纵横，不胜情。"孙光宪《定西番》："遥想汉关万里，泪纵横。"辛弃疾《江神子》："梨花著雨晚来晴。月胧明。泪纵横。"

⑥断肠声：杜甫《吹笛》："吹笛秋山风月清，谁家巧作断肠声？"柳永《少年游》："一曲阳关，断肠声尽，独自凭兰桡。"吴文英《新雁过妆楼》："徐郎老，恨断肠声在，离镜孤鸾。"

■ 简评

  词写深夜闻笛的感慨。首句点明季节地点。"残雪",季节为冬日;有落雪,地在北方。雪残,表明落雪时间长,雪已开始融化,故称残雪。"凝辉",指雪的光芒凝结。"冷",本是形容词,此处用作动词,言残雪凝结的光辉使画屏显得幽冷。雪辉是指光,光能产生冷的力量,移情用得精妙。首句烘托出一个寒冷、明亮、清静的世界。首句动用视觉与体感触觉,次句从听觉入手,听到了笛子吹奏的《落梅花》,不觉时间已是三更天了。顺序上,一般是先听到笛声,再辨认出吹奏的乐曲,而此处用倒装句,将曲名《落梅花》置于句首,足见此曲对人触动之大。因此,句末有"已三更"三字,说明听的时间很长,不觉听到夜里三更。这是从闻笛者角度,从吹笛者角度,则吹奏时间之长,也透露出内心之不平静,无法入睡。三句由笛声写到天上。"月胧明",表示月光微明。由于雪光清澈,散发银辉,故显得月光黯淡,故曰"胧明"。月光变得微暗,则似人之睡意袭来,故四周安静,人多睡去,所以有"更无人"之说。而难以入眠者,必是思乡之人,或有心事之人。下片承上片之意,描写对象由富有诗意的残雪凝辉、画屏凄冷、笛声幽怨、明月三更,移到人身上来。这个人,是闻笛者。他说自己是人间的惆怅客,则表明多愁善感,对哀苦之人事也更多理解。所以下句说他知道对方因何事双泪纵横。范仲淹《渔家傲》有"浊酒一杯家万里,燕然未勒归无计。羌管悠悠霜满地,人不寐,将军白发征夫泪。"是为思乡眼泪纵横,此处的"何事",恐怕也是因思乡而起。既知对方因何事而眼泪纵横,则闻笛者自己的心事如何,不言自明。结句合写词人与"泪纵横"者共同的心事。断肠声,仍指笛子吹奏的《落梅花》。在断肠声里,词人与流泪者共同回忆起了往事。忆平生,回忆平生所经历之事。之所以能够做到"断肠声里忆平生",是因为笛声作为媒介,打通了闻笛者彼此之间的隔阂,大家共同被思乡之情感染,成为心灵相通者。边塞闻笛,是边塞诗中常见题材,但本词却充分调动了视觉、听觉等感觉,细腻地展现了人的内心活动,将笛声的感染力渲染到极致,并构造了幽美而令人沉醉的意境,将吹笛人与听笛者对往事的回忆以音乐的旋律展现了出来,起伏飘荡,令人荡气回肠,于婉约多情中见慷慨苍凉。而"我是人间惆怅客"是本词关键,不有惆怅,不有感发,岂能闻笛而感并眼泪纵横!词人形象因此具体鲜活起来,此句也成为千古名句。

浣溪沙

万里阴山万里沙①,谁将绿鬓斗霜华②?年来强半在天涯③。魂梦不离金屈戍④,画图亲展玉鸦叉⑤。生怜瘦减一分花⑥。

■ 注释

①万里沙:刘禹锡《浪淘沙》:"九曲黄河万里沙,浪淘风簸自天涯。"温庭筠《醨簴歌》:"汉将营前万里沙,更深一一霜鸿起。"独孤及《海上怀华中旧游寄郑县刘少府造、渭南王少府鋬》:"凉风台上三峰月,不夜城边万里沙。"

②谁将绿鬓斗霜华:鬓,一作"发"。绿鬓指黑发,霜华指两鬓斑白。这句的意思是:守卫边塞的时间很长,由黑发少年变成了白发苍苍的老兵。李白《怨歌行》:"沉忧能伤人,绿鬓成霜蓬。"《久别离》:"云鬟绿鬓罢梳结,愁如回飙乱白雪。"秦观《江城子》:"绿鬓朱颜,重见两衰翁。"

③强半：过半、大部分。张籍《寄故人》："故人只在蓝田县，强半年来未得书。"晏几道《清平乐》："强半春寒去后，几番花信来时。"

④魂梦不离金屈戌：金屈戌，指门窗、屏风、柜子等上的精美的搭扣、环钮。李商隐《骄儿诗》："凝走弄香奁，拔脱金屈戌。"纳兰性德《浣溪沙》："残月暗窥金屈戌，软风徐荡玉帘钩。"

⑤画图亲展玉鸦叉：亲展，一作"重展"。玉鸦叉，即玉叉，首饰名。李商隐《病中闻河东公乐营置酒口占寄上》："锁门金了鸟，展障玉鸦叉。"

⑥生怜瘦减一分花：生怜，生生地怜悯、甚怜。纳兰性德《山花子》："林下荒苔道韫家，生怜玉骨委尘沙。"瘦减，汤显祖《牡丹亭·写真》："晓寒瘦减一分花。"周邦彦《意难忘》："又恐伊、寻消问息，瘦减容光。"陈师道《罗敷媚》："春风吹尽秋光照，瘦减初黄。"吴文英《一剪梅》："风情谁道不因春。春到一分，花瘦一分。"

■ 简评

词写征人戍边的忧怨。结合纳兰形迹，且衡之词意，此应指康熙二十二年（1683）九月护驾五台山时。上片写边地阴山的生活。首句写景境界阔大，两个表示境域极大的数量词，将意象阔大至万里甚至无垠；接续的两个名词，一为专有名词，点明具体地点；一为边地特有之物，不是土，也不是水，而是沙。这句视觉冲击力极强，给人满眼都是阴山和黄沙的效果，刻画边地景物奇绝。次句写人。谁，表示疑问，实则以此代表极广大的边塞官兵。绿鬓与霜华形成对比。"绿鬓"，黑发，指年轻人；"霜花"，白发，指老年人。在霜华面前，绿鬓是颇有生气和优势的群体，而此处却违背常规地用了"斗"字，凸显边塞生活之久，大多数的官兵都无法逃脱从青年到老年的守边宿命。"斗"字用得妙，挖出了许多内容。三句是写自己。说自己一年来有半年多的时间守在边地了。"天涯"，言极遥远的地方，此处显然是夸

张，但也有心理上感觉离家极遥远的意思。上片三句，由总写边
地之浩阔、守边之凄苦漫长，聚焦在词人自己的守边感受上。下
片写对闺中人的思念。先写梦魂。词人思家心切，即使做梦，也
不曾离开过家中窗上、屏风上的金屈戌。再写图画。词人在夜深
人静时，慢慢展开画有闺中人的图画。他是那么细心温柔地展开
图画中心上人头上戴的玉钗啊！金屈戌和玉鸦叉本是极小的物
件，不易被人注意，可词人的梦魂却不仅能梦到它，而且还不离
开它，现实中，又是如此小心翼翼地对待画中的玉鸦叉，足见词
人思家之心有多么殷切，其情感又是多么细腻温柔。末句将这种
情感刻画更进一层。对于捎来的画像中人儿的消瘦，词人产生深
深的怜悯。"瘦减一分花"，词人把闺中人的憔悴比为花儿的消
瘦，透露出温柔的怜惜。写边塞诗词，恐怕没有几人能写出"万
里阴山万里沙"这样恢宏豪迈的场景来；而在边塞诗词中思念闺
中人，恐怕亦没有几人能写出"生怜瘦减一分花"的柔美与温情
来。比起一般边塞诗的苍凉来，纳兰在苍凉中融入了旖旎，在宏
大豪迈中糅入了温柔，丰富了边塞题材的内涵，也使其中的情感
与艺术得到了更好的提升，堪称此类题材的绝唱。

浣溪沙　大觉寺①

燕垒空梁画壁寒②，诸天花雨散幽关③，篆香清梵有无间④。
蛱蝶乍从帘影度⑤，樱桃半是鸟衔残⑥。此时相对一忘言⑦。

■ 注释

　　① 大觉寺：在河北省满城县北。

②燕垒空梁画壁寒：燕垒，马致远【仙吕】《青哥儿》："卧看风檐燕垒巢，忽听得江津戏兰桡，船儿闹。"汤允绩《浣溪沙》："燕垒雏空日正长，一川残雨映斜阳。"空梁，薛道衡《昔昔盐》："暗牖悬蛛网，空梁落燕泥。"卢照邻《文翁讲堂》："空梁无燕雀，古壁有丹青。"刘克庄《卜算子》："常傍画檐飞，忽委空梁去。"陈克《菩萨蛮》："幽恨有谁知，空梁落燕泥。"画壁，姚合《寄题纵上人院》："禅房空旦暮，画壁半陈隋。"温庭筠《生祺屏风歌》："画壁阴森九子堂，阶前细月铺花影。"

③诸天花雨散幽关：诸天，佛家语，佛经上说天上分三十八天，故称诸天。李白《陪族叔当涂宰游化城寺升公清风亭》："清乐动诸天，长松自吟哀。"孟浩然《登总持寺浮屠》："坐觉诸天近，空香送落花。"高适《登总持阁》："高阁逼诸天，登临近日边。"花雨，指天上仙女散花，花落如雨。殷尧藩《生公讲台》："一尘无处著，花雨遍苍苔。"柳永《斗百花》："深院无人，黄昏乍拆秋千，空锁满庭花雨。"幽关，玄关，悟道之门。苏颋《慈恩寺二月半寓言》："行密幽关静，谈精俗态祛。"

④篆香清梵有无间：篆香，刻有篆纹的檀香，这里指檀香发出的香气。李清照《满庭芳》："篆香烧尽，日影下帘钩。"纳兰性德《酒泉子》："篆香消，犹未睡，早鸦啼。"清梵，清脆的梵音，梵音指念经的声音。钱起《送少微师西行》："天外猿啼处，谁闻清梵音。"韩翃《题僧房》："名香连竹径，清梵出花台。"有无间，李冶《偶居》："心远浮云知不还，心云并在有无间。"张均《流合浦岭外作》："从此更投人境外，生涯应在有无间。"

⑤蛱蝶乍从帘影度：蛱蝶，蝴蝶的一种，幼虫灰黑色，成虫赤黄色，身上多刺。王驾《雨晴》："蛱蝶飞来过墙去，却疑春色在邻家。"范成大《四时田园杂兴》其二："日长篱落无人过，惟有蜻蜓蛱蝶飞。"帘影，欧阳修《蝶恋花》："帘影无风，花影频移动。"王沂孙《高阳台》："残雪庭阴，轻寒帘影，霏霏玉管春葭。"

⑥樱桃半是鸟衔残：王维《敕赐百官樱桃》："才是寝园春荐后，非关御苑鸟衔残。"王建《酬于汝锡晓雪见寄》："薄落阶前人踏尽，差池树里鸟衔残。"钱谦益《吴门春仲送李生还长安》："夜乌啼断门前柳，春鸟衔残花外樱。"

⑦此时相对一忘言：指悟出道理。陶渊明《饮酒诗》："此中有真意，欲辩已忘言。"刘长卿《寻南溪常山道人隐居》："溪花与禅意，相对亦忘言。"钱起《与赵莒茶宴》："竹下忘言对紫茶，全胜羽客醉流霞。"

■ 简评

词写作者于大觉寺所感。意象选取颇带禅意：燕垒空梁更显寺院寂寥，佛家与世隔绝、四大皆空的神韵凸现；置身凄冷的寺院，在诸天花雨的豁然妙悟中，耳畔隐约传来美妙的梵音，顿然忘俗；此时，蝴蝶的影子从帘上划过，那么虚幻空灵，几株稀疏的樱桃一半已被鸟嘴啄残。眼前的壁画梵音、燕垒空梁、蝴蝶樱桃，都脱去了俗世的热闹、追逐、刻意、功利，只留下清冷、随意、自然与安详。面对这一切，怎能不令人荡涤淘洗、忘却势利奔竞与偏执呢？本词一些词语的选择，颇符合佛教教义。如空、有无，正如佛教所讲的万事皆空、有无混同的观念；而诸天、花雨等，亦化用了佛教术语，与写大觉寺的主题十分吻合。蝶影划过帘子，似乎是心思不定；而樱桃则令人想起士子们中举所参加的樱桃宴，但樱桃被鸟衔去啄残，则意味着功名念头的打消或削弱。下片三句，可视为在认识与修行佛教方面的日益精进、升华，最终的相对忘言，则是放下一切羁绊、得道与得大自在的标志。全词虽围绕佛教来写，但意象纷披唯美，具有十分强的感染力，可谓雅人写雅词，淡人抒素心。

浣溪沙

已惯天涯莫浪愁 ①，寒云衰草渐成秋 ②。漫因睡起又登楼 ③。
伴我萧萧惟代马 ④，笑人寂寂有牵牛 ⑤。劳人只合一生休 ⑥。

■ 注释

①已惯天涯莫浪愁：已惯，已经习惯。张孝祥《西江月》："世路
如今已惯，此心到处悠然。"莫浪愁，不会轻易地发愁。浪，滥、轻易。
韩元吉《鹧鸪天》："年年九日常拼醉，处处登高莫浪愁。"

②寒云衰草渐成秋：寒云衰草，蔡挺《喜迁莺》："望紫塞古垒，
寒云衰草。"蔡伸《西楼子》："满目寒云衰草、使人愁。"

③漫因睡起又登楼：漫，随意、漫不经心。登楼，杜甫《春日梓
州登楼二首》其一："行路难如此，登楼望欲迷。"其二："天畔登楼眼，
随春入故园。"秦观《江城子》："飞絮落花时候、一登楼。"苏辙《水
调歌头》："但恐同王粲，相对永登楼。"吴文英《唐多令》："都道晚凉
天气好，有明月、怕登楼。"

④伴我萧萧惟代马：萧萧，马嘶声。李白《送友人》："挥手自兹
去，萧萧班马鸣。"杜甫《兵车行》："车辚辚，马萧萧，行人弓箭各在
腰。"代马，代州的马，代州在今山西省雁门一带。李白《豫章行》："胡
风吹代马，北拥鲁阳关。"崔颢《雁门胡人歌》："解放胡鹰逐塞鸟，能将
代马猎秋田。"许浑《送楼烦李别驾》："去去从军乐，雕飞代马豪。"

⑤笑人寂寂有牵牛：寂寂，孟浩然《留别王侍御维》："寂寂竟何
待，朝朝空自归。"李白《寻高凤石门山中元丹丘》："寂寂闻猿愁，行
行见云收。"朱庆余《宫词》："寂寂花时闭院门，美人相并立琼轩。"牵

牛，指牵牛星，星名，即河鼓，就是人们说的牛郎星。曹丕《燕歌行》二首其一："牵牛织女遥相望，尔独何辜限河梁。"杜牧《秋夕》："天阶夜色凉如水，卧看牵牛织女星。"林杰《乞巧》："七夕今宵看碧霄，牵牛织女渡河桥。"

⑥劳人只合一生休：只合，只应该。劳人，指忧伤之人。舒亶《虞美人》："浮生只合尊前老。雪满长安道。"张惠言《相见欢》："年年负却花期！过春时，只合安排愁绪送春归。"一生休，姚合《哭贾岛二首》其一："名虽千古在，身已一生休。"韦庄《思帝乡》："妾拟将身嫁与，一生休。"

■ 简评

词写征人思家。首句先抑。"已惯"，已经习惯。接以"天涯"，说明词人已习惯了与家人分离。"天涯"，地之极远者，也点明此刻词人正身在天涯。"莫浪愁"，不要随便产生离愁。一句三顿，透露出词人经受离别之多以及承受离别能力在增强。次句写季节及所居之环境。云为寒云，草已衰败，季节已经渐渐进入秋天了。秋意肃杀，更易引人起思乡之情。虽然是在写秋景，但压抑的思家之愁在酝酿、暗涌。三句为思愁的引爆点。自古登高易起思乡之愁，因此，睡起无意中的登楼，终于使词人压抑隐忍的情绪顷刻间爆发。下片三句是词人反观自身的自怜。此刻，正是牛郎织女相会的七夕，可陪伴在他身边的只有代马，孤独之感自然流溢。所以，词人说自己是"劳人只合一生休"。"劳人"，一是指奔波劳碌之人，一是指内心情感丰富、备受思念之苦折磨的人，纳兰显然自比于后者。一生休，一辈子就这么过去了。这是说词人一辈子都会这样受相思之苦，即使是已惯天涯漂泊，仍没有抵抗力。侧写出词人用情之专、情感之真。且"一生休"与"莫浪愁"首尾呼应，将思家之情写得起伏回环，一唱三叹。天涯、寒云、衰草、代马、牵牛等意象，萧瑟寂寥，阔大深远，不乏苍茫悲凉之感，但在此外景烘托下，词人的思念之情却显得柔婉绵长，真乃多情公子也。

霜天晓角

　　重来对酒①，折尽风前柳②。若问看花情绪，似当日③，怎能够？　　休为西风瘦④，痛饮频搔首⑤。自古青蝇白璧⑥，天已早安排就。

■ 注释

　　①对酒：饮酒，此指为友人送别。李白《对酒行》："对酒不肯饮，含情欲谁待。"贾至《对酒曲二首》其一："当歌怜景色，对酒惜芳菲。"韩翃《李中丞宅夜宴送丘侍御赴江东便往辰州》："积雪临阶夜，重裘对酒时。"

　　②折尽风前柳：把随风摇曳的柳条都折尽了。古人有折杨柳送别的习惯。李白《塞下曲六首》其一："笛中闻折柳，春色未曾看。"《春夜洛城闻笛》："此夜曲中闻折柳，何人不起故园情。"风前柳，杜荀鹤《别四明钟尚书》："风前柳态闲时少，雨后花容淡处多。"白朴【双调】《驻马听》："锦缠头，刘郎错认风前柳。"

　　③似当日：范成大《酹江月》："谁似当日严君，故人龙衮，独抱羊裘宿。"佚名《千秋岁令》："似当日欢娱何日遂。"

　　④休为西风瘦：李清照《醉花阴》："帘卷西风，人比黄花瘦。"

　　⑤痛饮频搔首：痛饮，苏轼《南乡子》："不用诉离觞，痛饮从来别有肠。"辛弃疾《满江红》："细读《离骚》还痛饮，饱看修竹何妨肉。"频搔首，赵希蓬《满江红》："倚西风、吼彻剑花寒，频搔首。"

⑥自古青蝇白璧：陈子昂《宴胡楚真禁所》："青蝇一相点，白璧遂成冤。"李白《鞠歌行》："楚国青蝇何太多，连城白璧遭谗毁。"《雪谗诗赠友人》："白璧何辜，青蝇屡前。"

■ 简评

词写送别友人。上片前两句，"重来对酒"，说明践行酒喝了不止一次；"折尽风前柳"，说明饯别的话说了无数次。两句写分别之难，友情之重。接下三句写心情低落，无心赏花。下片四句是劝友也是自我宽解。"为西风瘦"，实指因思念友人消瘦；"痛饮频搔首"，因情怀不纾而饮酒。搔首，杜甫有诗："白头搔更短，浑欲不胜簪。"（《春望》）是一种愁苦、颓废、衰老的景象。两句是劝慰友人要心情舒畅，多加珍重。末两句说到底是青蝇还是白璧，上天早已安排好了，言下之意是不必汲汲去追，也不必难以释怀，要豁达洒脱些。这同样是劝诫友人，亦兼自勉之词。

减字木兰花　新月

晚妆欲罢。更把纤眉临镜画①。准待分明②。和雨和烟两不胜③。　莫教星替④。守取团圆终必遂⑤。此夜红楼。天上人间一样愁⑥。

■ 注释

①更把纤眉临镜画：纤眉，李太古《永遇乐》："抚纤眉，织乌西下，为君凝碧。"蒋捷《祝英台》："知他蛾绿纤眉，鹅黄小袖，在何处、

111

闲游闲玩。"临镜，王维《扶南曲歌词五首》其五："朝日照绮窗，佳人坐临镜。"赵长卿《鹧鸪天》："闲对影，记曾逢。画眉临镜霎时间。"

②准待分明：准待，一定等待。准，一定。

③和雨和烟两不胜：和雨和烟，郑谷《江梅》："和雨和烟折，含情寄所思。"李石《生查子》："小桃小杏红，和雨和烟瘦。"善住《忆王孙》："游子寻春骏马骄。欲魂销，和雨和烟折柳条。"不胜，承担不了、不能承受。杨炎正《水调歌头》："寒眼乱空阔，客意不胜秋。"纳兰性德《浣溪沙》："伏雨朝寒愁不胜，那能还傍杏花行。"《虞美人》："凄凉别后两应同，最是不胜清怨月明中。"

④莫教星替：李商隐《李夫人三首》其一："惭愧白茅人，月没教星替。"

⑤终必遂：终究会实现。

⑥天上人间一样愁：天上人间，白居易《长恨歌》："但教心似金钿坚，天上人间会相见。"张曙《浣溪沙》："天上人间何处去，旧欢新梦觉来时。黄昏微雨画帘垂。"李煜《浪淘沙令》："流水落花春去也，天上人间。"一样愁，向滈《武陵春》："两处相思一样愁。休更照郴州。"吕本中《采桑子》："水自东流。不似残花一样愁。"向子諲《采桑子》："斜倚琼楼。叶叶眉心一样愁。"

■ **简评**

词咏新月。整首词把月比作一女子。写她欲罢晚妆，却又把纤细的眉毛仔细描画。写出新月如眉的样子。接下两句写她的心理活动。她一定要等待月亮分明的时候，又是雨又是烟雾的，让她如瘦弱女子一样，同样无法承受呀。写出新月之纤瘦，恰如女子的柔弱、不经风雨。下片前两句承接上片后两句词意。写她执着地守候，不愿让星星替代自己的光辉；写她渴望团圆，执着追求，一直坚持到月圆之夜、团圆之时。自此，词人用拟人手法，将新月比喻为年轻女子，将新月向圆月发展的过程，比作女子的执着、守候，不愿被他人替代，最终与心上人团圆。词人以人写月，抓住人、月之间共通的特点，写来朦胧迷离。结尾两句由月写到人。此夜红楼，应该是心上女子居住之处，她此刻，大约正望着天上的新月，一样犯着相思，一样在愁苦吧。则虚实结合，写月，其实最终是写人。至此，也便明白词人为何将月写得那么像年轻美好的女子，原来他心中正住着一个年轻美好的女子呢。故虽为咏月词，但句句情语，分明是相思的杰作。意境幽美，如一首无声之歌，令人回味无穷。

减字木兰花

烛花摇影[①]。冷透疏衾刚欲醒[②]。待不思量[③]。不许孤眠不断肠[④]。　　茫茫碧落[⑤]。天上人间情一诺[⑥]。银汉难通[⑦]。稳耐风波愿始从[⑧]。

■ 注释

①烛花摇影：烛花，蜡烛的火焰。陈著《沁园春》："箫玉香中，烛花影里，听取捧觞低祝人。"陆凝之《夜游宫》："从来只惯掌中看，怎忍在、烛花影里。"《浣溪沙》："荆楚谁言镜听词。烛花影动画檐低。"

②疏衾：这里指薄薄的被子。疏，稀、不密。衾，被子。

③待不思量：待，副词，将要、正要。苏轼《江城子》："十年生死两茫茫，不思量，自难忘。"

④不许孤眠不断肠：孤眠，李白《相逢行》二首其一："胡为守空闺，孤眠愁锦衾。"欧阳修《卜算子》："不惯孤眠惯成双，奈奴子、心肠硬。"断肠，冯延巳《采桑子》："花前失却游春侣，独自寻芳。满目

悲凉。纵有笙歌亦断肠。"

⑤碧落：天空。白居易《长恨歌》："上穷碧落下黄泉，两处茫茫皆不见。"

⑥天上人间情一诺：白居易《长恨歌》："但教心似金钿坚，天上人间会相见。"

⑦银汉：银河。这里指很大的阻隔。秦观《鹊桥仙》："纤云弄巧，飞星传恨，银汉迢迢暗渡。"

⑧稳耐风波愿始从：稳耐，忍受、经得住。元稹《酬周从事望海亭见寄》："不辞狂复醉，人世有风波。"

■ 简评

词写悼亡。首句写烛光摇曳，词人失眠，暗示情绪起伏不定。"冷透"，表面写寒冷透过薄衾将人冷醒，其实是一种心理感觉。"刚欲醒"也是因为心里凄凉而无法深眠。接下两句写孤眠断肠的状态。下片写天人永隔的痛苦，以及自己求索的不得和坚贞的决心。词中化用大量前人同类题材的词句，如苏轼悼念亡妻的"十年生死两茫茫，不思量，自难忘"，白居易在《长恨歌》中唐明皇托临邛道士上天入地寻找杨玉环的"上穷碧落下黄泉，两处茫茫皆不见"，以及杨玉环通过临邛道士表达他与唐明皇爱情坚贞的"但教心似金钿坚，天上人间会相见"，以及反用秦观《鹊桥仙》"纤云弄巧，飞星传恨，银汉迢迢暗渡。金风玉露一相逢，便胜却人间无数"，表达天人永隔，再也无法相见的绝望。如此，使纳兰的悼亡词写得凄柔缠绵而又含蓄蕴藉，不至于声嘶力竭。

减字木兰花

　　相逢不语①。一朵芙蓉着秋雨②。小晕红潮③。斜溜鬟心只凤翘④。　　待将低唤。直为凝情恐人见⑤。欲诉幽怀⑥。转过回廊叩玉钗⑦。

■ 注释

　　① 相逢不语：薛昭蕴《浣溪沙》："不语含嚬深浦里，几回愁煞棹船郎，燕归帆尽水茫茫。"

　　② 一朵芙蓉着秋雨：芙蓉，指荷花。这句是形容女子的容貌和神情，犹如一枝带露的芙蓉妩媚夺人。李白《中山孺子妾歌》："芙蓉老秋霜，团扇羞网尘。"魏承班《木兰花》："小芙蓉，香旖旎，碧玉堂深清似水"。周密《齐天乐》："清溪数点芙蓉雨，苹飙泛凉吟艑。"高蟾《下第后上永崇高侍郎》："芙蓉生在秋江上，不向东风怨未开。"

　　③ 小晕红潮：方千里《六幺令》："微晕红潮一线，拂拂桃腮熟。"李之仪《鹊桥仙》："绿云低拢，红潮微上，画幕梅寒初透。"萧允之《虞美人》："红潮生面酒微醺。一曲清歌留往、半窗云。"周邦彦《蓦山溪》："翠袖捧金蕉，酒红潮、香凝沁粉。"

　　④ 斜溜鬟心只凤翘：斜溜，宋祁《蝶恋花》："腻云斜溜钗头燕。"李之仪《踏莎行》："宝髻慵梳，玉钗斜溜。"鬟心，周邦彦《南乡子》："不道有人潜看著，从教。掉下鬟心与凤翘。"

　　⑤ 直为凝情恐人见：凝情，王之道《如梦令》："一晌凝情无语，手捻梅花何处。"吴文英《过秦楼》："湘女归魂，佩环玉冷无声，凝情谁诉。"

⑥幽怀：韩愈《幽怀》："幽怀不能写，行此春江浔。"姜夔《探春慢》："谁念漂零久，漫赢得、幽怀难写。

⑦玉钗：古代妇女的头饰，形状有时像凤凰，常插在头上。

■简评

词写青年男女别后相逢的情景。背景是深宅回廊。女子美丽的容颜、高雅的服饰与富丽堂皇的背景融为一体。词人主要通过对女子神态、表情和动作的描写，细腻刻画出他们相见时激动、含蓄的场面。其中，又把主要笔墨集中在女子的凤钗上，用袅袅颤动的凤钗间接展现了女子走路时的轻盈、低头时的羞涩与温柔、以及其内心的激动。他们虽然未说一句话，但彼此的爱恋却丝毫未减。"一朵芙蓉着秋雨"写得好，抓住带露芙蓉的鲜艳娇嫩，写出女子的年轻貌美，以及淡淡的哀怨，惹人怜爱。"转过回廊叩玉钗"则是深闺女子表达爱的独特方式，于细腻含蓄中见热情执着。玉钗叩击发出的声音是那么美妙悦耳，它跨越时光，透过纸面，余音袅袅地萦绕于我们的耳畔。

减字木兰花

断魂无据①。万水千山何处去②？没个音书③。尽日东风上绿除④。　　故园春好⑤。寄语落花须自扫。莫更伤春⑥。同是恹恹多病人⑦。

■注释

①断魂无据：断魂，李重元《忆王孙》："萋萋芳草忆王孙。柳外

楼高空断魂。"关汉卿《大德歌·冬》："雪纷纷，掩重门，不由人不断魂，瘦损江梅韵。"徐君宝妻《满庭芳》："从今后，断魂千里，夜夜岳阳楼。"吴文英《莺啼序》："伤心千里江南，怨曲重招，断魂在否？"贺双卿《凤凰台上忆吹箫》："正断魂魂断，闪闪摇摇。"无据，欧阳修《青玉案》："相思难表，梦魂无据，惟有归来是。"赵佶《燕山亭》："怎不思量，除梦里、有时曾去。无据，和梦也、新来不做。"

②万水千山何处去：万水千山，贾岛《送耿处士》："万水千山路，孤舟几月程。"柳永《少年游》："如今万水千山阻，魂杳杳、信沉沉。"赵佶《燕山亭》："万水千山，知他故宫何处。"何处去，张曙《浣溪沙》："天上人间何处去，旧欢新梦觉来时，黄昏微雨画帘垂。"冯延巳《鹊踏枝》："几日行云何处去？忘却归来，不道春将暮。"牛希济《谒金门》："嘶马摇鞭何处去？晓禽霜满树。"

③没个音书：高明《蔡伯喈琵琶记》："雁足难凭，没个音书寄此情。"刘唐卿《白兔记》："儿夫去远，悄没个音书回转，常思念。"

④尽日东风上绿除：长满绿苔的台阶。除，台阶。尽日东风，晏几道《木兰花》："旧时家近章台住。尽日东风吹柳絮。"苏轼《雨中花》："今岁花时深院，尽日东风，荡飏茶烟。"晏几道《好女儿》："尽无端、尽日东风恶。"

⑤故园春好：吴潜《如梦令》："江上绿杨芳草，想见故园春好。"

⑥莫更伤春：晏殊《浣溪沙》："满目山河空念远，落花风雨更伤春。"

⑦同是恹恹多病人；恹恹，精神不振、有病的样子。韩琦《点绛唇》："病起恹恹、画堂花谢添憔悴。"李清照《蝶恋花》："永夜恹恹欢意少。空梦长安，认取长安道。"孙道绚《南乡子》："恹恹，满院杨花不卷帘。"

■ 简评

　　词写征人思家。上片是征人想象女子闺思情态。魂本已够缥缈，何况"断魂"？何况"无据"？次句接以表示辽阔地域的数量词，将这种"无据"扩大到尽可能广大的地域空间上。不仅是万水千山，还接以疑问词"何处去"，更表明了由于闺中人对丈夫的行迹无从知晓，而产生的焦虑、绝望。三四句由梦魂的难以捕捉，回到现实中来。三句写没有音书，也就是没有音讯传来、没有家书寄来。与"没"形成鲜明对比的是，"尽日东风上绿除"。东风尽日地吹，阶前植物尽情地绿，春天却不因人信杳渺，而不管不顾地来到了。春风与春天的归来，反衬出人的归期难定。下片紧承上片词意，仍从春天写起，只是从征人角色写。故园春好，说明征人思乡"寄语"句，吩咐叮咛闺中人要落花自扫，间接表达今春无法归乡，希望闺中人能刚强珍重。"落花须自扫"，意思犹如"努力加餐饭"。末两句是劝人也是自我宽解。征人劝闺中人不要更加伤春，因为你我都是身体虚弱的多病之人呀！于平常的叮咛中流露割舍不断的亲情。所以，即使相隔两地，结句仍给人带来充满希望的温暖。

减字木兰花

　　花丛冷眼①。自惜寻春来较晚②。知道今生。知道今生那见卿！　　天然绝代。不信相思浑不解③。若解相思。定与韩凭共一枝④。

① 花丛冷眼：花丛，元稹《离思五首》其四："取次花丛懒回顾，半缘修道半缘君。"白居易《三月三日》："阶临池面胜看镜，户映花丛当下帘。"韦庄《菩萨蛮》："翠屏金屈曲，醉入花丛宿。"冷眼，李群玉《寄短书歌》："孤台冷眼无来人，楚水秦天莽空阔。"张元干《八声甘州》："看尽人情物态，冷眼只堪咍。"

② 自惜寻春来较晚：自惜，温庭筠《菩萨蛮》："当年还自惜，往事那堪忆。"薛能《牡丹》："牡丹愁为牡丹饥，自惜多情欲瘦羸。"寻春，杜牧《叹花》："自是寻春去较迟，不须惆怅怨芳时。"苏轼《南歌子》："紫陌寻春去，红尘拂面来。"辛弃疾《卜算子》："著意寻春不肯香，香在无寻处。"

③ 不信相思浑不解：浑，简直。晏几道《菩萨蛮》："相逢欲话相思苦。浅情肯信相思否。还恐漫相思。浅情人不知。"杜安世《瑞鹧鸪》："从来不信相思切，及至如今倍感伤。"黄机《乳燕飞》："相思才信相思苦。"

④ 定与韩凭共一枝：韩凭，春秋时宋国人，其妻美丽，被宋王抢去，两人双双自杀，他们的墓碑上长出两株树，枝叶缠腰，成为坚贞不渝的爱情的象征。王初《即夕》："月明休近相思树，恐有韩凭一处栖。"

■ 简评

词写相思。"花丛冷眼"，言花开几败，看花人稀少，有些受冷落，故曰"冷眼"。后一句说自己很惋惜寻春来得晚了。"自惜"，颇见悔意，又流露出相见恨晚之意。果然，后两句两用"知道今生"，来表示自己见到"卿"的惊喜莫名！"知道今生"，实则是说哪知道今生，意外和惊喜的语气宛然，由此，可看出词人见到"卿"的极大幸福和倍感庆幸！可视为写花，亦可视为写人，语带双关。下片进一步对象明朗化。首句是说卿长得天然绝代，十分的美，这样的绝代佳人，不可能是根本不解相思之情的，则卿就是词人心目中的那个"她"了。末两句透露出词人的揣测。他说如果这个绝代佳人懂得相思之情的话，那么，自己愿意和她就如同韩凭夫妇那样忠贞不渝，无悔地在一起。透露出词人的这种情愫仍属于暗恋阶段，是没有表白的爱慕，活现了不明白对方心意的忐忑不安心理，和自己坚定的情意。

菩萨蛮

　　新寒中酒敲窗雨①。残香细袅秋情绪②。才道莫伤神③。青衫有泪痕④。　　相思不似醉⑤。闷拥孤衾睡⑥。记得别伊时⑦。桃花柳万丝⑧。

■ 注释

　　①新寒中酒敲窗雨：新寒，史达祖《醉落魄》："雨长新寒，今夜梦魂接。"纳兰性德《蝶恋花》："明日客程还几许，沾衣况是新寒雨。"中酒，醉酒。韦庄《晏起》："尔来中酒起常迟，卧看南山改旧诗。"张先《青门引》："庭轩寂寞近清明，残花中酒，又是去年病。"敲窗雨，汤舜民【双调】《湘妃游月宫》："两般儿更是愁绝，敲窗雨惊觉鸳鸯，落花风吹散胡蝶。"

　　②残香细袅秋情绪：袅，一作"学"。残香，孙光宪《浣溪沙》："风递残香出绣帘，团窠金凤舞襜襜。"王夫之《蝶恋花》："一捻残香，拈插苺苔隙。"细袅，吴文英《水龙吟》："金风细袅，龙枝声奏，钧箫秋远。"方千里《四园竹》："玉炉细袅，鸳被半闲，萧瑟罗帏。"

　　③才道莫伤神：一作"端的是怀人"。

④青衫有泪痕：泪，一作"湿"。青衫，白居易《琵琶行》："座中泣下谁最多？江州司马青衫湿。"黄庭坚《诉衷情》："歌楼酒旆，故故招人，权典青衫。"陆游《青衫湿》："三年流落巴山道，破尽青衫尘满帽。"

⑤相思不似醉：一作"无聊成独卧"。

⑥闷拥孤衾睡：一作"弹指韶光过"。

⑦记得别伊时：李存勖《如梦令》："长记别伊时，和泪出门相送。"

⑧桃花柳万丝：周紫芝《踏莎行》："一溪烟柳万丝垂，无因系得兰舟住。"

■ 简评

词写思念。"新寒"，点明季节，刚开始寒冷，秋天到了。"中酒"，醉酒了。在秋日的夜晚，醉酒的词人，听着秋雨敲打窗棂，心情可想而知。寒，多少带有心理感觉色彩。接下来写香炉内的熏香即将烧尽，残留的香烟细细升起，袅袅而散。这细如游丝的香烟，慢慢撩起词人感秋的情绪。"秋情绪"，秋愁也，也是秋日的相思。所以接下两句，才刚告诫自己不要因思念伤神，却早已发现自己的青衫上又沾染了泪痕。词人之痴情跃然纸上。而词人因何流泪，也便渐趋明朗。过片明言相思。词人说相思不似醉酒，呼应首句之"中酒"。言下之意，醉酒有酒醒的时候，相思却没有醒来的时候，表明受相思之苦煎熬，无法摆脱。既如此，词人下意识的动作是想拥衾而眠。但一"闷"字，说明心情郁闷；一"孤"字，说明倍感孤单。如此感受，怎能踏实入眠呢？所以，拥衾而无法入睡。末两句是词人失眠时，回想当初与伊人分别的情景。"记得"，说明分别场景深深刻在了脑海里，无法抹去。当时正值春日，桃花正盛开，柳树垂下了万千细细的丝条。景色明媚灿烂。此景与词人秋日独眠、听秋雨敲窗的凄寒形成鲜明对比，也暗诉别日之长、相思之甚。而以春日之乐景衬托秋日之哀景，一倍或数倍其哀。词人之深情缠绵，也借词中颇具感发性的景物如新寒、中酒、敲窗秋雨、残香细袅、泪痕、孤衾及桃花、垂柳表达了出来，而其中新、闷、孤等形容词，更勾勒和挖掘出了相思之神采，可谓善写幽微之情，善描感发之景。

菩萨蛮

　　朔风吹散三更雪①。倩魂犹恋桃花月②。梦好莫催醒。由他好处行。　　无端听画角③。枕畔红冰薄④。塞马一声嘶⑤。残星拂大旗⑥。

■ 注释

　　① 三更雪：卢士衡《僧房听雨》："记得年前在赤城，石楼梦觉三更雪。"

　　② 倩魂犹恋桃花月：倩魂，美好的梦魂。纳兰性德《浣溪沙》："一片晕红才著雨，几丝柔绿乍和烟。倩魂销尽夕阳前。"桃花月，温庭筠《郭处士击瓯歌》："晴碧烟滋重叠山，罗屏半掩桃花月。"胡曾《咏史诗》："年年来叫桃花月，似向春风诉国亡。"

　　③ 画角：古代的军号。秦观《满庭芳》："山抹微云，天连衰草，画角声断谯门。"白朴《天净沙》："一声画角谯门，半庭新月黄昏，雪里山前水滨。"

　　④ 红冰：指凝结成冰的泪。方千里《醉桃源》："去时情泪滴红冰，西风吹涕零。"危西麓《树影》："昭君滴滴红冰泪，但顾影、未忺梳掠。"王之道《虞美人》："阁定眼边珠泪、做红冰。"

　　⑤ 塞马一声嘶：元稹《塞马》："塞马倦江渚，今朝神彩生。"辛弃

疾《木兰花慢》："落日胡尘未断，西风塞马空肥。"胡世将《酹江月》："塞马晨嘶，胡笳夕引，赢得头如雪。"

⑥残星拂大旗：拂，轻轻擦过。赵嘏《长安晚秋》："残星几点雁横塞，长笛一声人倚楼。"柳永《凤归云》："天末残星，流电未灭，闪闪隔林梢。"

■ 简评

词写征人宿边思家。首句点明时地。边塞的狂风肆虐，半夜三更将积雪都吹散了。说明此夜词人身在北方，边地之寒冷亦烘托而出。词人听到三更的风在吹，亦表明无眠。次句即写词人的梦魂，仍然在眷恋着家乡三月桃花盛开的时节。"犹"，表示梦醒之不舍，亦表明思乡之坚韧。由此生出下两句似劝慰似惋惜之语："梦好莫催醒，由他好处行。"做了好梦的词人意犹未尽，所以生出以上感慨。并留下伏笔。过片即道出梦被催醒的缘由——"无端听画角"。原来是无故听到了军营中的号角。说是无端，似乎是非理性之语，带有嗔怪之意，令人想起"打起黄莺儿，莫教枝上啼。啼时惊妾梦，不得到辽西"（金昌绪《春怨》），实则是自己思念家里，睡眠不好。何以得见？——枕畔红冰薄。词人因梦中回到桃花盛开的家里，与闺中人相会，不禁泪流，醒时却发现，泪变成了冰。多么细腻的描写！结尾两句收束得好。"塞马一声嘶"，将词人迷离惝恍的思乡梦彻底唤醒，而残星下的大旗拂动，更令词人彻底冷静，明白正置身边塞军营中。紧扣一个"宿边"主题。纳兰的边塞词善用对比和唯美意象，使本来豪放苍凉的边塞题材被写得刚柔相济、情意缠绵。即如本词，身居边地隆冬与此刻家乡已是早春三月形成对比，就使边塞思家题材更糅入了女性春怨的色彩。一些意象，如三更雪、桃花月、倩魂、好梦、画角、枕畔、红冰、塞马、残星、大旗等，有的唯美，有的颇具感发性，极易引起共鸣，勾起守边人的情思，使本来粗粝的军营生活，多少晕染了浪漫的色彩与温情。纳兰对边地独有景物的抓取亦十分精彩，如下片四句，堪称描写边地生活的名句："无端听画角。枕畔红冰薄。塞马一声嘶。残星拂大旗。"尤其是末两句，从功能上说与首句的朔风与三更雪形成呼应；从意境上说，意境的营造十分成功。塞马仰颈嘶鸣，军中大旗飘动，天上的星星因人烟稀少而显得明亮、离人近，大旗飘动，就像刚好要擦着星星一样。因此，显得十分形象。

菩萨蛮

　　荒鸡再咽天难晓[1]。星榆落尽秋将老[2]。毡幕绕牛羊[3]。敲冰饮酪浆[4]。　　山程兼水宿。漏点清钲续[5]。正是梦回时[6]。拥衾无限思[7]。

■ 注释

　　①荒鸡再咽天难晓：荒鸡，古代指三更前啼叫的鸡。咽，此处指公鸡鸣叫。汤显祖《牡丹亭·冥誓》："梦回远塞荒鸡咽。"温庭筠《马嵬佛寺》："荒鸡夜唱战尘深，五鼓雕舆过上林。"天难晓，薛逢《长安雨夜》："心关桂玉天难晓，运落风波梦亦惊。"晁补之《斗百草》："别日常多，会时常少天难晓。"

　　②星榆：榆荚形状像钱，且色白成串，所以常常用来比喻天上的繁星。《陇西行》："天上何所有，历历种白榆。"王初《即夕》："风幌凉生白袷衣，星榆才乱绛河低。"

　　③毡幕：用毡子搭成的房子，即蒙古包。范成大《虞美人》："王孙沉醉狨毡幕。谁怕罗衣薄。"姜夔《翠楼吟》："新翻胡部曲，听毡幕

元戎歌吹。"

④敲冰饮酪浆：敲冰，唐彦谦《叙别》："翠盘擘脯胭脂香，碧碗敲冰分蔗浆。"刘商《胡笳十八拍》："马饥跑雪衔草根，人渴敲冰饮流水。"酪浆，牛羊等动物的乳汁。李陵《与苏武书》："膻肉酪浆，以充饥渴。"

⑤漏点清钲续：漏点，古代漏壶滴下的水点声。辛弃疾《蝶恋花》："莫向城头听漏点，说与行人，默默情千万。"杨慎《临晋道中》："解城闻漏点，星宿满悔台。"钲，古代乐器，用铜做成，行军时敲打，故曰敲钲、鸣金。

⑥梦回：李煜《喜迁莺》："梦回芳草思依依，天远雁声稀。"惠洪《青玉案》："一寸柔肠情几许？薄衾孤枕，梦回人静，彻晓潇潇雨。"辛弃疾《玉楼春》："梦回人远许多愁，只在梨花风雨处。"

⑦拥衾无限思：拥衾，指半卧着以衾裹住下身。韩偓《地炉》："两星残火地炉畔，梦断背灯重拥衾。"蔡伸《南歌子》："今夜拥衾无寐、与君同。"无限思，刘禹锡《柳花词三首》其二："撩乱舞晴空，发人无限思。"向子谟《浣溪沙》："欲语又休无限思，暂来还去不胜鞮。"

■ 简评

词写征人行军露宿、梦醒时的情绪。前六句是铺垫语。开始以广阔的背景写边塞独特夜景：荒鸡呜咽、星榆散尽、天黑秋深、荒凉冷落。接着场面缩小，写当地生活，牛羊绕毡，敲冰饮酪，颇有生活气息。然后写行军的忙碌，山水兼程，漏点钲续，毫无闲暇。描述采用平静的语调，颇有绘画感，从中很难看出征人的忧乐倾向。但是，末两句梦醒拥衾，却将前面的冷静、平衡全部打破，内心滚涌的思念定格在边塞之夜疏落的星辰和哽咽的荒鸡鸣叫声中，令人回味无穷。全词巧用对比。首句"天难晓"，说明夜长无眠，怎么也盼不到白天，是写慢。次句"秋将老"，是说草木凋零，秋天将尽冬日要来临，写时光易逝。难眠

之长夜透露思念，秋日将尽揭露归期蹉跎，虽然都写外物，但彼
此的对照形成情感张力，把征人的情思凸显了出来。此外如下片
首句之山、水，次句之漏点、清钲，在密集的排列与对比中，反
映出路途之遥远与行程之紧迫，也颇见巧思。

菩萨蛮

晶帘一片伤心白①。云鬟香雾成遥隔②。无语问添衣③。桐
阴月已西④。　　　西风鸣络纬⑤。不许愁人睡⑥。只是去年秋。
如何泪欲流。

■ 注释

①晶帘一片伤心白：晶帘，水晶帘。徐灿《踏莎行》："晶帘宛转
为谁垂，金衣飞上樱桃树。"冯延巳《抛球乐》："波摇梅蕊伤心白，风
入罗衣贴体寒。"宋琬《蝶恋花》："月去疏帘才数尺，乌鹊惊飞，一片
伤心白。"伤心，李白《菩萨蛮》："平林漠漠烟如织，寒山一带伤心
碧。"白居易《青门柳》："青青一树伤心色，曾入几人离恨中。"杜甫
《滕王亭子》："清江锦石伤心丽，嫩蕊浓花满目班。"

②云鬟香雾成遥隔：云鬟香雾，指闺中人。杜甫《月夜》："香雾
云鬟湿，清辉玉臂寒。"张孝祥《菩萨蛮》："云鬟香雾湿。翠袖凄余
泣。"向滈《武陵春》："想见云鬟香雾湿，斜坠玉搔头。"

③无语问添衣：周邦彦《虞美人》："添衣策马寻亭堠。愁抱惟宜
酒。"萧汉杰《菩萨蛮》："今夜欠添衣。那人知不知。"

④桐阴月已西：桐阴，苏轼《贺新郎》："悄无人、桐阴转午，晚
凉新浴。"辛弃疾《水龙吟》："对桐阴、满庭清昼。"周密《玉京秋》：

"衣湿桐阴露冷，采凉花、时赋秋雪。"

⑤ 西风鸣络纬：西风，一作"秋风"。络纬，即莎鸡，俗称络丝娘、纺织娘。李白《长相思》其一："络纬秋啼金井阑，微霜凄凄簟色寒。"李贺《秋来》："桐风惊心壮士苦，衰灯络纬啼寒素。"陆龟蒙《子夜四时歌·秋》："愁听络纬唱，似与羁魂语。"

⑥ 不许愁人睡：李清照《念奴娇》："被冷香消新梦觉，不许愁人不起。"

■ 简评

词写秋日怀人。先从闺中物事写起。晶帘，水晶帘。水晶帘晶莹剔透，可在词人眼里，却泛着令人伤心的白色光芒，则词人的心情由此可知。水晶帘隔开的是人们的视线，起到保护隐私的作用，但次句词人却说"云鬟香雾成遥隔"。闺中人怎么成为了遥不可及的呢？联系云鬟香雾典出老杜《月夜》的"香雾云鬟湿，清辉玉臂寒"，指的是妻子，则词人此处之云鬟香雾亦应指妻子。下两句回到自身处境。"无语问添衣"，指没有人问自己，天冷了，是否该添加衣服了。孤独，自怜，也借此点明季节。下句的"桐阴月已西"，写彼时词人看到梧桐成阴，月亮已经偏西了。虽写景实言情，表明月夜难眠。过片进一步渲染这种情境，写秋风吹拂，莎鸡哀鸣，秋日特定之景。无论西风还是莎鸡，都会令人产生凄苦、寒凉之感觉，则词人彼时的感觉借此二物表达了出来。如此，接以"不许愁人睡"，水到渠成。又明确表明无法入眠。末两句是情感铺垫之后的爆发。只是，给人物是人非的感觉。景色还是和去年秋天一样，为什么我就忍不住要流泪呢？收束得突然，给人意味深长之感。联系词中之伤心、遥隔、无语问添衣以及如何泪欲流等意象、情境，以及如此伤痛欲绝的感受和云鬟香雾之所指，可知本词大约是词人怀念妻子之作。康熙十六年五月，纳兰之妻卢氏产后病死，则此词有可能写于此年的秋天，所以才会出现没有人问添衣以及泪欲流的情形。"成遥隔"，不是指普通的青年男女相思分离，分明是指天人永隔。本词写得缠绵凄苦，读来令人唏嘘不已。

菩萨蛮

惊飙掠地冬将半①。解鞍正值昏鸦乱②。冰合大河流③。茫茫一片愁④。　　烧痕空极望⑤。鼓角高城上⑥。明日近长安。客心愁未阑⑦。

■ 注释

①惊飙掠地冬将半：一作"白日惊飚冬已半"。惊飙，狂风。飙，暴风。李白《古风五十九首》其四十五："八荒驰惊飙。万物尽凋落。"薛涛《九日遇雨二首》其一："万里惊飙朔气深，江城萧索昼阴阴。"

②解鞍正值昏鸦乱：解鞍，下马。苏轼《西江月》："解鞍敧枕绿杨桥。杜宇一声春晓。"姜夔《扬州慢》："淮左名都，竹西佳处，解鞍少驻初程。"昏鸦乱，曾瑞【南吕·骂玉郎过感皇恩采茶歌】《四时闺怨·秋》："斜阳万点昏鸦乱，闲楼阁映林峦，漫天愁闷为奴伴。"

③冰合大河流：冰合，虞世南《饮马长城窟行》："云昏无复影，冰合不闻湍。"李白《夜坐吟》："冰合井泉月入闺，金缸青凝照悲啼。"李颀《送崔侍御书记赴山北座主尚书招辟》："雁叫嫌冰合，骢嘶喜雪繁。"

④一片愁：辛弃疾《鹧鸪天》："晚日寒鸦一片愁。柳塘新绿却温柔。"卢挚《沉醉东风》："衰柳寒蝉一片愁，谁肯教白衣送酒？"蒋捷《南乡子》："化作相思一片愁。"

⑤烧痕：张籍《古树》："蠹节莓苔老，烧痕霹雳新。"陈孚《咏永

州》："烧痕惨澹带昏鸦，数尽寒梅未见花。"纳兰性德《风流子》："今来是、烧痕残碧尽，霜影乱红凋。"

⑥鼓角：杜甫《绝句》："风起春城暮，高楼鼓角悲。"《阁夜》："五更鼓角声悲壮，三峡星河影动摇。"李益《上汝州郡楼》："黄昏鼓角似边州，三十年前上此楼。"

⑦客心愁未阑：阑，尽。何逊《相送》："客心已百念，孤游重千里。"高适《除夜作》："旅馆寒灯独不眠，客心何事转凄然。"汪元量《望江南》："永夜角声悲自语，客心愁破正思家。"

■ 简评

　　词写羁旅愁思。上下两片都是前三句写景，最后一句言情。首句写狂风掠过大地，并点明时间是冬天将要过一半了。次句写下马歇息时正值黄昏群鸦乱飞之时。三句写眼前之景：天气寒冷，以往流动不止的大河流水，如今都被冰冻在一起了。境界阔大。但与这阔大境界相应的是，词人的愁绪。如何衡量它呢？它亦如茫茫冰冻的大河一样。这愁，不仅是一片，而且茫茫无垠，充塞天地之间。天地有多大，这愁就有多大。下片继续拾起眼前景。放眼望去，原野上全都是野火烧过的痕迹；远处的高城上，传来鼓角的声音。词人置身于北地辽阔的原野上，视野所及能看到冰冻的大河，眼前是夕阳下乱飞的乌鸦，耳边是高城上传来的鼓角声，苍凉豪旷的景色，不免使人心潮澎湃。接下来的"明日近长安"，近长安也就是离家近一些了，这更成为催化剂，使词人的情绪异常强烈，感情也异常脆弱。所以，结尾接以浑茫的愁绪：客心愁未阑。羁旅在外之人的愁情，又怎能停歇下来呢？崔颢有"日暮乡关何处是？烟波江上使人愁"（《黄鹤楼》），李白有"总为浮云能蔽日，长安不见使人愁"（《登金陵凤凰台》），都表达了羁旅之人复杂的愁情。是不见长安愁，见到长安也愁，客心怎能因靠近长安而减却丝毫的愁绪呢？词人抓住了羁旅在外之人普遍的心理特点。整首词境界阔大悲壮，颇具粗犷豪迈的北地风情。

菩萨蛮

　　春云吹散湘帘雨①。絮粘蝴蝶飞还住②。人在玉楼中③。楼高四面风④。　　柳烟丝一把⑤。暝色笼鸳瓦⑥。休近小阑干⑦。夕阳无限山⑧。

■ 注释

　　① 春云吹散湘帘雨：春云，李昂《从军行》："春云不变阳关雪，桑叶先知胡地秋。"韦庄《春云》："春云春水两溶溶，倚郭楼台晚翠浓。"湘帘，以湘妃竹造的帘子。朱淑真《浣溪沙》："小院湘帘闲不卷，曲房朱户闷长扃。"王沂孙《高阳台》："冰花擘茧，满腔絮湿湘帘。"

　　② 絮粘蝴蝶飞还住：絮粘，鲜于必仁【南吕·阅金经】《春游》："飞絮粘蜂蜜，落花香燕泥，腻叶蟠云护锦机。"飞还住，韩偓《乱后春日途经野塘》："船冲水鸟飞还住，袖拂杨花去却来。"史达祖《绮罗香》："尽日冥迷，愁里欲飞还住。"

　　③ 玉楼：韦庄《应天长》："难相见，易相别，又是玉楼花似雪。"秦观《桃源忆故人》："玉楼深锁薄情种。清夜悠悠谁共。"朱敦儒《鹧鸪天》："玉楼金阙慵归去，且插梅花醉洛阳。"

　　④ 四面风：张籍《宿广德寺寄从舅》："古寺客堂空，开帘四面风。"施肩吾《春日餐霞阁》："山花四面风吹入，为我铺床作锦茵。"

　　⑤ 柳烟：欧阳修《系裙腰》："水轩檐幕透薰风。银塘外、柳烟浓。"祖可《小重山》："柳烟和雨隔疏钟。"

　　⑥ 暝色笼鸳瓦：暝色，暮色。谢灵运《石壁精舍还湖中作》："林

壑敛暝色，云霞收夕霏。"李白《菩萨蛮》："暝色入高楼，有人楼上愁。"鸳瓦，即鸳鸯瓦。李商隐《当句有对》："密迩平阳接上兰，秦楼鸳瓦汉宫盘。"柳永《斗百花》："飒飒霜飘鸳瓦，翠幕轻寒微透。"

⑦休近小阑干：休近，王初《即夕》："月明休近相思树，恐有韩凭一处栖。"乔吉【双调·折桂令】《上巳游嘉禾》："休近阑干，万丈尘埃。"小阑干，张镃《菩萨蛮》："莫凭小阑干，月明生夜寒。"辛弃疾《昭君怨》："独倚小阑干。许多山。"

⑧夕阳无限山：李郢《上裴晋公》："惆怅旧堂扃绿野，夕阳无限鸟飞迟。"李商隐《登乐游原》："夕阳无限好，只是近黄昏。"陈亮《浪淘沙》："夕阳无限江皋。"

■ 简评

词写女子的春愁。全词几乎都是写景。首句点出季节、天气状况。春天的云轻轻吹散了敲打着湘帘的雨，雨后空气湿润，柳絮遇潮难再飘扬，但它却像是把蝴蝶给粘住了一样，使那蝴蝶飞起之后又停了下来。两句将春日雨中及雨后大自然细致美妙的情景和外物之间的互动生动地捕捉并刻画了下来，写得非常美。但这些美景离不开一双关注的眼睛，三四句即写观景之人。三句只是说了人在玉楼中，无更多交代，四句说楼很高，能感觉到四面风吹来。与前两句之细细描染不同，这两句是粗粗勾勒，却将女子高楼伫立、略显孤独的神韵刻画了出来。下片四句五言仍写景。淡淡烟雾中的柳树，垂下的柳叶细而长，犹如丝一样，一把可以盈握。暝色逐渐笼罩，楼上的鸳鸯瓦也被暝色侵入。在这样的时候，还是不要靠近那小小的栏杆吧，夕阳洒向了无限的山峦。下片的景写得隐忍，仿佛是有意要压抑女子心中奔涌的情感，但是，却在这种强烈与压抑蕴藉中能体会到那深藏不露却无法排遣的情绪。在这首淡雅如画的词中，情感蕴蓄在笔墨中，在画的背后奔涌，给人一种细若游丝又缠绵不绝的感受。从词表面的字句，似乎看不到词中人情感的痕迹，但结尾两句"休近小阑干，夕阳无限山"毕竟还是透露了这个秘密：如果近阑干，势必把阑干拍遍，无人会登临意；如果近阑干，难保词中女子不被夜色和愁情吞没。而夕阳照耀下无限的山峦，更将女子的视线和思绪带到了远方，无可避免的，那么，当然会想到远方牵系的人儿……全词意象美丽密集，动静结合，刚柔相济，色彩对比鲜明，善写幽微细节，擅挖人物内心，又很好地继承了花间词及北宋文人词的精雅典丽，堪称同类词中之佳品。

菩萨蛮

隔花才歇帘纤雨①。一声弹指浑无语②。梁燕自双归③。长条脉脉垂④。　　小屏山色远⑤。妆薄铅华浅⑥。独自立瑶阶⑦。透寒金缕鞋⑧。

■ 注释

①隔花才歇帘纤雨：隔花，孙光宪《菩萨蛮》："青岩碧洞经朝雨，隔花相唤南溪去。"欧阳修《浣溪沙》："当路游丝萦醉客，隔花啼鸟唤行人。"帘纤雨，小雨、细雨。孙洙《菩萨蛮》："回头肠断处。却更帘纤雨。"晏几道《生查子》："无端轻薄云，暗作帘纤雨。"

②一声弹指浑无语：弹指，高观国《卜算子》："屈指数春来，弹指惊春去。"苏轼《水调歌头》："恩怨尔汝来去，弹指泪和声。"浑无语，秦韬玉《对花》："向人虽道浑无语，笑劝王孙到醉时。"

③梁燕自双归：梁燕，房梁上的燕子。温庭筠《菩萨蛮》："杨柳色依依，燕归君不归。"白居易《上阳白发人》："宫莺百啭愁厌闻，梁

燕双栖老休妒。”

④长条脉脉垂：长条，白居易《青门引》：“为近都门多送别，长条折尽减春风。”寇准《柳》：“长条别有风流处，密映钱塘苏小家。”脉脉，晏几道《蝶恋花》：“脉脉荷花，泪脸红相向。”范成大《霜天晓角》：“脉脉花疏天淡，云来去、数枝雪。”

⑤小屏山色远：温庭筠《春日》：“屏上吴山远，楼中朔管悲。”小屏，顾夐《玉楼春》：“画堂鹦鹉语雕笼，金粉小屏犹半掩。”程垓《愁倚阑》：“小屏上、水远山斜。”山色远，朱庆余《题毗陵上人院》：“映松山色远，隔水磬声通。”谢逸《江神子》：“望断江南山色远，人不见，草连空。”

⑥妆薄铅华浅：妆薄，冯延巳《忆江南》：“玉人贪睡坠钗云，粉消妆薄见天真。”温庭筠《河渎神》：“离别橹声空萧索，玉容惆怅妆薄。”铅华，指女子脸上化的妆。黄裳《渔家傲》：“人初宴。新妆更学铅华浅。”

⑦瑶阶：玉阶，指精美的台阶。谢惠连《雪赋》：“庭列瑶阶，林挺琼树。”唐珙《墨兰》：“瑶阶梦结翠宜男，误堕仙人紫玉簪。”

⑧金缕鞋：用金线绣的鞋子，指女子穿的绣花鞋。李煜《菩萨蛮》：“刬袜步香阶，手提金缕鞋。”

■ 简评

词写女子的春愁。首句写春雨初歇。“隔花”，写出雨的朦胧，花的美，人与外界的隔离。次句，“弹指”，写出无聊和时光易逝。“浑无语”，是沉默，也透露了六神无主的茫然。三四句继续写外景。梁燕双归，衬托人之孤独，“自”，流露燕归有信，反衬人去无音，不如燕子。“长条”，柳树也，言柳丝垂落。“脉脉”，是默默，也体现柳枝茂盛，正值春日繁盛时节。过片回到屋内，屏风上画的山，显得那么遥远，凝望着小屏之人的妆，亦画得如远山之色一样淡。妆淡，显雅，但亦透露出情绪不高，无心妆容。下片写女子伫立瑶阶，是本词刻画的姿态，亦说明是她一贯的姿态。"独自"，透出孤独。"透寒"，写女子伫立之久，寒侵罗袜，亦通过体感衬托出内心的凄寒，则紧扣春愁主题。全词选取春日特有美景，通过精美物事如小屏、铅华、瑶阶、金缕鞋，以及梁燕与垂柳、春花与春雨，色彩的鲜艳、光线的明暗等，刻画出春日女子的闲愁与孤独，如一幅美丽的画。在物象选择与刻画人物方面，亦深得花间词神韵。

卜算子 新柳①

娇软不胜垂②，瘦怯那禁舞③。多事年年二月风④，剪出鹅黄缕⑤。　　一种可怜生⑥，落日和烟雨⑦。苏小门前长短条⑧，即渐迷行处⑨。

■ 注释

① 新柳，一作"咏柳"。

② 娇软不胜垂：娇软，周密《声声慢·柳花咏》："堪爱处，是扑帘娇软，随马轻盈。"李元膺《洞仙歌》："一年春好处，不在浓芳，小艳疏香最娇软。"不胜垂，唐彦谦《寄怀》："梅向好风惟是笑，柳因微雨不胜垂。"毛开《风流子》："粉墙外，杏花无限笑，杨柳不胜垂。"

③ 瘦怯那禁舞：瘦怯，瘦弱的意思。高观国《解连环·柳》："隔邮亭，故人望断，舞腰瘦怯。"方千里《大酺》："瘦怯单衣，凉生两袖，零乱庭梧窗竹。"汤舜民【双调·湘妃游月宫】《春闺情》："身瘦怯那堪影瘦怯，人薄劣何况情薄劣。"

④ 多事年年二月风：贺知章《咏柳》："不知细叶谁裁出，二月春

风似剪刀。"李贺《有所思》："帘外花开二月风，台前泪滴千行竹。"晏殊《玉堂春》："斗城池馆。二月风和烟暖。"

⑤剪出鹅黄缕：姜夔《除放自石湖归苕溪》："谁家玉笛吹春怨，看见鹅黄上柳条。"吴文英《花心动·柳》："乍看摇曳金丝细，春浅映、鹅黄如酒。"

⑥一种可怜生：一种，一样、同样。可怜，可爱。李白《清平调三首》其二："借问汉宫谁得似，可怜飞燕倚新妆。"杜甫《江畔独步寻花七绝句》其四："东望少城花满烟，百花高楼更可怜。"

⑦落日和烟雨：林逋《点绛唇》："余花落处，满地和烟雨。"刘仙伦《蝶恋花》："谁问离怀知几许，一溪流水和烟雨。"

⑧苏小门前长短条：苏小，即苏小小，南齐时钱塘名妓，后来诗人们在诗中常写到她，如白居易、李贺等。苏小门前，杜牧《自宣城赴官上京》："谢公城畔溪惊梦，苏小门前柳拂头。"温庭筠《杨柳八首》其三："苏小门前柳万条，毵毵金线拂平桥。"史达祖《蝶恋花》："苏小门前，杨柳如腰细。"

⑨即渐迷行处：即渐，渐渐。赵君祥【双调·新水令】《闺情》："雨声潺，风力劲，韶华即渐消磨尽。"吕止庵【仙吕·翠裙腰缠令】："黄昏即渐，暑气消沛。"迷行处，顾贞观《菩萨蛮》："门前乌桕树，霜月迷行处。"

■ 简评

此为咏物词。抓住柳的特点来写。前两句以拟人修辞法，将柳比作一个年轻女子，说她身体娇软，不胜力而下垂；说她身子瘦弱，哪里经得起乱舞呢。柳枝纤细而随风飘舞。下两句化用贺知章《咏柳》："碧玉妆成一树高，万条垂下绿丝绦。不知细叶谁裁出，二月春风似剪刀。"但由于词的长短句和更注重心绪性与细碎性，赋予柳的"人性"或"女性化"更甚于诗。"多事"，为懊恼口吻，说二月春风吹拂、使柳树苏醒是属于多管闲事。"鹅黄缕",代指初生的浅绿的柳叶。过片两句写柳树在外物环境衬托下的模样。第一句依然用拟人。"可怜",可爱的意思。把柳树描写得如可爱又惹人怜的女子。"落日"句写春日里柳树常常遭遇的自然环境:一是春雨洗涤,一是雨后地面湿气蒸发,显得氤氲的样子,就如同烟雾,故有"染柳烟浓,吹梅笛怨"这样的词句。可谓抓住了春柳的特点。末两句收束,用苏小小门前柳树茂密,易引人迷路,写成片柳树的景观。而"即渐迷行处",又让人想起唐代诗人韩翃的《章台柳》:"章台柳,章台柳!昔日青青今在否?纵使长条似旧垂,也应攀折他人手。"苏小小,南北朝时南朝齐钱塘名妓,南朝民歌《苏小小歌》中说:"妾乘油壁车,郎跨青骢马。何处结同心,西陵松柏下。"后来李贺、沈原理、元好问、袁宏道、徐渭、朱彝尊等都写过苏小小,唯独沈原理的《苏小小歌》中出现了柳:"墓前杨柳不堪折,春风自绾同心结。"纳兰说的"苏小门前长短条",恐怕典出于此吧。总之,全词动用与柳树有关的季节、物候、诗歌和典故,将柳树塑造成一位犯着春愁的女子,间接地达到了咏物词的效果。

采桑子

　　谁翻乐府凄凉曲①?风也萧萧②。雨也萧萧③。瘦尽灯花又一宵④。　　不知何事萦怀抱⑤?醒也无聊。醉也无聊。梦也何曾到谢桥⑥。

① 谁翻乐府凄凉曲：翻，指依着旧曲创作新词。乐府，本指汉代的音乐机构，后用来指一种诗体名称。

② 风也萧萧：江淹《别赋》："风萧萧而异响，云漫漫而奇色。"卢思道《从军行》："长风萧萧渡水来，归雁连连映天没。"岑参《凉州馆中与诸判官夜集》："琵琶一曲肠堪断，风萧萧兮夜漫漫。"《阻戎泸间群盗》："夜雨风萧萧，鬼哭连楚山。"

③ 雨也萧萧：皇甫松《梦江南》："闲梦江南梅熟日，夜船吹笛雨萧萧。"刘克庄《长相思·饯别》："风萧萧，雨萧萧，相送津亭折柳条。"温庭筠《酒泉子》："凭栏干，窥细浪，雨萧萧。"

④ 瘦尽灯花又一宵：瘦尽灯花，指烛花烧得越来越小，烛尽光灭的意思。瘦尽，秦观《丑奴儿》："佳人别后音尘悄，瘦尽难拼。"

⑤ 不知何事萦怀抱：晁补之《洞仙歌·留春》："伤富贵浮云，曾萦怀抱。"周邦彦《早梅芳·别恨二之一》："乱愁迷远览，苦语萦怀抱。"

⑥ 梦也何曾到谢桥：谢桥，即谢娘桥。古诗词中常称意中女子为谢娘，其居所常被称为"谢家庭院"、"谢家池阁"、"谢桥"等。晏几道《鹧鸪天》："梦魂惯得无拘检，又踏杨花过谢桥。"史达祖《万年欢·春思》："两袖梅风，谢桥边、岸痕犹带阴雪。"吴文英《浪淘沙慢》："念汉履无声跨鲸远，年年谢桥月。"陈允平《恋绣衾》："便拟倩、题红叶，趁落花、流过谢桥。"

词写莫名的愁绪。由听觉入手。"谁翻"，表明乐曲不知从何处飘来，猝不及防。"凄凉曲"，说明曲调凄凉，大约亦是诉离思，或者勾起词人的离思。两个"萧萧"，说明又风又雨，心情继听乐府曲后再受触动。"瘦尽灯花"，是说灯花将尽，夜已深。"瘦尽"，借说灯花自比自己。又，透露夜深难眠，不仅仅是一宵。下片以"不知"领起，与上片开首之"谁翻"呼应，再次强调心绪涌起的莫名。接下两句，写无论醉醒皆感无聊。说明无聊到骨。结尾之"何曾"，又透露失落，同时也泄露心事：即使做梦，也何曾到过谢桥啊！"谢桥"，常指心上女子所居之地，晏几道有"梦魂惯得无拘检，又踏杨花过谢桥"句，说自己无法约束住自己的梦魂，梦中常去谢桥与意中人约会。纳兰化用此典，却透出更大的失落与悲凉。备受离思煎熬，这才是他听曲感到凄凉、听风看雨愁闷、失眠消瘦、醒醉无聊的病因啊！全词善用自然界的风雨变换和自我的生活状态进行渲染，充分调动听觉，又善用发问的形式婉转表情达意，写得缠绵悱恻，凄苦多情，陈廷焯评"哀婉沉著"(《词则·别调集》)，诚是。

采桑子　塞上咏雪花

　　非关癖爱轻模样[①]，冷处偏佳。别有根芽。不是人间富贵花[②]。　　谢娘别后谁能惜[③]，飘泊天涯。寒月悲笳[④]。万里西风瀚海沙[⑤]。

■ 注释

　　①非关癖爱轻模样：癖爱，癖好、喜好、偏爱。轻模样，赵彦端《清平乐·雪》："悠悠漾漾，做尽轻模样。"

　　②富贵花：指牡丹等花。曾慥《调笑令》："五柳门前三径斜。东篱九日富贵花。"

　　③谢娘：韦庄《荷叶杯》："记得那年花下，深夜，初识谢娘时。"顾敻《浣溪沙》："惆怅经年别谢娘，月窗花院好风光。"

　　④寒月悲笳：文天祥《酹江月》："夜深悉听，胡笳吹彻寒月。"姚

鹄《赠边将》："清笳绕塞吹寒月，红旆当山肃晓风。"崔融《关山月》："夜夜闻悲笳，征人起南望。"马致远《破幽梦孤雁汉宫秋》："毡帐秋风迷宿草，穹庐夜月听悲笳。"

⑤ 万里西风瀚海沙：万里西风，吕岩《题全州道士蒋晖壁》："夜深鹤透秋空碧，万里西风一剑寒。"高观国《八归》："楚峰翠冷，吴波烟远，吹袂万里西风。"瀚海，指大沙漠。李世民《饮马长城窟行》："瀚海百重波，阴山千里雪。"岑参《白雪歌送武判官归京》："瀚海阑干百丈冰，愁云惨淡万里凝。"

■ **简评**

这是一首咏物词。词人以欣喜、爱慕的笔调描写雪花的特点、习性。两个否定句使对雪花的赞美更进一层；"非关癖爱轻模样"指出雪花轻灵晶莹的模样人所公认，并非一己偏好。"不是人间富贵花"更指出非人间富贵花可比的特性。此外，"别有根芽"的高洁身份，"冷处偏好"的坚贞品性，使她集众美于一身，美到极至，纯到极至。但是，她却在人间遭遇险峻。从天涯飘泊、寒月悲笳、万里风沙和无人顾惜可以看出雪花的生存环境恶劣无比。性格高洁势必遭风沙苦寒的打磨，这是高雅之人常有的人生遭际。也因此，更显雪花高洁脱俗、颇耐砥砺的非凡个性，这也是词人高洁品格的自写。

谒金门

风丝袅。水浸碧天清晓①。一镜湿云青未了②。雨晴春草草③。　　梦里轻螺谁扫④？帘外落花红小⑤。独睡起来情悄悄⑥。寄愁何处好⑦?

■ 注释

①水浸碧天清晓：水浸碧天，欧阳修《蝶恋花》："水浸碧天风皱浪。菱花荇蔓随双桨。"米芾《蝶恋花》："水浸碧天天似水。广寒宫阙人间世。"清晓，韦庄《浣溪沙》："清晓妆成寒食天，柳球斜袅间花钿。"牛希济《生查子》："残月脸边明，别泪临清晓。"

②一镜湿云青未了：杜甫《望岳》："岱宗夫如何? 齐鲁青未了。"张炎《木兰花慢》："二分春到柳，青未了，欲婆娑。"

③春草草：仇远《更漏子》："春草草，草离离。离人归未归。"

④轻螺：指女子的眉毛。

⑤帘外落花红小：帘外落花，温庭筠《春晓曲》："笼中娇鸟暖犹睡，帘外落花闲不扫。"晏殊《木兰花》："窗间斜月两眉愁，帘外落花双泪堕。"

⑥情悄悄：情感忧愁的样子。冯延巳《更漏子》："情悄悄，梦依依，离人殊未归。"秦观《临江仙》："独倚危樯情悄悄，遥闻妃瑟泠泠。"

⑦寄愁：黄升《长相思》："催得吴霜点鬓稠。香笺莫寄愁。"程垓《念奴娇》："排闷人间，寄愁天上，终有归时节。"

■ 简评

词写闺中女子的闲愁。上片写春风春雨。"风丝袅"，风儿轻轻吹拂，如细丝在袅袅摇曳，抓住了春风细柔的特点。春雨下得水汪汪一片，像是把天都浸润了。写出了水边落雨的特点。"清晓"，点明了时间。三句写女子晨起梳妆，"一镜湿云"，是写雨使空气湿润，连带闺中潮湿，也是写夜里泪湿衾枕，使如云鬓发亦如被浸湿一样。"雨晴"句写雨后之景。花草经雨后花瓣凋零，落叶满地，一幅狼藉不堪的样子，春天犹如要草草收场一样。下片首句写女子走神的一刹那。今夜的梦里有谁为我画眉呢？也就是无人替画眉。内心失落，孤独。下句是回过神来看窗外落花。落花被雨打落凋零，显得比平时更弱小。女子此时的感觉，可用李清照的"绿肥红瘦"来形容。但是由于心绪影响，她的眼里却只看到了"红瘦"。末两句既是收束，也是心事最终的直白表露，而疑问句的使用，更代表了不知如何是好的意思。"独睡"，表明是与爱人分离；"情悄悄"，表明忧愁；而"寄愁何处好"，更表达了一种迷茫。这种迷茫，一是不知道爱人此刻身在何处，有愁无处倾诉；一是愁多而岂能寄得了寄得完？情感细腻复杂，又把相思女子的患得患失和六神无主借此表达了出来。全词感觉细腻敏锐，意境闲雅，很符合女子的心态，并且画面幽美。雨后的风、水、云、草带着各自的色彩与清新尽现眼前。作者抓住"雨晴"的特征，景物到处透出湿意与清净。更出色的是，作者对外物的感受方式很特别：天是水里倒映出的碧天清晓，云是水里倒映的云，且水面光滑如镜，连云的湿度与青色都尽现其中，拂人心弦。全词描写紧扣一个"闲"字，所以才能于细微处感物，隐含一抹淡淡的忧愁。

一络索

野火拂云微绿①。西风夜哭②。苍茫雁翅列秋空③，忆写向、屏山曲④。　山海几经翻覆⑤。女墙斜矗⑥。看来费尽祖龙心⑦，毕竟为、谁家筑。

■ **注释**

①野火：野火，即燐火，也就是鬼火，为动物尸骨中分解出的磷化氢，其焰淡蓝绿色，光弱，浮游空中，暗中可见。项斯《经李白墓》："身没犹何罪，遗坟野火燃。"

②西风夜哭：杜甫《去秋行》："战场冤魂每夜哭，空令野营猛士悲。"

③苍茫雁翅列秋空：雁翅，刘禹锡："断行随雁翅，孤啸耸鸢肩。"秦韬玉《边将》："旗缝雁翅和竿袅，箭撚雕翎逐隼雄。"《秋霖即事联句三十韵》秋空，卢般《悲秋》："秋空雁度青天远，疏树蝉嘶白露寒。"李珣《定风波》："雁过秋空夜未央，隔窗烟月锁莲塘。"陈维崧《醉落魄》："秋空一碧无今古，醉袒貂裘，略记寻呼处。"

④屏山：指屏风曲折陈列，看起来像像连绵不断的山峦一样。欧阳修《蝶恋花》："枕畔屏山围碧浪。"姜夔《齐天乐》："曲曲屏山，夜凉独自甚情绪？"

⑤山海几经翻覆：指沧海桑田，经过了无数次改朝换代。

⑥女墙：城墙上的短墙。刘禹锡《金陵五题·石头城》："淮水东边旧时月，夜深还过女墙来。"吴文英《八声甘州》："别是青红阑槛，对女墙山色，碧澹宫眉。"

⑦祖龙：指秦始皇。李白《永王东巡歌十一首》："祖龙浮海不成桥，汉武寻阳空射蛟。"李煜《题金楼子后》："不于祖龙留面目，遗篇那得到今朝。"

■ **简评**

这是一首怀古词。在长城边，词人面对野火拂云，耳听西风夜吼，大雁排成队形鸣叫着飞向远方。在这样的天际下，画面中却没有人的痕迹，景色苍茫荒凉。词人由此联想到朝代更迭，英雄尽逝，只有长城上的女墙作为历史见证，依然颓寂地矗立。曾经企图建千秋霸业的秦始皇，如今又在哪里？他耗尽人力、物力建造的长城，又是为谁做嫁衣？沧海桑田之感陡生，不禁令人喟叹，也令人引以为戒。全词意象壮阔，情感激越苍凉，颇具感染力。

清平乐　忆梁汾①

　　才听夜雨。便觉秋如许②。绕砌蛩螀人不语③。有梦转愁无据④。　　乱山千叠横江⑤。忆君游倦何方⑥。知否小窗红烛⑦。照人此夜凄凉⑧。

■ 注释

　　①忆梁汾：梁汾即纳兰性德好友顾贞观。

　　②秋如许：卢祖皋《卜算子》："瘦骨从来不奈秋，一夜秋如许。"文徵明《念奴娇》："千里江山昨梦非，转眼秋光如许。"

　　③绕砌蛩螀人不语：蛩螀（qióngjiāng），蟋蟀、寒蝉。洪皓《木兰花慢·重阳》："正卉木雕零，蛩螀韵切，宾雁南翔。"

　　④有梦转愁无据：无据，欧阳修《青玉案》："相思难表，梦魂无据，惟有归来是。"赵佶《燕山亭·北行见杏花》："怎不思量，除梦里、有时曾去。无据，和梦也、新来不做。"

　　⑤乱山千叠横江：苏轼《书王定国所藏烟江叠嶂图》："江上愁心千叠山，浮空积翠如云烟。"辛弃疾《念奴娇》："旧恨春江流不断，新恨云山千叠。"龚自珍《点绛唇》："关山绝，乱云千叠，江北江南雪。"

　　⑥忆君游倦何方：倦游，对仕途游宦感到疲倦。杜甫《赠蜀僧闾丘师兄》："漂然薄游倦，始与道侣敦。"吴文英《倦寻芳》："烂锦年华，谁念故人游倦。"

⑦知否小窗红烛：王建《田侍郎归镇》："将士请衣忘却贫，绿窗红烛酒楼新。"周紫芝《清平乐》："只有琐窗红蜡，照人犹自销魂。"

⑧照人此夜凄凉：仇远《江神子》："云阶步影夜凄凉。采丹房。宿芽黄。"

■ 简评

这首词是作者为回忆友人而作。词人抓住秋季特有意象，秋雨淅沥、秋蝉鼓噪使他无法入梦，任愁绪在暗夜里发酵。词人只好远眺，层叠的群山又堵住了视线，这更增加了他对群山之外友人的惦念。最后将镜头拉回到屋内："知否小窗红烛，照人此夜凄凉"，以红烛摇曳与词人独坐为剪影，道出了对友人的思念和等待。全词由听觉入手，从视觉出画。

清平乐

将愁不去①。秋色行难住②。六曲屏山深院宇③。日日风风雨雨。　　雨晴篱菊初香④。人言此日重阳。回首凉云暮叶⑤，黄昏无限思量⑥。

■ 注释

①将愁不去：张翥《踏莎行》："醉来扶上木兰舟，将愁不去将人去。"周邦彦《解蹀躞》："此恨音驿难通，待凭征雁归时，带将愁去。"辛弃疾《祝英台近》："是他春带愁来，春归何处？却不解、带将愁去。"

②秋色：毛滂《烛影摇红》："床头秋色小屏山，碧帐垂烟缕。"

③六曲屏山深院宇：六曲屏山，十二扇做成的可以六曲的屏风。

洪咨夔《浣溪沙》："六曲屏山似去年，雪花欺得怕寒肩。"赵孟坚《花心动》："斗帐半褰，六曲屏山，憔悴似不胜衣。"仇远《木兰花慢》："有六曲屏山，四垂斗帐，重锦方床。"深院宇，程垓《满江红》："摇叶声声深院宇，折荷寸寸闲池阁。"李元膺《茶瓶儿》："去年相逢深院宇，海棠下、曾歌《金缕》。"

④篱菊：化自陶渊明《饮酒》其五："采菊东篱下，悠然见南山。"赵嘏《长安晚秋》："紫艳半开篱菊静，红衣落尽渚莲愁。"李清照《鹧鸪天》："不如随分尊前醉，莫负东篱菊蕊黄。"

⑤回首凉云暮叶：凉云，李贺《南园》："南山削秀蓝玉合，小雨归去飞凉云。"周密《水龙吟》："素鸾飞下青冥，舞衣半惹凉云碎。"暮叶，耿沣《题杨著别业》："暮叶初翻砌，寒池转露沙。"陈师道《浣溪沙》："暮叶朝花种种陈。三秋作意向诗人。"

⑥无限思量：晏殊《诉衷情》："鸿雁来时，无限思量。"秦观《画堂春》："夜寒微透薄罗裳，无限思量。"

■ 简评

词写于重阳节。开篇"愁"字，奠定基调。不仅愁，而且是"将愁不去"，愁绪无法驱散。与下句的秋色难住形成对比。又点明时间。第三句写居于深宅大院中，屏风六曲，亦间接表明居处之富丽豪华和身份之尊贵。下句接以天气状况，六字三个叠词，囊括了深宅大院生活的全部。"风风雨雨"，是自然界的风风雨雨，又是主人公内心的风风雨雨。足见内心之起伏多变。下片点出此日为重阳节。"雨晴"，心境亦好。篱菊开始泛出香味，也描画出菊花金黄绚丽，如此标志性极强的景色，水到渠成。下句的内容："人言此日重阳。"说"人言"，是说经人提醒方知是重阳，深有意味。末尾两句为重阳节黄昏时的景象。云为凉，叶为暮，感物独特，亦显心理感受。结尾的"无限思量"，与开始之"将愁不去"形成呼应，亦成为一个密闭的循

环，则无限思量的事，除了愁绪，岂有其他？以愁开篇，驱愁
不去；以愁结句，愁仍永驻，将人之莫名的秋愁秋思深细地描
写出来了。

清平乐

凄凄切切①。惨澹黄花节②。梦里砧声浑未歇③。那更乱蛩
悲咽④。　　尘生燕子空楼⑤。抛残弦索床头⑥。一样晓风残月⑦。
而今触绪添愁⑧。

■ 注释

①凄凄切切：殷尧藩《闻筝歌》："凄凄切切断肠声，指滑音柔万
种情。"周密《齐天乐》："枝冷频移，叶疏犹抱，孤负好秋时节。凄
凄切切。"

②惨澹黄花节：惨澹，暗淡、悲惨凄凉。卢仝《月蚀》："光彩未
苏来，惨澹一片白。"杜甫《瘦马行》："见人惨澹若哀诉，失主错莫无
晶光。"黄花节，菊花节，即重阳节。王涯《九月九日勤政楼下观百僚
献寿》："御气黄花节，临轩紫陌头。"刘克庄《满江红》："月露偏为丹
桂地，风霜欲放黄花节。"

③梦里砧声浑未歇：砧声，捣衣声，此指捣衣做寒衣送给行役在
外的征人。韩翃《同题仙游观》："山色遥连秦树晚，砧声近报汉宫秋。"
李清照《行香子》："闻砧声捣，蛩声细，漏声长。"

④那更乱蛩悲咽：那更，况且更。文天祥《酹江月》："风雨牢愁
无著处，那更寒蛩四壁。"乱蛩，齐己《期友人》："乱蛩鸣白草，残菊
藉苍苔。"吴文英《齐天乐》："可惜秋宵，乱蛩疏雨里。"悲咽，徐灿

《永遇乐》："世事流云，人生飞絮，都付断猿悲咽。"纳兰性德《琵琶仙》："中看、好天良夜，知道尽成悲咽。"

⑤尘生燕子空楼：燕子楼，在今江苏徐州市。唐代贞元年间，张尚书镇徐州，为家妓关盼盼建楼于此。张死后，关盼盼不嫁，居此楼十多年。白居易《燕子楼三首》其一："燕子楼中霜月夜，秋来只为一人长。"苏轼《永遇乐》："燕子楼空，佳人何在，空锁楼中燕。"

⑥抛残弦索床头：周邦彦《解连环》："燕子楼空，暗尘锁、一床弦索。"王德信【商调·集贤宾】《退隐捻苍髯》："把一床弦索尘埋，两眉峰不展开，香肌瘦损愁无奈。"

⑦一样晓风残月：柳永《雨霖铃》："今宵酒醒何处？杨柳岸晓风残月。"

⑧而今触绪添愁：触绪，孟郊《秋怀十五》："触绪无新心，丛悲有余忆。"贺铸《木兰花》："如今触绪易销魂，最是不堪风月下。"添愁，鱼玄机《赋得江边柳》："萧萧风雨夜，惊梦复添愁。"朱敦儒《沙塞子》："万里飘零南越，山引泪，酒添愁。"

■ **简评**

词写重阳思家之情。开首四字叠词，直抒心中凄切之感，奠定重阳思家基调。下句接以"惨澹"，仍诉自身凄惨。黄花节透露出词人情绪低落、颇感凄惨的原因——原来正值重阳节。所谓"每逢佳节倍思亲"，重阳在外无法与亲人团聚，故个人的孤独凄凉感被放大。这是醒时感受。三句写梦中之事。在梦里，砧上的捣衣声完全没有停歇的时候，已是凄凉；况且蛩螀悲鸣，就更感凄惨。悲咽，与其说是蛩螀，倒不如说词人自己。下片宕开去，化用关盼盼与张建封的故事、柳永"杨柳岸晓风残月"的离别之句，来暗示自己的处境。末句更是直接抒发。触绪添愁，言愁之无限和脆弱，只要触碰到外物，立即被引发了出来。全词运用心绪性极强的词语，如凄凄切切，惨澹，悲咽，添愁，

147

坦陈自己的愁绪；又用一些饰以情绪的词语，如乱蛩，空楼，残弦索，残月等，来烘托与晕染这种悲愁，使短短四十六字完美地表现了词人的重阳节情思。

清平乐

　　塞鸿去矣①。锦字何时寄②？记得灯前伴忍泪③。却问明朝行未。　　别来几度如珪④。飘零落叶成堆⑤。一种晓寒残梦⑥。凄凉毕竟因谁⑦？

■ 注释

　　① 塞鸿：李益《塞下曲》其一："燕歌未断塞鸿飞，牧马群嘶边草绿。"周德清《塞鸿秋》："晚云都变露，新月初学扇。塞鸿一字来如线。"

　　② 锦字何时寄：指鸿雁传书。李清照《一剪梅》词："云中谁寄锦书来？燕字回时，月满西楼。"

　　③ 记得灯前伴忍泪：韦庄《女冠子》："忍泪佯低面，含羞半敛眉。"晏几道《生查子》："忍泪不能歌，试托哀弦语。"

　　④ 别来几度如珪：江淹《别赋》："至乃秋露如珠，秋月如珪，明月白露，光阴往来。与子之别，思心徘徊。"表示分别数年了。

　　⑤ 飘零落叶成堆：李白《赠王判官时余归隐居庐山屏风叠》："俱飘零落叶，各散洞庭流。"殷文圭《初秋留别越中幕客》："魂梦飘零落叶洲，北辕南柂几时休。"

　　⑥ 一种晓寒残梦：秦观《如梦令》："梦破鼠窥灯，霜送晓寒侵被。"林逋《霜天晓角》："梦绝。金兽爇。晓寒兰烬灭。"残梦，晏殊《玉楼春》："楼头残梦五更钟，花底离愁三月雨。"吴文英《瑞鹤仙》：

"念寒蛩残梦，归鸿心事，那听江村夜笛。"

⑦凄凉毕竟因谁：李之仪《雨中花令》："富贵功名虽有味，毕竟因谁守。"

■ 简评

　　词写闺思。全词叙忆结合，情景交融，意境妙丽，使女子的相思显得极富美感。句中化用典故，以塞鸿远去、锦书难寄喻别离无期；以旧日离别时"佯忍泪"的情形，衬托女子在情感上的委屈隐忍。下片首句用"几度如珪"婉诉离别日多，下句之落叶飘零，强调秋日又来临，行人仍未归。"飘零"句是说落叶飘零成堆，但成堆的恐怕还有女子的相思和愁绪。结尾两句用反问的语句，道出不知因谁凄凉，又是一种蕴藉委婉的表述方式。但女子夜里无寐，倍觉拂晓之寒、又被残梦折磨的情形，似乎由这反问，给读者的印象更深了。温柔敦厚，哀而不怨，真是如此。

清平乐

　　风鬟雨鬓①。偏是来无准。倦倚玉阑看月晕②。容易语低香近③。　　软风吹过窗纱④。心期便隔天涯⑤。从此伤春伤别⑥。黄昏只对梨花⑦。

■ 注释

　　①风鬟雨鬓：女子鬟发散乱憔悴状。李朝威《柳毅传书》："昨下第，闲驱泾水右涘，见大王爱女，牧羊于野，风鬟雨鬓，所不忍视。"

　　②倦倚玉阑看月晕：玉阑，一作"玉兰"或"阑干"。杨炎正《玉

人歌》：“倦倚阑干，顾影在天际。”黄谈《念奴娇·过西湖》：“倦倚阑干，笑呼艇子，同入荷花去。”

③ 容易语低香近：晏几道《清平乐》：“勾引行人添别恨。因是语低香近。”

④ 软风吹过窗纱：温庭筠《郭处士击瓯歌》：“吾闻三十六宫花离离，软风吹春星斗稀。”赵长卿《感皇恩》：“软风吹破眉间皱。”

⑤ 心期便隔天涯：心期，相思。晏几道《采桑子》：“心期昨夜寻思遍，犹负殷勤，齐斗堆金，难买丹诚一寸真。”吴文英《采桑子》：“心期偷卜新莲子，秋入眉山。”

⑥ 从此伤春伤别：李商隐《杜司勋》：“刻意伤春复伤别，人间唯有杜司勋。”石延年《燕归梁》：“伤春伤别几时休。算从古、为风流。”

⑦ 黄昏只对梨花：刘方平《春怨》：“寂寞空庭春欲晚，梨花满地不开门。”晏殊《无题》：“梨花院落溶溶月，柳絮池塘淡淡风。”李重元《忆王孙》：“欲黄昏。雨打梨花深闭门。”

■ 简评

词写春日黄昏女子淡淡的哀怨。开头两句脱口而出，道出了女子对人生风雨莫测的担忧。她倚栏望月，脉脉无语，似乎内心平静，但花香暗溢、软风吹纱又象征了她内心思绪如缕，正经历着“风雨”的侵袭。薄薄的纱窗，隔开的不仅是外界的风雨，更象征了与心上人的幽隔，所以有“天涯”一词。“心期便隔天涯”透露了绝望，而末尾两句的伤春伤别、黄昏对梨花，则是女子的生活常态。春日不仅只引起惜春的感觉，更与离别连在一起，形成了永久而唯美的定格。本词凄美而不嘶戾，在伤春伤别的等待中，仍企盼有美丽的梨花做伴，可谓意境幽美，情意隽永，堪称佳作。

清平乐 秋思

　　凉云万叶^①。断送清秋节^②。寂寂绣屏香篆灭^③。暗里朱颜消歇^④。　　谁怜照影吹笙^⑤。天涯芳草关情^⑥。懊恼隔帘幽梦^⑦。半床花月纵横^⑧。

■ **注释**

　　① 凉云万叶：凉云万，一作"孤花片"。冯伟寿《春云怨》："曲水成空，丽人何处，往事暮云万叶。"纳兰性德《清平乐》："回首凉云暮叶，黄昏无限思量。"欧阳修《玉楼春》："夜深风竹敲秋韵，万叶千声皆是恨。"张抡《踏莎行》："丹枫万叶碧云边，黄花千点幽岩下。"

　　② 断送清秋节：李白《忆秦娥》："乐游原上清秋节，咸阳古道音尘绝。"柳永《雨霖铃》："多情自古伤离别，更那堪，冷落清秋节！"

　　③ 寂寂绣屏香篆灭：韦庄《应天长》："画帘垂，金凤舞，寂寞绣屏香一炷。"香篆，指焚香时上升缭绕的烟缕。辛弃疾《定风波》："老去逢春如病酒，唯有，茶瓯香篆小帘栊。"

　　④ 暗里朱颜消歇：消歇，消失。李白《寄远十一首》："坐思行叹成楚越，春风玉颜畏销歇。"冯延巳《鹊踏枝》："日日花前常病酒，不辞镜里朱颜瘦。"陆游《蝶恋花》："镜里朱颜，毕竟消磨去。"

　　⑤ 谁怜照影吹笙：照影，一作"散髻"。徐铉《柳枝词》："长条乱拂春波动，不许佳人照影看。"欧阳修《蝶恋花》："照影摘花花似面，芳心只共丝争乱。"

　　⑥ 天涯芳草关情：辛弃疾《摸鱼儿》："春且住，见说道、天涯芳草无归路。"王夫之《初度口占》："天涯芳草迷归路，病叶还禁一

夜霜。"

　　⑦懊恼隔帘幽梦：懊恼，烦闷、气恼。秦观《八六子》："夜月一帘幽梦，春风十里柔情。"曾觌《念奴娇》："西厢往事，一帘幽梦凄切。"

　　⑧半床花月纵横：床，一作"窗"。李贺《秋凉诗寄正字十二兄》："梦中相聚笑，觉见半床月。"方干《路支使小池》："光含半床月，影入一枝花。"韦庄《清平乐》："梦觉半床斜月，小窗风触鸣琴。"

■ 简评

　　这首词题为秋思，实则写女子秋日的离思。词中多选取闺房意象来传递信息。开头两句点明季节。云有颜色与厚薄之分，此处却赋予云以温觉，感觉新颖，并同时透露情感基调。落叶为秋日特有物候，杜甫有"无边落木萧萧下，不尽长江滚滚来"句，即写秋日落叶齐下的壮观情景。此处之万叶，直接糅合了杜诗之意，颇具表现力。接下两句转为室内。绣屏内悄无人声，香篆也灭了，显得萧瑟冷清。下面一句写到人。原来屋里并非无人，在昏暗的光线下，绣屏内的女子朱颜憔悴暗淡。主人公出场。下片情景交融地写女子。"谁怜"，无人怜惜。此句写昔日吹笙、美好影子映照在墙上或绣屏上的情形。下句转至现在。如今，天涯芳草，处处牵扯着情思。结尾两句，写女子平日里的生活情态。幽梦有好坏，有悲喜，前面冠以"懊恼"和"隔帘"，则女子做的是相思梦，且此梦亦逝，不易捕捉，故有懊恼之感，有相隔之恨。末句写梦醒时女子所见到的情形。花本美好，与月相伴，美好中多了感发和思念。半床的花影与月影婆娑摇曳，足见女子内心之起伏，也侧写出因思念而梦醒后凄凉的境况。凉云、万叶，写秋日之萧瑟寂寥，寂寂绣屏、灭了的香篆、隔帘幽梦、半床花月，虽然也在写景，却透露出女子的孤寂，和红颜暗老的焦灼与悲凉。写相思，有凄凉，有憔悴失意，却不见抱怨、悔恨，难得的温柔蕴藉，唯美生动，塑造的美好女性形象亦深刻动人。

忆秦娥

长飘泊，多愁多病心情恶^①。心情恶。模糊一片，强分哀乐。　　拟将欢笑排离索^②。镜中无奈颜非昨^③。颜非昨。才华尚浅，因何福薄^④？

■ 注释

① 多愁多病心情恶：多愁多病，韦庄《遣兴》："如幻如泡世，多愁多病身。"柳永《安公子》："当此好天好景，自觉多愁多病，行役心情厌。"苏轼《采桑子》："多情多感仍多病。"心情恶，侯寘《菩萨蛮》："休文多病疏杯酌。被花恼得心情恶。"王懋麟《误佳期》："庭梅开遍不归来，直恁心情恶。"

② 拟将欢笑排离索：排，排遣。离索，萧索、孤独状。白居易《郊居岁暮》："屏居负山郭，岁暮惊离索。"杨冠卿《前调》："客怀无耐伤离索。伤离索。蛮笺欲寄，塞鸿难托。"

③ 镜中无奈颜非昨：白居易《赠言》："镜中桃李色，不得十年好。"温庭筠《春晓曲》："衰桃一树近前池，似惜红颜镜中老。"陆游《书愤五首》其一："塞上长城空自许，镜中衰鬓已先斑。"

④ 因何福薄：夏元鼎《水调歌头》："试道工夫易，福薄又难消。"

■ 简评

这首词可能是作者自述幽怀。"长飘泊"，明写生活飘泊不定，但结合纳兰的身世，则更多指心理上的孤独无依感，故有下句的多愁多病，外加心情恶。"模糊一片"具写心情恶，很精彩。

因为人如果情绪恶劣了，就什么也感受不到了，被坏情绪蒙蔽了双眼，也蒙蔽了心灵，自然也不会发现外界的美，就是连自身处境的哀乐都浑然不觉。"强分哀乐"，是词人试图压抑这种哀情。过片接上片意思，试图以欢笑驱赶这种孤独萧索之感。接下一句更递增了哀感。镜中容颜衰老，不仅将欢笑销蚀，更雪上加霜，使情绪跌落到极点。末句，词人只能叩问为何自己这么福薄。两个三字句"心情恶"、"颜非昨"是本词词眼，也见出词人的多愁善感。

阮郎归①

斜风细雨正霏霏②。画帘拖地垂③。屏山几曲篆烟微④。闲庭柳絮飞⑤。　　新绿密⑥，乱红稀⑦。乱莺残日啼⑧。春寒欲透缕金衣⑨。落花郎未归⑩。

■ 注释

①阮郎归，一作"醉桃源"。

②斜风细雨正霏霏：斜风细雨，张志和《渔歌子》："青箬笠，绿蓑衣，斜风细雨不须归。"李清照《念奴娇》："萧条庭院，又斜风细雨，重门须闭。"朱淑真《江城子》："斜风细雨作春寒。对尊前，忆前欢。"霏霏，此处指细雨密集貌。韦庄《台城》："江雨霏霏江草齐，六朝如梦鸟空啼。"秦观《画堂春》："落红铺径水平池，弄晴小雨霏霏。"

③画帘拖地垂：韦庄《荷叶杯》："水堂西面画帘垂，携手暗相期。"顾敻《渔歌子》："画帘垂，翠屏曲。满袖荷香馥郁。"孙光宪《更漏子》："红窗静，画帘垂，魂消地角天涯。"

④屏山几曲篆烟微：烟，一作"香"。陆游《月照梨花》："几曲屏山，伴人昼静。"石孝友《浣溪沙》："几曲屏山数幅波。雁声斜带夕阳过。"陈子龙《醉落魄》："几曲屏山，竟日飘香篆。"

⑤闲庭柳絮飞：王维《酬郭给事》："洞门高阁霭余辉，桃李阴阴柳絮飞。"晏殊《蝶恋花》："午醉醒来，柳絮飞撩乱。"

⑥新绿密：晏几道《虞美人》："一夜满枝新绿、替残红。"史达祖《绮罗香》："临断岸、新绿生时，是落红、带愁流处。"

⑦乱红稀：陆游《太平时》："乱红飞尽绿成阴。"吕本中《采桑子》："乱红夭绿风吹尽，小市疏楼。"

⑧乱莺残日啼：方千里《虞美人》："多少乱莺啼处、暮烟昏。"汪元量《六州歌头》："斜日晖晖，乱莺啼。"毛熙震《后庭花》："春残日暖莺娇懒，满庭花片。"

⑨春寒欲透缕金衣：春，一作"余"。顾敻《荷叶杯》："看看湿透缕金衣，归摩归，归摩归。"

⑩郎未归：杨无咎《生查子》："秋深郎未归，月上人初静。"佚名【南吕·七贤过关】《四时思情》："冷落闲庭院，暮雨潇潇郎未归。"

■ **简评**

词写春思。颜色缤纷，意象繁密富丽，充分调动视觉、听觉感受力。微风将雨吹得倾斜而落，闺房内一片寂静，画帘低低垂下。女子慵卧床头，屏风弯曲，篆烟微微缭绕。此时庭院内静寂无人，柳絮自在飞翔，瞬间被雨打湿在地，黄莺啼红了夕阳。这时女子步出闺房，清寒透入美丽的衣裳，她猛地打了个冷颤，才意识到花已落，她的丈夫却仍未归来。词到此戛然而止，韵味悠长。本词情感淡雅蕴藉，抓住具有典型性的美好意象，将女子居室的精美、生活的优雅刻画了出来，并通过闲适的状态，与春日外界飘飞的柳絮、茂密的新绿、稀疏的落花、此起彼伏啼叫的黄莺形成鲜明对比，透露春光易逝、青春

难驻的焦虑,并以装饰之繁华与无人欣赏、花已落郎仍未归,
抒写出女子的相思与失落。从立意、造景、取象及刻画人物上
都深得花间词神髓。

画堂春

　　一生一代一双人①。争教两处销魂②。相思相望不相亲③。
天为谁春?　　浆向蓝桥易乞④。药成碧海难奔⑤。若容相访
饮牛津⑥。相对忘贫⑦。

■ 注释

　　①一生一代一双人:骆宾王《代女道士王灵妃赠道士李荣》:"相
怜相念倍相亲,一生一代一双人。"

　　②争教两处销魂:王益《诉衷情》:"梦兰憔悴,掷果凄凉,两处
销魂。"

　　③相思相望不相亲:王勃《寒夜怀友杂体二首》其二:"故人故情
怀故宴,相望相思不相见。"

　　④浆向蓝桥易乞:蓝桥,在陕西蓝田县东南蓝溪上。裴铏《传奇》
载,秀才裴航经蓝桥驿上口渴,求水喝。老妪命女云英饮之以琼浆。裴
航想娶云英为妻,老妪告诉裴航,需要用玉杵臼为聘礼。裴航访得玉杵
臼,与云英捣药百日,药成后成仙。

　　⑤碧海:东方朔《十洲记》载:"扶桑在东海之东岸,岸直,陆
行登岸一万里,东复有碧海,海广狭浩汗,与东海等,水既不咸苦,
正作碧色,甘香味美。"李商隐《嫦娥》:"嫦娥应悔偷灵药,碧海青
天夜夜心。"

⑥若容相访饮牛津：张华《博物志·杂说》："旧说云，天河与海通。近世有人居海诸者，年年八月有浮槎去来不失期。人有奇志，立飞阁于槎上，多斋粮乘槎而去……奄至一处，有城郭状，屋舍甚严，遥望宫中多织妇，见一丈夫牵牛渚次饮之。牵牛人乃惊问：'何有至此？'此人具说来意，并问此是何处。答曰：'君还至蜀郡，访严君平则知之。'……后至蜀，问君平，曰：'某年月日有客星犯牵牛宿。计年月，正是此人到天河时也。'"吴融《和韩致光侍郎无题三首十四韵》："眼穿回雁岭，魂断饮牛津。"韩偓《无题》："棹寻闻犬洞，槎入饮牛津。"秦观《玉楼春》："当时误入饮牛津，何处重寻闻犬洞。"

⑦相对忘贫：《文子》卷上《符言》："《老子》曰：'古之存己者，乐德而忘贱，故名不动志；乐道而忘贫，故利不动心。'"

■ **简评**

词写相思。首句连用三个"一"，写出两人的绝配：是一生难以遇到的人，是风华绝代的人，是天生就该成双的人。次句的"两"反意表述，这么绝配的二人，却不能在一起，惹的两处销魂，怎么可以？与首句形成反差和对比。"争教"，怎教也，反问词，表达不满和不理解。三句又连用三个"相"，进一步写两人情感上的缠绵怜惜，难以割舍。不能相亲，是引起痛苦、令人销魂的最大原因。四句的"天为谁春"，词中的呼天抢地之语。人有不得已，情感强烈到无以复加时，才会唤天，《诗经》中的"母也天只，不谅人只"（《鄘风·柏舟》），汉乐府之"上邪！我欲与君相知，长命无绝衰。山无陵，江水为竭。冬雷震震，夏雨雪。天地合，乃敢与君绝"，北朝民歌之"老女不嫁，踏地呼天"，都是如此。循此套路，可知词人情感之强烈与不甘。下片四句连用三个典故：一是裴航蓝桥乞浆的故事，一是碧海与嫦娥奔月的故事，一是牵牛星的故事。此三典故有一共同点：都是有关男女相恋，且都与成仙有关。暗示词人所恋慕的女子或为

157

女道士，或为"仙人"，由此才造成隔离，相爱的两人不能在一起，不能"相亲"。联系纳兰的经历，未见他有与女道士恋爱的记载，倒是他曾经与表妹相恋，后表妹被选为宫女，恋爱就此断绝。进入宫中便永远隔离，而诗词中又常有以天上代指宫廷的习惯，故所谓的天人相隔，大约也就是指这一段恋爱了。纳兰一生恋爱次数不少，抒写相思的词作也不少，但如本词这样反复咏叹二人的天生绝配与相知相爱的，恐怕也只此一首了。从创作本词的当时来说，这大约是词人最心痛最不舍的一次情感经历了，故此才有"争教两处销魂"，"天为谁春"的怨忿呼喊，尤其是后者，不仅指天，而应该是意有所指。

摊破浣溪沙

　　欲语心情梦已阑①。镜中依约见春山②。方悔从前真草草③。等闲看。　　环佩只应归月下④。钿钗何意寄人间⑤。多少滴残红蜡泪。几时干⑥？

■ 注释

　　① 欲语心情梦已阑：语，一作"话"。辛弃疾《南乡子·舟中记梦》："别后两眉尖，欲说还休梦已阑。"

　　② 镜中依约见春山：春山，指双眉。李商隐《代赠二首》其二："总把春山扫眉黛，不知供得几多愁？"苏轼《蝶恋花》："敛尽春山羞不语。人前深意难轻诉。"周邦彦《一落索》："眉共春山争秀，可怜长皱。"

　　③ 方悔从前真草草：草草，草率。陆游《菩萨蛮》："当年真草草，

一棹还吴早。"王次回《个人》："花里送郎真草草，人前见妾莫依依。"

④环佩只应归月下：杜甫《咏怀古迹五首》其三："画图省识春风面，环佩空归夜月魂。"姜夔《疏影》："想佩环月夜归来，化作此花幽独。"

⑤钿钗何意寄人间：陈鸿《长恨歌传》："适有道士自蜀来，知上皇心念杨妃如是，自言有李少君之术。玄宗大喜，命致其神。……东极天海，跨蓬壶。见最高仙山，上多楼阙……玉妃出……问皇帝安否，次问天宝十四载以还事。言讫，悯然。指碧衣女取金钗钿合，各析其半，授使者曰：'为我谢太上皇，谨献是物，寻旧好也。'"白居易《长恨歌》："唯将旧物表深情，钿盒金钗寄将去。"

⑥多少滴残红蜡泪，几时干：李商隐《无题》："春蚕到死丝方尽，蜡炬成灰泪始干。"

■ 简评

这是一首悼亡词。首句写梦。词人与妻子梦中相见，刚想要诉说心事却梦醒了，一憾。次句写醒后看到镜子，仿佛看见了昔日妻子对镜梳妆时的双眉。"远山"，用了卓文君眉色如远山的典故。接下两句写自己的悔恨，后悔当初太草了，以为来日方长，没有很好珍惜。下片两句通过写环佩和钿钗表达怀念，化用杜甫"画图省识春风面，环佩空归夜月魂"、姜夔"想佩环月夜归来，化作此花幽独"意象，下句化用陈鸿《长恨歌传》与白居易《长恨歌》"唯将旧物表深情，钿盒金钗寄将去"句意，以李杨爱情之忠贞不渝，喻自己对妻子的深情。结句将镜头定格在红烛残泪上。"几时干"，不知何时干，也即泪流不止的意思。表面上问红烛的蜡泪几时干，实写自己哭红的双眼上的泪，不知何时能干。这一比喻凄惨而唯美，真伤心人伤心语也。

摊破浣溪沙

　　风絮飘残已化萍①。泥莲刚倩藕丝萦②。珍重别拈香一瓣，记前生。　　人到情多情转薄③，而今真个悔多情④。又到断肠回首处⑤，泪偷零⑥。

■ **注释**

　　①风絮飘残已化萍：萍，浮萍。周邦彦《瑞龙吟》："断肠院落，一帘风絮。"姜夔《鹧鸪天》："京洛风流绝代人，因何风絮落溪津。"

　　②泥莲刚倩藕丝萦：刚，偏。温庭筠《张静婉采莲曲》："船头折藕丝暗牵，藕根莲子相留连。"

　　③人到情多情转薄：李之仪《鹊桥仙》："情多无那不能禁，常是为、而今时候。"罗隐《寄杨秘书》："漳浦病来情转薄，赤城吟苦意何如。"杜牧《赠别二首》其二："多情却似总无情，唯觉樽前笑不成。"

　　④而今真个悔多情：真个，真的。顾敻《虞美人》："浅眉微敛注檀轻，旧欢时有梦魂惊，悔多情。"

　　⑤又到断肠回首处：蔡伸《点绛唇》："人归后。断肠回首。只有香盈袖。"杨显之《临江驿潇湘秋夜雨》："一去江州三见春，断肠回首泪沾巾。"

　　⑥泪偷零：泪水悄悄滴落。

■ **简评**

　　这是一首悼亡词。开头两句用自然界的两组现象来比喻人生的情感经历，"风絮"与"泥莲"、"浮萍"与"藕丝"对举，将美好事物的脆弱易逝与人们对此的难以割舍形象地表达了出来。作者与妻子之间也是如此。这两组比喻含义丰富，它包含了许多难以言说的人生隐痛。三句写焚香纪念亡妻。"别拈"，写出焚香心情的特别、在意。"记前生"，希望香能通幽冥，连接阴阳相隔的两人，使亡妻能够记起生前的事情。下片宕开，直接述情。"多情转薄"，强调对妻子的多情；"悔多情"，是憎恨自己无法从对亡妻的情中解脱出来，深受其折磨，进而悔恨自己多情，希望自己绝情。这些都是反话。结句写自己触景生情，泪流不止，乃卒章显志，也是本词写作的触媒与缘起，令人想起苏轼悼念亡妻的《江城子》结尾："料得年年肠断处，明月夜，短松冈。"文学是有其内部传续的，信然。

摊破浣溪沙

　　小立红桥柳半垂①。越罗裙扬缕金衣②。采得石榴双叶子③。欲遗谁④？　　便是有情当落月。只应无伴送斜晖⑤。寄语东风休着力。不禁吹。

■ 注释

　　① 小立红桥柳半垂：小立，杨万里《雪后晚晴四山皆青惟东山全白赋最爱东山晴后雪二绝句》其一："只知逐胜忽忘寒，小立春风夕照间。"红桥，王士禛《浣溪沙》："白鸟朱荷引画桡，垂杨影里见红桥。"

　　② 越罗裙扬缕金衣：缕金衣，装饰以金缕的舞衣，此指女子精美的衣服。缕，线。李珣《浣溪沙》："镂玉梳斜云鬓腻，缕金衣透雪肌香，暗思何事立残阳。"

③采得石榴双叶子：黄庭坚《江城子》："寻得石榴双叶子，凭寄与、插云鬟。"

④欲遗谁：遗，送、赠送。《古诗十九首》："采之欲遗谁，所思在远道。"

⑤只应无伴送斜晖：李商隐《落花》："参差连曲陌，迢递送斜晖。"

■ 简评

　　这首词写闺中女子的相思。红桥、绿柳、越罗裙、缕金衣、石榴树，这是一幅极美的庭园图景。这位丽人立在春意朦胧的小桥边，微风吹拂，将她的裙角轻轻地扬起，她手拿"石榴双叶子"，却茫然凝视远方，不知送给谁？"欲遗谁"表明不知道她的心上人此刻在哪里。作者选取"石榴"这一喻象是有含义的：石榴多子，象征子嗣兴旺。下片的有情与无伴也形成鲜明对比，更显女子孤独多情。末两句将女子身体娇弱的形态刻画了出来，且语带双关，写出她被思念折磨，情感脆弱，经不起哪怕一丝一毫的风吹草动。全词写得自然优美。

海棠春

　　落红片片浑如雾①。不教更觅桃源路②。香径晚风寒③，月在花飞处④。　　蔷薇影暗空凝伫⑤。任碧飔轻衫萦住⑥。惊起早栖鸦⑦，飞过秋千去⑧。

■ 注释

　　①落红片片浑如雾：沈约《会圃临春风》："游丝暖如烟，落花纷

似雾。"落红，李处全《蓦山溪》："藉草倒芳尊，衬香茵、落红千片。"杨冠卿《垂丝钓》："肠欲断。更落红万点。"片片，张先《浣溪沙》："花片片飞风弄蝶，柳阴阴下水平桥，日长才过又今宵。"刘克庄《卜算子》："片片蝶衣轻，点点猩红小。"

②不教更觅桃源路：桃源，在今浙江天台县。据刘宋时期刘义庆《幽明录》记载，东汉永平年间，浙江剡县人刘晨、阮肇到天台山采药时迷了路，遇到两位仙女，被邀请至桃源洞。两人半年后回家，发现子孙已经过了七代。后来二人又到天台山希望再次得遇仙女，但却没能如愿。晏几道《风入松》："就中懊恼难拼处，是擘钗、分钿匆匆。却似桃源路失，落花空记前踪。"孟浩然《高阳池送朱二》："殷勤为访桃源路，予亦归来松子家。"范仲淹《定风波》："无尽处，恍然身入桃源路。"

③香径晚风寒：韩偓《寒食日重游李氏园亭有怀》："今日独来香径里，更无人迹有苔钱。"晏几道《玉楼春》："手接梅蕊寻香径。正是佳期期未定。"

④月在花飞处：李弥逊《虞美人》："去年携手听金缕，正是花飞处。"牛峤《菩萨蛮》："柳花飞处莺声急，晴街春色香车立。"

⑤蔷薇影暗空凝伫：蔷薇影，陈允平《虞美人》："当时携手鸳鸯径，一笑蔷薇影。"空凝伫，张孝祥《水龙吟》："怅世缘未了，匆匆又去，空凝伫、烟霄里。"杨无咎《水龙吟》："似汉皋珮解，桃源人去，成思忆、空凝伫。"

⑥任碧飐轻衫萦住：碧飐，这里是说绿叶或者树枝被风吹动的样子。

⑦惊起早栖鸦：贺铸《减字木兰花》："淡黄杨柳暗栖鸦。玉人和月摘梅花。"秦观《望海潮》："但倚楼极目，时见栖鸦。"

⑧飞过秋千去：欧阳修《蝶恋花》："泪眼问花花不语，乱红飞过秋千去。"

■ **简评**

　　词写相思，意象含蓄优美。落花片片飞舞，给人产生如雾一样的幻觉。次句的"不教"，化用刘晨阮肇遇仙的故事，暗示无法与心仪女子再相见之憾。接下两句写男子独自月下徘徊。晚风寒，心更寒。月亮在落花飞舞的空隙，投射下来，朦胧而凄美。下片想象女子相思情景。在月下，蔷薇的影子显得很暗，女子像凝固的雕像一样伫立其间。"空"，晕染出女子内心的空虚失落。下句写风吹碧树，衣袂轻轻飘扬鼓起，就像是把风包在了其中一样。风动，当然也是心动。吹拂的晚风，惊动了早早栖息的乌鸦，它们簌簌飞起，飞过了秋千那边。乌鸦飞走，也象征女子心思飞动。秋千，亦是庭院中供女子嬉戏的典型娱乐器具。全词用"一种相思，两处闲愁"的方式，通过男子的身份、视角和他的想象，写了相思之情以及相思而不得相见的痛苦。全词意象选取唯美而具感发力，如落红、如雾、香径、晚风、蔷薇影、轻衫，秋千，而且桃源路所具有的含义，将本词的内涵含蓄委婉地表达了出来。词人十分善于借助景物描写来抒发内心情感，如写风寒实际是心寒，惊鸦飞走实则女子心动等，都给人以朦胧的美感，和耐人寻味的余韵。

太常引

　　晚来风起撼花铃①。人在碧山亭。愁里不堪听②。那更杂泉声雨声③。　　无凭踪迹④，无聊心绪⑤，谁说与多情⑥。梦也不分明⑦，又何必催教梦醒。

①晚来风起撼花铃：晚来风起，刘禹锡《杨柳枝词》："晚来风起花如雪，飞入宫墙不见人。"王之道《水调歌头》："弱云狼藉，晚来风起，席卷更无留。"花铃，系在花梢上的铃铛。张炎《浣溪沙》："燕归摇动护花铃。"《满庭芳》："笑邻娃痴小，料理护花铃。"

②愁里不堪听：刘禹锡《金陵怀古》："后庭花一曲，幽怨不堪听。"周邦彦《满庭芳》："憔悴江南倦客，不堪听、急管繁弦。"

③那更杂泉声雨声：王维《过香积寺》："泉声咽危石，日色冷青松。"白居易《遗爱寺》："时时闻鸟语，处处是泉声。"顾况《过山农家》："板桥人渡泉声，茅檐日午鸡鸣。"

④无凭踪迹：不安定的行踪。黄庭坚《清平乐》："春无踪迹谁知。除非问取黄鹂。"柳永《少年游》："归云一去无踪迹，何处是前期？"

⑤无聊心绪：杜甫《前出塞》："欲轻肠断声，心绪乱已久。"晏几道《蝶恋花》："一曲啼乌心绪乱。红颜暗与流年换。"

⑥谁说与多情：李之仪《蓦山溪》："凭谁说与，潘鬓转添霜，飞陇首。"张孝祥《菩萨蛮》："恰则春来春又去。凭谁说与春教住。"

⑦梦也不分明：徐灿《菩萨蛮》："梦也不分明，远山云乱横。"纳兰性德《赤枣子》："记不分明疑是梦，梦来还隔一重帘。"

■ 简评

词写相思。晚风吹动花铃，发出清脆动听的声音，可在愁苦中的词人，却不堪忍受这声音。美好的声音变成了折磨人的媒介，更何况是泉水流动的声音和雨声了。意即自然界一切美好的声音，都易引起词中女子的愁绪。下片写对这种情绪的体认。连用两个"无"和一个"谁"，说明了这种情绪的缥缈、难以捕捉，但又不时令人心境恶劣，且无处倾诉。"谁说与多情"，是说种种多情的行为与心理活动，由于心上人的踪迹难定，是无法说给他知晓的。哀怨懊恼情绪流溢。末两句用递进的句式，表达本指望在梦中与他相会、倾诉，但就连梦境也不是分明，梦没梦到他还不确定呢，但就是这梦也被无情催醒，可谓情绪低落到极点了。上篇主要调动听觉，写不堪外物声音侵扰，下片主要侧重直抒心事与书写梦境，上下片共同合成了一个相思之人凄婉的思念。由于是听觉与梦境兼写，故而给人一种空灵梦幻的感觉，整体氛围上烘托出了思念之人深细的心曲，且口吻宛然，生动而不粘滞。

秋千索　渌水亭春望①

垆边换酒双鬟亚②。春已到卖花帘下③。一道香尘碎绿蘋④，看白袷、亲调马⑤。　　烟丝宛宛愁萦挂⑥。剩几笔晚晴图画⑦。半枕芙蕖压浪眠⑧，教费尽莺儿话⑨。

■ 注释

①渌水亭：纳兰性德家的园亭，在今北京什刹海后海西北之宋庆龄故居内。

②垆边换酒双鬟亚：换酒，一作“唤酒”。垆，旧时酒店里安放酒瓮的土台子，也指酒店。垆边，王建《邯郸主人》：“垆边酒家女，遗我缃绮被。”韦庄《菩萨蛮》：“垆边人似月，皓腕凝霜雪。”刘辰翁《摸鱼儿》：“长安市上垆边卧，枉却快行家走。”双鬟，古代少女的发式，常被借指少女。白居易《和微之诗二十三首。和新楼北园偶集从孙公度…皆先归》：“十指纤若笋，双鬟黳如鸦。”陆游《春愁曲》：“蜀姬双鬟娅姹娇，醉看恐是海棠妖。”亚，低垂貌。

③春已到卖花帘下：李清照《减字木兰花》：“卖花担上。买得一

枝春欲放。"止禅师《昭君怨·卖花人》:"帘外一声声叫。帘里鸦鬟入报。问道买梅花。买桃花。"王次回《纪遇》:"曾向长陵小市行,卖花帘下见卿卿。"

④一道香尘碎绿蘋:香尘,杜牧《金谷园》:"繁华事散逐香尘,流水无情草自春。"薛昭蕴《离别难》:"良夜促,香尘绿,魂欲迷,檀眉半敛愁低。"碎绿蘋,苏轼《水龙吟》:"晓来雨过,遗踪何在?一池萍碎。"

⑤看白袷、亲调马:袷,夹衣。李贺《染丝上春机》:"彩线结茸背复叠,白袷玉郎寄桃叶。"调马,驯马。

⑥烟丝宛宛愁萦挂:宛宛,柔柔、柔弱貌。张籍《废居行》:"宅边青桑垂宛宛,野蚕食叶还成茧。"文同《依韵和蒲诚之春日即事》:"新疏宛宛生晴圃,浅溜涓涓出暖沙。"

⑦剩几笔晚晴图画:吴融《富春》:"水送山迎入富春,一川如画晚晴新。"

⑧半枕芙蕖压浪眠:芙蕖,即荷花,此指枕头上绣的荷花。

⑨教费尽莺儿话:教费尽,一作"听不尽"。王安国《清平乐》:"留春不住,费尽莺儿语。"

■ 简评

这是一首关于春天的词。上片四句展现了四幅图画,描绘春日来临的欣喜:春天在当垆卖酒的美丽姑娘的美发上,春天在卖花帘下,春天在踏碎绿萍的香尘里,春天在驯马的白袍人身上。下片前两句仍写室外春景,但流露了忧愁。在春雾缭绕、翠烟迷蒙的柳丝上挂着宛宛的愁,春日的晚晴,如闲闲几笔的图画。结尾两句定格在室内床上,人物始才出现。绣着荷花的枕头,压在如浪花般起伏的锦衾上,女子在如此春日昼眠,显出其没情绪。末句之"教费尽莺儿话"意味深长。本词采用散点透视法,将镜头投向春日里不同的景物、人物身上,又在上面寄托了自己的情绪，把无形春天的到来与离去具化在诸多春景上，笔法新颖美妙。

鹧鸪天^①

　　独背残阳上小楼^②。谁家玉笛韵偏幽^③？一行白雁遥天暮^④，几点黄花满地秋。　　惊节序，叹沉浮。秾华如梦水东流^⑤。人间所事堪惆怅^⑥，莫向横塘问旧游^⑦。

■ 注释

　　①鹧鸪天：一作"于中好"。

　　②独背残阳上小楼：残阳，一作"斜阳"。独背残阳，罗隐《旅舍书怀寄所知二首》其二："可怜别恨无人见，独背残阳下寺楼。"上小楼，秦观《浣溪沙》："漠漠轻寒上小楼，晓阴无赖似穷秋。"

　　③谁家玉笛韵偏幽：李白《春夜洛城闻笛》："谁家玉笛暗飞声，散入春风满洛城。"

　　④一行白雁遥天暮：白雁，北方有白雁，色白，似雁而小。遥天暮，周邦彦【中吕】《南浦》："危樯影里，断云点点遥天暮。"纳兰性德《菩萨蛮》："雾窗寒对遥天暮，暮天遥对寒窗雾。"

　　⑤秾华：此指繁花。秾，花木繁盛貌。

　　⑥人间所事堪惆怅：所事，事事。曹唐《张硕重寄杜兰香》："人间何事堪惆怅，海色西风十二楼。"

　　⑦莫向横塘问旧游：横塘，在今南京市西南。温庭筠《池塘七夕》："万家砧杵三篙水，一夕横塘似旧游。"

　　这是一首抒发人生感慨的词。词人用残阳、小楼、笛声、大雁、黄花等繁复的意象点染出秋的神韵，又通过上小楼、抬头远望、低头俯视以及听觉，全面感受秋天，内心涌滚翻腾，思前想后。节序的变换让他惊心动魄，因为这意味着衰老将至；而自然界的消长更喻示了人生的起伏变化，似水东流。既然如此，词人只能自我宽慰。本词表面伤感，实际有一种无悔的人生自信与刚强蕴藏其间，堪称纳兰词中的佳品。

鹧鸪天

　　雁贴寒云次第飞①。向南犹自怨归迟②。谁能瘦马关山道③，又到西风扑鬓时④。　　人杳杳⑤，思依依⑥。更无芳树有乌啼⑦。凭将扫黛窗前月⑧，持向今朝照别离⑨。

■ 注释

　　① 雁贴寒云次第飞：贴，贴近。刘禹锡《秋江晚泊》："暮霞千万状，宾鸿次第飞。"

　　② 向南犹自怨归迟：一作"飘零最是柳堪悲"。蔡楠《鹧鸪天》："惊瘦尽，怨归迟。"

　　③ 瘦马：一作"匹马"。

　　④ 又到西风扑鬓时：一作"又到残阳雨过时"。

　　⑤ 人杳杳：一作"魂黯黯"。

　　⑥ 思依依：一作"思凄凄"。李煜《喜迁莺》："梦回芳草思依依，天远雁声稀。"高观国《更漏子》："情悄悄，思依依，天寒一

雁飞。"

⑦ 更无芳树有乌啼：一作"如今悔却一枝栖"。李华《春行即兴》："芳树无人花自落，春山一路鸟空啼。"

⑧ 凭将扫黛窗前月：凭将，一作"从将"。扫黛：画眉。这里指像蛾眉一样淡淡的弯月。李商隐《又效江南曲》："扫黛开宫额，裁裙约楚腰。"

⑨ 持向今朝照别离：今朝，一作"今宵"。杜安世《端正好》："月明空照别离苦。透素光、穿朱户。"

■ 简评

词写秋日思归。起句境界阔大。大雁贴着秋日的寒云陆陆续续南归，由于归家心切，仍然埋怨飞得太慢了。一个"犹自"显示了地上征人的羡慕和妒嫉。接下来两句写征人羁绊在关山道上，又恰是秋风扑面时。古道、西风、瘦马，自然界的三种凄凉景象都到眼前，更衬托出征人的断肠。接着镜头移向闺中，"人杳杳"与"思依依"对举，表达了人远情浓的心态。一个"无"和一个"有"，强化了边地与闺中的差别，闺中已是芳树绽放，边地仍是乌鸦啼鸣。结尾两句，以两地景抒共同的情。闺中淡如美人眉黛的月，今宵分明照着边地犯着相思愁的役人，本无联系的两个事物使其彼此产生紧密联系，足见边地之人的思归之情与其细腻深沉的内心世界。

鹧鸪天

冷露无声夜欲阑①。栖鸦不定朔风寒②。生憎画鼓楼头急③，不放征人梦里还。　　秋澹澹④，月弯弯⑤。无人起向月中看⑥。明朝匹马相思处⑦，知隔千山与万山⑧。

■ 注释

①冷露无声夜欲阑：冷露无声，王建《十五夜望月寄杜郎中》："中庭地白树栖鸦，冷露无声湿桂花。"夜欲阑，夜欲尽，指夜已经很深了。徐安贞《闻邻家理筝》："北斗横天夜欲阑，愁人倚月思无端。"黄升《南乡子》："凉入芳衾单。起探灯花夜欲阑。"

②栖鸦不定朔风寒：栖鸦，白居易《冬日平泉路晚归》："山路难行日易斜，烟村霜树欲栖鸦。"周邦彦《蝶恋花》："月皎惊乌栖不定，更漏将残，辘轳牵金井。"

③生憎画鼓楼头急：生憎，最恨。卢照邻《长安古意》："生憎帐额绣孤鸾，好取门帘贴双燕。"刘采春《啰唝曲六首》其一："不喜秦淮水，生憎江上船。"辛弃疾《鹧鸪天》："只愁画角楼头起，急管哀弦次第催。"

④秋澹澹：蔡伸《小重山》："澹澹秋容烟水寒。楼高清夜永，倚阑干。"

⑤月弯弯：皮日休《馆娃宫怀古五绝》其五："不知水葬今何处，溪月弯弯欲效颦。"

⑥无人起向月中：卢纶《裴给事宅白牡丹》："别有玉盘承露冷，无人起就月中看。"

⑦明朝匹马相思处：匹马，此指独自骑马。

⑧知隔千山与万山：岑参《原头送范侍御》："别君只有相思梦，遮莫千山与万山。"

■ 简评

这首词写征人夜里不寐的情景。"冷露无声"是秋夜悲泣的眼泪，"栖鸦不定"是征人心态的外化，"生憎画鼓"透露了失眠，虽然夜已深沉，万物都进入沉睡，唯独征人的心事飘忽哀凄而难以平静。"不放征人梦里还"，反映了征人好梦难成的懊悔心情。"无人起向月中看",又宕开去写景,征人的心事只有月亮知道,也写出了他的思家之情深于其他征人。整首词抓住了秋夜孤眠的特定景物写,栖鸦、朔风、画鼓、弯月都涌现眼前,故能感人至深。

河传

春浅①。红怨②。掩双环。微雨花间昼闲③。无言暗将红泪弹④。阑珊⑤。香销轻梦还⑥。　　斜倚画屏思往事⑦。皆不是。空作相思字⑧。记当时。垂柳丝。花枝⑨。满庭蝴蝶儿。

■ 注释

①春浅:一作"暮春"。吴融《途中见杏花》:"林空色暝莺先到,春浅香寒蝶未游。"

②红怨:一作"如雾"。周密《献仙音》:"松雪飘寒,岭云吹冻,红破数椒春浅。"文天祥《齐天乐》:"柳色含晴,梅心沁暖,春浅千花如束。"

③微雨花间昼闲:微雨,一作"语影"。李清照《蝶恋花》:"人道山长山又断,萧萧微雨闻孤馆。"苏轼《阮郎归》:"微雨过,小荷翻。榴花开欲然。"花间,欧阳炯《贺明朝》:"忆昔花间相见后,只凭纤手,暗抛红豆。"昼闲,刘埙《醉思仙》:"帘栊昼闲。炉薰昼残。"

④无言暗将红泪弹:无言暗将,一作"背人偷将"。纳兰性德《采桑子》:"红泪偷垂,满眼春风百事非。"

⑤阑珊:李煜《阮郎归》:"落花狼藉酒阑珊,笙歌醉梦间。"柳永《锦堂春》:"坠髻慵梳,愁蛾懒画,心绪是事阑珊。"

⑥香销轻梦还：香销，蔡伸《念奴娇》："泪粉香销，碧云□杳，脉脉人千里。"轻梦，毛滂《踏莎行》："沉香火冷小妆残，半衾轻梦浓如酒。"

⑦斜倚画屏思往事：张泌《春晚谣》："钿筝斜倚画屏曲，零落几行金雁飞。"

⑧空作相思字：苏轼《沁园春》："向彩笺写遍，相思字了，重重封卷，密寄书邮。"周邦彦《六丑》："恐断红、尚有相思字，何由见得。"辛弃疾《满江红》："相思字，空盈幅；相思意，何时足？"

⑨花枝：李商隐《流莺》："曾苦伤春不忍听，凤城何处有花枝。"韦庄《菩萨蛮》："此度见花枝，白头誓不归。"

■ 简评

词写少女春日相思。全词写得细腻婉约，以春景之缠绵繁丽与少女之温柔多情交相映衬，烘托出一幅韵致悠远的春闺图。词中写景颇具特色。"春浅、红怨、掩双环"看似写景，实则写少女幽怨的心情。春天与花朵本是客观的存在，但在少女眼中，春日浅浅，花香散溢着哀怨，紧闭的一双门环恰似她紧闭的心扉。美丽的幽怨与画景交织，在少女眼中模糊了界限，回忆中浮现的"垂柳丝，花枝，满庭蝴蝶儿"美得令人心醉，但却在柳丝飞扬、花枝微颤与蝴蝶翩飞中散发淡淡的相思，一如眼前令人心醉的美景。本词虚实交错，写少女现实中的梦（"香销轻梦还"）如发生在过去，虚幻感极强；又以浓艳的色彩和形象的画面描绘当日相会的情形，无论是垂柳丝、花枝，还是满庭蝴蝶儿，都好像翻飞开放在身边，那么真实。少女也恰是在这梦与现实中徘徊游疑，度过了又一个充满相思的春天。

木兰花　拟古决绝词柬友^①

　　人生若只如初见^②。何事秋风悲画扇^③。等闲变却故人心^④，却道故人心易变。　　骊山语罢清宵半^⑤。泪雨零铃终不怨^⑥。何如薄倖锦衣郎^⑦，比翼连枝当日愿^⑧。

■ **注释**

　　① 拟古决绝词柬友：拟古决绝词，传说汉代司马相如欲纳妾，他的妻子卓文君就作了一首《白头吟》诗以明心意，其中有"闻君有他意，故来相决绝"，是为古决绝词。

　　② 人生若只如初见：晏几道《临江仙》："斗草阶前初见，穿针楼上曾逢。"晁补之《斗百花》："潇洒小屏娇面，仿佛灯前初见。"

　　③ 何事秋风悲画扇：何事，为何。秋风悲画扇，指汉代班婕妤的故事。班婕妤为汉成帝宠妃，后来赵飞燕姐妹得宠，婕妤为避害，自求供养太后于长信宫，乃作《团扇诗》，其中有"常恐秋节至，凉飙夺炎热"，是为秋风悲画扇。于武陵《长信宫二首》其一："一从悲画扇，几度泣前鱼。"

　　④ 等闲变却故人心：等闲，韩愈《晚春二首》其二："榆荚只能随柳絮，等闲撩乱走空园。"晏殊《浣溪沙》："一向年光有限身，等闲离别易销魂，酒筵歌席莫辞频。"李白《金门答苏秀才》："远见故人心，平生以此足。"

　　⑤ 骊山语罢清宵半：骊山，今西安市郊临潼县东南，唐玄宗的行宫。杜甫《骊山》："骊山绝望幸，花萼罢登临。"白居易《长恨歌》："骊宫高处入青云，仙乐风飘处处闻。"语罢清宵半，化用白居易《长恨

174

歌》诗句："七月七日长生殿，夜半无人私语时。在天愿做比翼鸟，在地愿为连理枝。"指唐玄宗和杨贵妃在七月初七夜发誓，愿世世为夫妻。柳永《安公子》："梦觉清宵半。悄然屈指听银箭。"

⑥泪雨零铃终不怨：《长恨歌》："蜀江水碧蜀山青，圣主朝朝暮暮情。行宫见月伤心色，夜雨闻铃肠断声。"据说唐玄宗李隆基在蜀地避难时，雨中听到铃声响而想起了杨玉环，因而作曲名曰《雨铃霖》。

⑦何如薄倖锦衣郎：薄倖，杜牧《遣怀》："十年一觉扬州梦，赢得青楼薄幸名。"锦衣郎，李山甫《酬刘书记见赠》："春满南宫白日长，夜来新值锦衣郎。"

⑧比翼连枝当日愿：比翼连枝，杨无咎《鹧鸪天》："当时比翼连枝愿，未必风流得似今。"《长恨歌》："在天愿做比翼鸟，在地愿为连理枝。"

■ 简评

这首词借古喻今赠柬友人。上下两片各引用汉、唐两代的爱情故事，比喻人的爱情难以久长，恰如很难保持最初相见时的新奇与热情一样。其实，作者的目的显然不仅仅在诉说爱情，而是借人间最真挚的男女爱情都难以经得起人事变故的考验，来比喻世事坎坷惊险、变幻莫测。表面看来，词人似乎在否定人间真情，但字里行间却流露出对人间真淳之情的渴望，寓意深刻。本词用典及化用前人诗句较多，可能在理解时造成一定障碍。因此，适当掌握一些典故，是阅读古典诗词必要的知识储备。

虞美人　为梁汾赋①

凭君料理《花间》课②。莫负当初我③。眼看鸡犬上天梯④。

黄九自招秦七共泥犁^⑤。　　瘦狂那似痴肥好^⑥，判任痴肥笑^⑦。笑他多病与长贫^⑧。不及诸公衮衮向风尘^⑨。

■ 注释

① 梁汾：即纳兰性德的好友顾贞观，字华峰，号梁汾。词中提到作者请顾贞观编辑词集。

② 凭君料理《花间》课：《花间》课，《花间》指《花间集》。课，指作品。《花间集》由五代时后蜀人赵崇祚编，收入晚唐五代十八家词人500首词。此指作者让顾贞观帮自己编辑词集。

③ 莫负当初我：不要辜负当初我把你引为知己。

④ 眼看鸡犬上天梯：指鸡犬升天，出自"一人得道，鸡犬升天"。指一些人仕途腾达。

⑤ 黄九自招秦七共泥犁：黄九，宋代词人黄庭坚。秦七，宋代词人秦观。这里以黄庭坚、秦观不为时俗所动的执着性格，比喻作者和顾贞观。泥犁，梵语，指地狱。此指词人与顾贞观不羡青云直上的仕途显达者，而是沉湎于诗词创作且不惜沉沦下僚。

⑥ 瘦狂那似痴肥好：瘦狂，指作者与顾贞观。痴肥，指那些脑满肠肥、无所用心的仕途腾达者。

⑦ 判任：任凭。

⑧ 笑他多病与长贫：杜甫《偶题》："永怀江左逸，多病邺中奇。"苏轼《采桑子》："多情多感仍多病，多景楼中。尊酒相逢。"

⑨ 诸公衮衮：杜甫《醉时歌》："诸公衮衮登台省，广文先生官独冷。"程必《沁园春》："还堪怪，怪诸公衮衮，我尚凭泥。"

■ 简评

本词虽是写给好友顾贞观的，实是自标及将二人引为同调之词。开首两句写托顾贞观编辑词集。《花间》课，词作也。纳兰推许花间派，词学花间，进而将词作亦名之为《花间》课。这是对友人顾贞观的信任，说明顾是词人的知己，也表明对顾贞观托付之重，才有"莫辜负"之叮咛语。接下两句用对比手法，进一步强化自己与顾乃一类人，不似一些汲汲于功名之人。黄九与秦七，黄庭坚与秦观也，词人将自己比为黄庭坚，将顾贞观比为秦观。黄庭坚、秦观同列苏门四学士，纳兰将自己与顾贞观比为黄、秦，也在说明二人不仅同调且同门。下片用瘦狂指自己和顾贞观，以痴肥指锐意仕途之徒，认为自己和顾贞观所从事的诗词创作，被一些利禄之徒看来是十分可笑的。即使如此，词人表示"判任"痴肥笑，任由其嘲笑讥讽，也不改"料理《花间》课"的初衷。表面看来，词人将自己和好友比作泥犁的黄九与秦七，有些潦倒失意之感，但却从中透露出贞刚与自得，还有不屑于仕进的自信与坚守，实际是独标一流。因为"瘦狂"在古人的诗学概念与伦理积淀里，从来是清流与孤傲的象征，是不屑于流俗的个性。况且对于纳兰而言，与大多数读书人相比，又何来的潦倒与失意？所以，这种自信与独标就是特定阶层与身份之上才能具备的。读词者，千万不可被纳兰表面的牢骚之语所蒙蔽。

临江仙

长记碧纱窗外语①，秋风吹送归鸦②。片帆从此寄天涯③。一灯新睡觉④，思梦月初斜⑤。　　便是欲归归未得⑥，不如燕子还家⑦。春云春水带轻霞⑧。画船人似月⑨，细雨落杨花⑩。

■ 注释

①长记碧纱窗外语：一作"长记曲阑干外语"，或"长记纱窗窗外

语"。碧纱窗，李冶《蔷薇花》："最好凌晨和露看，碧纱窗外一枝新。"晁补之《浣溪沙》："一夜不眠孤客耳，耳边愁听雨萧萧。碧纱窗外有芭蕉。"徐凝《莫愁曲》："玳瑁床头刺战袍，碧纱窗外叶骚骚。"毛文锡《河满子》："红粉楼前月照，碧纱窗外莺啼。"

②秋风吹送归鸦：杜甫《呀鹘行》："清秋落日已侧身，过雁归鸦错回首。"黄升《卖花声》："数尽归鸦人不见，落木萧萧。"

③片帆从此寄天涯：片帆，刘长卿《岳阳楼》："终期一艇载樵去，来往片帆愁白波。"苏轼《浣溪沙》："西塞山边白鹭飞。散花洲外片帆微。"晁补之《满庭芳》："他年认取，天际片帆归。"寄天涯，徐铉《孟君别后相续寄书作此酬之》："尺素寄天涯，淦江秋水色。"牟融《寄永平友人》："直道未容淹屈久，暂劳踪迹寄天涯。"

④一灯新睡觉：白居易《长恨歌》："云鬓半偏新睡觉，花冠不整下堂来。"姚合《庄居即事》："斜月照床新睡觉，西风夜半鹤来声。"

⑤思梦月初斜：白居易《凉夜有怀》："灯尽梦初罢，月斜天未明。"花蕊夫人《宫词》："夜深饮散月初斜，无限宫嫔乱插花。"李清照《怨王孙》："秋千巷陌，人静皎月初斜。浸梨花。"

⑥便是欲归归未得：杜甫《归梦》："梦归归未得，不用楚辞招。"刘兼《中春登楼》："归去莲花归未得，白云深处有茅堂。"王澜《念奴娇》："镇日思归归未得，孤负殷勤杜宇。"

⑦不如燕子还家：白居易《饮后夜醒》："将归梁燕还重宿，欲灭窗灯却复明。"顾敻《临江仙》："何事狂夫音信断，不如梁燕犹归。"

⑧春云春水带轻霞：王维《酬诸公见过》："山鸟群飞，日隐轻霞。"韦庄《春云》："春云春水两溶溶，倚郭楼台晚翠浓。"

⑨画船人似月：韦庄《菩萨蛮》："垆边人似月，皓腕凝霜雪。"

⑩细雨落杨花：陆游《晚春感事》："护雏燕子常更出，著雨杨花又懒飞。"

　　词写羁旅思家。开头三句忆往。前两句是词人自己的视角，后三句是想象中闺中人的视角。首句写当时碧纱窗外送别，次句写正值秋季。三句过渡，用片帆驶远的镜头写闺中人目送自己离开，从中可以想见孟浩然"孤帆远影碧空尽，唯见长江天际流"的意境。"一灯"两句，想象闺中人夜半醒来无法入眠，相思梦醒后正是月亮斜挂天上的时候。下片前两句写自己羁身在外，欲归而不得，不如燕子春来即返回故地。羡慕燕子还家，思归之心迫切。后三句仍是想象语。想象着家中已经是春云飘起、春水荡漾、春霞满天的时候，这么美的景色中，思念的人儿在画船中，如月一样美丽，细雨打湿了飞落的杨花。词人将家乡描写得美不可言，景美，景中人美，思家之情更美。全词写得唯美蕴藉，画面感极强。

临江仙　寒柳

　　飞絮飞花何处是①？层冰积雪摧残②。疏疏一树五更寒③。爱他明月好，憔悴也相关。　　最是繁丝摇落后④，转教人忆春山⑤。湔裙梦断续应难⑥。西风多少恨⑦，吹不散眉弯⑧。

■ 注释

　　①飞絮飞花何处是：欧阳修《采桑子》："飞絮濛濛，垂柳阑干尽日风。"秦观《浣溪沙》："自在飞花轻似梦，无边丝雨细如愁。"

　　②层冰积雪摧残：辛弃疾《贺新郎》："千尺阴崖尘不到，惟有层冰积雪。"陆游《梅花绝句》："高标逸韵君知否，正是层冰积雪时。"

③疏疏一树五更寒：疏疏，王庭筠《凤栖梧》："衰柳疏疏苔满地。"陈造《春寒》："小杏惜香春恰恰，新阳弄影午疏疏。"五更寒，李煜《浪淘沙令》："罗衾不耐五更寒。"程必《水调歌头》："兴罢吹笙去，风露五更寒。"

④最是：尤其是，特别是。

⑤春山：指黛眉。

⑥湔（jiān）裙：古代风俗，元日到月底，士女们在水边酹酒洗衣，祓除不详。

⑦多少恨：李煜《忆江南》："多少恨，昨夜梦魂中。"晏几道《破阵子》："绿鬓能供多少恨，未肯无情比断弦。"

⑧吹不散眉弯：李珣《南乡子》："双髻坠，小眉弯，笑随女伴下春山。"晏几道《庆春时》："殷勤今夜，凉月还似眉弯。"

■ 简评

这是一首咏柳词。上片写初春寒柳。"飞絮飞花"指柳絮飞花。前两句说为什么看不到柳絮飞花呢，是因为积雪未消、层冰犹冻所致。三句用远镜头写五更天柳树疏疏落落的样子。"疏疏"，指柳叶刚抽芽，不是很繁盛的时候。此句之所以看似剪影，乃是因为在五更天有明月映衬的背景之下。下片想象深秋柳叶坠落之后的情形，亦契合一"寒"字。柳叶飘落，更易令人回想起春天，故有"转教"句。"湔裙"句是写梦中水边酹酒湔裙的情景，也是对春天的回忆。梦断，且难以接续，透露了词人心情低落。结尾两句写西风吹拂，却吹不散人的仇恨。"眉弯"，可指新月，也可知女子弯弯的黛眉。此处之眉弯引人退想，应是指西风吹不散女子的愁眉，说明恨多，也间写相思。全词意象清冷，层冰、积雪、五更、明月、西风，都透出股股寒意，好不容易有"花"出现，但却不是明丽绽放的真正意义上的花，而是柳絮，写出了新柳之"寒"。此外，一些写景的情语，如摧残、憔悴、忆、梦断、恨、眉弯等，亦表达了词人缠绵含蓄的情感，使咏柳词亦成为一首言情词。

蝶恋花

　　辛苦最怜天上月^①。一昔如环^②，昔昔长如玦^③。但似月轮终皎洁^④。不辞冰雪为卿热^⑤。　　无奈钟情容易绝^⑥。燕子依然，软踏帘钩说^⑦。唱罢秋坟愁未歇^⑧。春丛认取双栖蝶^⑨。

■ 注释

　　① 辛苦最怜天上月：李白《自代内赠》："君如天上月，不肯一回照。"无名氏《望江南》："天上月，遥望似一团银。"周紫芝《江城子》："怎得人如天上月，虽暂缺，有时圆。"

　　② 一昔如环：一昔，一夕。环，圆形中空的玉，比喻月圆。

　　③ 昔昔长如玦：长如，一作"都成"。昔昔，夕夕。玦，有缺口的玉环。比喻月缺。皮日休《寒夜联句》："河光正如剑，月魄方似玦。"刘克庄《木兰花慢·丁未中秋》："何须如钩似玦，便相将、只有半菱花。"

　　④ 但似月轮终皎洁：但，一作"若"。范成大《车遥遥篇》："愿我如星君如月，夜夜流光相皎洁。"

　　⑤ 不辞冰雪为卿热：《世说新语·惑溺》："荀奉倩与妇至笃，冬月妇病热，乃出中庭，自取冷还，以身熨之。"

　　⑥ 无奈钟情：一作"无那尘缘"。

　　⑦ 软踏帘钩说（yuè）：李贺《贾公闾贵婿曲》："燕语踏帘钩，日虹屏中碧。"纳兰性德《浣溪沙》："残月暗窥金屈戌，软风徐荡玉帘钩。"

⑧唱罢秋坟愁未歇：李贺《秋来》："秋坟鬼唱鲍家诗，恨血千年土中碧。"

⑨春丛认取双栖蝶：李商隐《偶题二首》其二："春丛定是饶栖夜，饮罢莫持红烛行。"

■ 简评

这是一首悼亡词。上片以月写情。前三句道出了月的一个亘古不变的规律，即只有一夕是圆的，其他时间都是不圆的。表面言月，实则比喻词人与妻子卢氏的遭际。卢氏结婚三年而逝，他们之间团聚的日子如圆月一样稀少而宝贵。"辛苦"，"最怜"，不是说月，而是说妻子卢氏，由此可见怜爱之深情。下两句是一个假设：假如能够使月亮始终保持圆的状态的话，自己不辞学荀奉倩，以身浸冷而去除她身上的病热。这是引用荀粲的典故，表达对妻子的至笃之情。当然，这两句中的月，也是借指妻子了。下片前三句以人与外物之对比，说明情感之脆弱易逝。此处，有的本子作"无那尘缘"，似乎更合适。因为词人所诉的这种相思苦，不是因为相爱双方的哪一方移情或薄情，而是他们无法阻止生老病死，无法阻断生离死别，这是最令人绝望的。所以，与妻子生活的三年，就只能算一段短短的尘缘了。此处用对比，生命之猝逝，反衬出燕子的有信而绵长，它还是如往昔一样落在帘钩上呢喃。末尾收束的两句是说自己如李贺一样，离恨不绝，希望死后与妻子能如蝴蝶一样双宿双栖。可谓缠绵凄苦到了极点。

蝶恋花

　　眼底风光留不住①。和暖和香②，又上雕鞍去③。欲倩烟丝遮别路④。垂杨那是相思树⑤？　　惆怅玉颜成间阻⑥。何事东风，不作繁华主⑦。断带依然留乞句⑧。斑骓一系无寻处。

■ **注释**

　　① 眼底风光留不住：辛弃疾《蝶恋花》："有底风光留不住。烟波万顷春江橹。"

　　② 和暖和香 ：指挟带着温暖和芳香。王次回《骊歌二叠送韬仲春往秣陵》："怜君孤负晓衾寒，和暖和香上马鞍。"

　　③ 又上雕鞍去：指上马离去的意思。雕鞍，装饰精美的马鞍。韦庄《秦妇吟》："旋抽金线学缝旗，才上雕鞍教走马。"欧阳修《蝶恋花》："玉勒雕鞍游冶处，楼高不见章台路。"

　　④ 欲倩烟丝遮别路：烟丝，指柳树被春雾笼罩，给人的感觉似柳丝生烟。温庭筠《送李亿东归》："别路青青柳弱，前溪漠漠苔生。"

　　⑤ 垂杨那是相思树：左思《吴都赋》："楠榴之木，相思之树。"

　　⑥ 惆怅玉颜成间阻：玉颜，一作"玉烟"。史达祖《贺新郎》："不怕天孙成间阻，怕人间、薄幸心肠变。"

　　⑦ 何事东风，不作繁华主：宋·严蕊《卜算子》："花落花开自有时，总是东风主。"

　　⑧ 断带依然留乞句：在断了的衣巾上，仍然留下求你题写的诗句。

■ 简评

　　词写别离。开首一句"留不住"，道出离别的不可避免，和女子心中的失落、伤感。次句点明离别的季节，是在一个温暖的日子，结合后两句所描写的物候，坐实了此次别离是在春日。又，表明分别不止一次，透露出女子的不情愿。接下两句是宕开去，是想象语。"倩"，请。女子想请如烟的柳丝挡住男子离别的道路，又感叹杨柳并非如楠榴一样高大的相思树。写出不甘，写出无奈。下片想象别后情形。"玉颜"，情郎的面孔。女子不明白，或者不愿明白，为什么她和情郎之间有了阻隔。还是不甘，不愿意接受离别的现实。接下两句，内在情感外射到东风上，怪怨东风做不了主，实际是怨恨之间无法阻挡心上人离去的脚步。结尾两句用对比手法写来。断带上仍然留着乞求对方不要离去的诗句，但心上人乘的班骓却早已杳无踪影。"依然"，写出女子的多情与情长；"无"，写出远去男子的无情。全词选取具有感发或典故的意象，极好地利用了春日美景在人的心中产生的美好与留恋，衬托出离别的不符合人性，是借景言情的极好的代表作。

蝶恋花

　　又到绿杨曾折处①。不语垂鞭②，踏遍清秋路③。衰草连天无意绪④，雁声远向萧关去⑤。　　不恨天涯行役苦⑥。只恨西风⑦，吹梦成今古⑧。明日客程还几许⑨，沾衣况是新寒雨⑩。

① 又到绿杨曾折处：古人有折杨柳送别的习俗，此指分别的地方。吴文英《桃源忆故人》："潮带旧愁生暮，曾折垂杨处。"

② 不语垂鞭：温庭筠《赠知音》："景阳宫里钟初动，不语垂鞭上柳堤。"

③ 踏遍清秋路：李贺《马诗二十三首》其五："何当金络脑，快走踏清秋。"

④ 衰草连天无意绪：秦观《满庭芳》："山抹微云，天粘衰草，画角声断谯门。"无意绪，指没什么情绪，情绪恶劣。

⑤ 雁声远向萧关去：萧关，古关名，故址在今宁夏固原县东南。令孤楚《王昭君》："魏阙苍龙远，萧关赤雁哀。"

⑥ 不恨天涯行役苦：李白《拟古十二首》："闺人理纨素，游子悲行役。"白居易《续古诗十首》其一："戚戚复戚戚，送君远行役。行役非中原，海外黄沙碛。"

⑦ 只恨西风：晏几道《诉衷情》："玉人团扇恩浅，一意恨西风。"张炎《长亭怨》："恨西风不庇寒蝉，便扫尽、一林残叶。"

⑧ 吹梦成今古：苏轼《虢国夫人夜游图》："人间俯仰成今古，吴公台下雷塘路。"卢炳《念奴娇》："曲水流觞，兰亭修禊，俯仰成今古。"

⑨ 明日客程还几许：戴叔伦《海上别薛舟》："客程秋草远，心事故人知。"温庭筠《途中有怀》："岁暮自多感，客程殊未还。"

⑩ 沾衣况是新寒雨：杜牧《九日齐山登高》："古往今来只如此，牛山何必独沾衣。"志南《绝句》："沾衣欲湿杏花雨，吹面不寒杨柳风。"

■ 简评

词写离愁。开首一个"又"字，表明离别之频繁。次句中，"不语"，表示沉默；"垂鞭"，表示任由坐骑溜达，无精打采，实际是不愿离去的表现。三句交代离别时间是在秋天。"踏遍"，依然是信马由缰的意思，而不是扬鞭奋蹄。接下两句用声

音和色彩，描写路边景色。"衰草"，表示秋日草黄，有的已经
枯萎；"无意绪"，表示看见秋草的词人没有情绪，情绪比较低
落。"雁声"，大雁鸣叫的声音，又增别意。说雁声远向萧关去，
实则借以表达自己此行是去边远的地方。下片首句"不恨"，反
语，也可理解为衬语，以此衬托别离之恨。西风无生命，没什么
可恨，此处的恨西风可谓无理而妙，反衬情绪之烦乱、情感之强
烈。"吹梦"句是说，梦中难以相会，仿佛相隔千年，成了不是
同一时空之人。结尾两句，还几许，即还有多少，是设问，询问
明日路程还有多远。"还"，表明愁前路之漫长，又是别愁的另
一种表达。"况"，加深了这种不情愿和离愁。雨是"新寒"之
雨，倒不如说，离愁之新，和它使人内心之惆怅。本词特别擅长
用一些连词、副词和否定词，如又、曾、不、无、还、只、况
等，表达离别与思念的微妙情感，从而使本词读来婉转缠绵，性
灵摇荡，感人至极。

蝶恋花 出塞

今古河山无定数①。画角声中②，牧马频来去。满目荒凉谁
可语③？西风吹老丹枫树。　　幽怨从前何处诉④？铁马金戈，
青冢黄昏路⑤。一往情深深几许⑥，深山夕照深秋雨。

■ 注释

①今古河山无定数：数，一作"据"。无定数，李商隐《玄微先
生》："仙翁无定数，时入一壶藏。"

②画角声中：蔡伸《点绛唇》："画角声中，云雨还轻散。"刘辰翁

《木兰花慢》："归去柳阴行月，酒醒画角声残。"

③满目荒凉谁可语：刘向《九叹》："谗人谀谀兮，孰可愬兮，征夫罔极，谁可语兮。"

④幽怨从前何处诉：幽怨从前，一作"从前幽怨"。何处诉，一作"应无数"。刘禹锡《金陵怀古》："后庭花一曲，幽怨不堪听。"韩偓《咏灯》："古来幽怨皆销骨，休向长门背雨窗。"

⑤青冢黄昏路：汉代王昭君坟墓，现在内蒙古自治区呼和浩特市南。杜甫《咏怀古迹》其三："一去紫台连朔漠，独留青冢向黄昏。"

⑥一往情深深几许：欧阳修《蝶恋花》："庭院深深深几许，杨柳堆烟，帘幕无重数。"李清照《临江仙》："庭院深深深几许，云窗雾阁春迟。"

■ 简评

　　词写遥望塞外河山而发的感慨。开首一句概括性极强，说出了山河常在而人事易逝的规律，含有无限伤感。"河山"，可理解为词人眼前所见的河山，更引申为广义上的河山。二三句也是说，一样的画角声，但是在画角声中驻扎的将士却已不再是昔日的将士。"频来去"，说明此地频繁更换守军，也暗喻往事已去，怀古之意流露。四五句实写眼前之景。"满目荒凉"，是说正值深秋，下句之"西风"可为印证。"谁可语"，可以和谁说呢？言下之意，无人可言，深刻的孤独感突显。"丹枫树"，颜色鲜亮，秋日会变得枯黄、衰落，所以有"吹老"之谓。"西风"，显然是秋日之代名词。"老"，渲染了树之干枯，也表达一种老气横秋之感、荒凉之感，和一种美学意义上的老境之美，含义丰富。下片写无处诉幽怨，表示幽怨之深，难以淋漓表达。同时，也表示往事的无奈，一种怀古的忧伤。下两句是说军队行军，经过昭君墓旁，言塞外行役也。末两句结得有意境。"一往情深"，对谁？难以坐实。总之，是词人彼时有所触动的情感。

"深几许", 是设问, 即到底有多深呢? 这是很难正面、实在、具体地回答出来的, 所以, 词人以眼前的景色作答: 深山的夕照有多美, 深秋的雨有多缠绵, 我的情怀就有多深! 而此句又是饱含深情的景语, 将人的视线紧紧锁在其中, 含有丰富而无尽的韵味。行役词能写得如此幽怨、缠绵、动人, 也真的是为数不多, 纳兰真可谓写情高手!

蝶恋花

　　尽日惊风吹木叶①。极目嵯峨②, 一丈天山雪③。去去丁零愁不绝④, 那堪客里还伤别⑤。　　若道客愁容易辍⑥。除是朱颜, 不共春销歇⑦。一纸寄书和泪折⑧, 红闺此夜团栾月⑨。

■ 注释

①尽日惊风吹木叶: 木叶, 屈原《九歌·湘夫人》: "袅袅兮秋风, 洞庭波兮木叶下。"刘眘虚《暮秋扬子江寄孟浩然》: "木叶纷纷下, 东南日烟霜。"惊风, 曹植《箜篌引》: "惊风飘白日, 光景驰西流。"阮籍《咏怀诗八十二首》其五十七: "惊风振四野, 回云荫堂隅。"

②极目嵯峨: 嵯峨, 形容山势高峻状。贺知章《采莲曲》: "稽山罢雾郁嵯峨, 镜水无风也自波。"杜甫《壮游》: "嵯峨阊门北, 清庙映回塘。"

③一丈天山雪: 李端《雨雪曲》: "天山一丈雪, 杂雨夜霏霏。"李白《塞下曲六首》其一: "五月天山雪, 无花只有寒。"

④去去丁零愁不绝: 丁零, 古少数民族名, 汉代的丁零主要分布在今天贝加尔湖往南的区域, 此处指梭龙。徐乾学: "丁零逾鹿塞, 救

勒过龙沙。"李端《雨雪曲》:"丁零苏武别,疏勒范羌归"

⑤那堪客里还伤别:柳永《雨霖铃》:"多情自古伤离别,更那堪,冷落清秋节!"苏轼《蝶恋花》:"有客抱衾愁不寐。那堪玉漏长如岁。"

⑥若道客愁容易辍:辍,终止、停止,此指放下。杜甫《归雁》:"是物关兵气,何时免客愁。"吴文英《高山流水》:"客愁重、时听蕉寒雨碎,泪湿琼钟。"

⑦除是朱颜,不共春销歇:销歇,同"消歇",消失。李白《寄远十一首》其八:"坐思行叹成楚越,春风玉颜畏销歇。"白居易《早秋曲江感怀》:"朱颜易销歇,白日无穷已。"

⑧一纸寄书和泪折:寄书,一作"乡书"。折,折叠。李白《秋浦感主人归燕寄内》:"寄书道中叹,泪下不能缄"李白《久别离》:"去年寄书报阳台,今年寄书重相催。"

⑨红闺此夜团栾月:团栾,同"团圞",形容月圆。张夫人《拜新月》:"回看众女拜新月,却忆红闺年少时。"

■ 简评

词诉离愁。首句写眼前景,点明季节。"惊风",大风急风也。大风吹落树叶,给人无边落木萧萧下的感觉。句首冠以"尽日",言这样的风吹木叶的情景不是瞬间,而是整日都如此。整日飘落不停的落叶,整天刮不完的大风,对于离家词人内心的震荡,可想而知。其实,"尽日","惊风",分明透露出的是词人内心世界的起伏、不平静。接下两句写远景。远方,巍峨的高山上,雪有一丈那么厚。天山在西部新疆,而词人扈从康熙赴东北的梭龙,故而此处的天山只是形容山之高。四五两句写去梭龙路上的心情。"愁不绝",愁多也。"还伤别",具写此愁多是因为与家人的离别。过片接写离愁。"若道",假如说。因为愁是不会绝的,所以要想让它绝,只能是一种假想情况。词人认为,只有在一种情况下,愁才会绝,也就是说,才不会动离愁。那就是除非闺中人的朱颜，不会和春天一起消逝。至此，词人的离愁就更明朗化了。他的离愁，实际是相思愁。他惦记着闺中人，恨自己无法阻挡红颜的消逝，实是一种无法共度美好时光的心痛。结尾两句，写自己流泪折起为妻子写的家书，想象着此夜红闺中的妻子面对的是一轮圆圆的月亮。"团栾月"，圆月，反衬了人的不能团圆，离愁与孤独感更甚。从写法上言，很好地切了离愁之主题，可谓结束得妙。上片写塞外景，壮阔明朗浩瀚，下片写相思，思念闺中妻子，则写得缠绵而香艳。在意象与色彩的选取上，也形成鲜明对比。上片写风、写蓝天、写白雪，下片写朱颜、写芳春、写红楼、写圆月，一壮阔，一柔美，再调之以愁、别、泪等心绪性极强的情语，将离愁写得丰富生动，细腻入微，自然也感人至深。

南乡子

　　何处淬吴钩①？一片城荒枕碧流②。曾是当年龙战地③，飕飕④。塞草霜风满地秋⑤。　　霸业等闲休⑥。跃马横戈总白头⑦。莫把韶华轻换了⑧，封侯。多少英雄只废丘⑨。

■ 注释

　　①何处淬吴钩：淬，铸剑时，把铁烧热，然后浸在水中，以提高其硬度。吴钩，泛指宝剑，传说是铸造者用儿子的鲜血淬成的。

　　②一片城荒枕碧流：吴融《王母庙》："鸾龙一夜降昆丘，遗庙千年枕碧流。"李珣《巫山一段云》："古庙依青嶂，行宫枕碧流。"

　　③曾是当年龙战地：龙战，英雄割地的战争。胡曾《咏史诗·谷

口》："一旦天真逐水流，虎争龙战为诸侯。"

④ 飕飕：形容风吹的声音。

⑤ 塞草霜风满地秋：塞草，温庭筠《苏武庙》："云边雁断胡天月，陇上羊归塞草烟。"秦观《青门引》："塞草西风，冻云笼月，窗外晓寒轻透。"满地秋，纳兰性德《于中好》："一行白雁遥天暮，几点黄花满地秋。"

⑥ 霸业等闲休：李白《月夜金陵怀古》："天文列宿在，霸业大江流。"黎廷瑞《大江东去》："霸业休休骓不逝，英气乌江流水。"

⑦ 跃马横戈总白头：李白《送羽林陶将军》："万里横戈探虎穴，三杯拔剑舞龙泉。"纳兰性德《送荪友》："荆江日落阵云低，横戈跃马今何时。"

⑧ 莫把韶华轻换了：秦观《江城子》："韶华不为少年留，恨悠悠，几时休？"王雱《倦寻芳慢》："算韶华，又因循过了，清明时候。"

⑨ 多少英雄只废丘：冯取洽《贺新郎》："多少英雄沈草野，岂堂堂、吾国无君子。"岳珂《祝英台近》："古来多少英雄，平沙遗恨。"

■ 简评

这是一首怀古词。面对眼前残败的景象，词人顿生凄怆之感。在这块荒凉破败的土地上，昔日龙腾虎跃，是何等的你争我夺、相持不下，如今，看不见刀光剑影，听不到马鸣厮杀，曾经要成就一番霸业的英雄们，已化作废丘，再也无法踌躇满志了。城荒与碧流，象征了人事与自然，人事的纷争在永恒的自然规律面前，显得是多么的短暂易逝，霸业等闲休，英雄成废丘，只有绿水长流、春去秋来才是这世界永恒的风景。怀古思今，顿生虚幻感与苍凉感。

鹧鸪天　离恨

　　背立盈盈故作羞^①。手挼梅蕊打肩头^②。欲将离恨寻郎说，待得郎归恨却休。　　云澹澹，水悠悠^③。一声横笛锁空楼^④。何时共泛春溪月^⑤，断岸垂杨一叶舟^⑥。

■ 注释

　　① 背立盈盈故作羞：盈盈，身体轻盈美好貌。《古诗十九首》其二："盈盈楼上女，皎皎当窗牖。"辛弃疾《青玉案》："蛾儿雪柳黄金缕。笑语盈盈暗香去。"故作羞，程垓《菩萨蛮》："疏松分翠黛。故作羞春态。"

　　② 手挼梅蕊打肩头：挼，揉搓。晏几道《玉楼春》："手挼梅蕊寻香径，正是佳期期未定。"陈克《浣溪沙》："手挼梅子并郎肩。"

　　③ 水悠悠：温庭筠《望江南》："过尽千帆皆不是，斜晖脉脉水悠悠。"晏几道《诉衷情》："人脉脉，水悠悠。几多愁。"

　　④ 一声横笛锁空楼：罗隐《经故友所居》："日暮街东策羸马，一声横笛似山阳。"李太古《南歌子》："何处一声横笛、杏花寒。"

　　⑤ 何时共泛春溪月：徐夤《新剌袜》："素手春溪罢浣纱，巧裁明月半弯斜。"颜真卿《五言玩初月重游联句》："春溪与岸平，初月出黯明。"

　　⑥ 断岸垂杨一叶舟：断岸，辛弃疾《小重山》："垂杨影断岸西东。"一叶舟，白居易《舟夜赠内》："三声猿后垂乡泪，一叶舟中载病身。"李群玉《送房处士闲游》："花月三江水，琴尊一叶舟。"

■ 简评

　　词写离恨。上片忆旧。首句写女子背影。女子背对着词人，盈盈而立，从肢体动作能看出她的故作娇羞。次句写女子将手中的梅蕊揿碎后打向词人的肩头，娇嗔羞怯状跃然。下两句由女子嗔怪的情态想象她的心理活动：本来想将别后千万种离恨跟情郎说，可等到见面后，离恨早已化作满心欢喜。下片写词人所处现状。前三句写景。天上的云淡淡的，眼前的水悠悠不绝，横笛里吹出的笛声似乎将空楼锁住一样。前两句为纯景语，后一句借景抒情。"空"，暗喻孤独。"锁"，实则指锁住离愁，使其难以消散。结尾两句表达愿望：什么时候能与心爱女子一起，在春日的月下溪中共同泛舟，两边壁立的岸上杨柳低垂，一叶小舟漂泊其间。很美好的想象，同时也将春日美好的时光融于合其中。上片写女子扭捏娇羞的情态逼真形象，下片写春景也细腻到位，天，水，楼，笛，溪，月，岸，杨，舟，春日的美景，几乎尽现眼前，意象繁密而美好。

如梦令

万帐穹庐人醉^①，星影摇摇欲坠^②。归梦隔狼河^③，又被河声搅碎^④。还睡，还睡，解道醒来无味^⑤。

■ 注释

①万帐穹庐人醉：穹庐，即北方少数民族居住的蒙古包，此指军队在野外的帐幕。戎昱《听杜山人弹胡笳》："更闻出塞入塞声，穹庐毡帐难为情。"

②星影摇摇欲坠：李白《宿白鹭洲寄杨江宁》："波光摇海月，星影入城楼。"刘禹锡《发苏州后登武丘寺望海楼》："碧池涵剑彩，宝刹

摇星影。"

③归梦隔狼河：狼河，即白狼河，今称大凌河，在辽宁省朝阳市南，流入渤海湾。沈佺期《古意呈补阙乔知之》："白狼河北音书断，丹凤城南秋夜长。"纳兰性德《台城路》："白狼河北秋偏早，星桥又迎河鼓。"

④又被河声搅碎：李贺《塞下曲》："帐北天应尽，河声出塞流。"李商隐《谢先辈防纪念拙诗甚多异日偶有此寄》："星势寒垂地，河声晓上天。"

⑤解道醒来无味：解道，知道、晓得。李白《金陵城西楼月下吟》："解道澄江净如练，令人长忆谢玄晖。"

■ 简评

本词为词人随康熙出山海关途中作。首句巧用数词，场面壮阔。"万丈穹庐"，不仅形容毡帐多，且体现了只有皇家才具有的气派，所以，此句所体现的气派并非简单的艺术手法所能达到。穹庐不仅多，而且这么多穹庐里的人都有一个特点——醉。此醉可以理解为喝醉了，也可以理解为陶醉。次句视线由地上的万丈穹庐，移向天空。天上的星星影影绰绰，像是摇摇欲坠一样。此句扣一个"醉"字。这是草原特有景象，但又与平常人感物有所不同。草原空阔，无外物阻挡，人与天距离似乎近了许多，星星也显得距离很近。这是一般感物。但说星星的影子摇摇欲坠，则观星者本人其实是有些喝醉了，视物不清，身体摇摇晃晃。所以，这是醉酒者眼中的星星。三四句写梦，扣一个"夜"字。醉酒的人做梦，梦见回到了家乡，是为归梦。这本是很甜蜜的梦。但因为隔了白浪河，归梦也做不成，是为无理而妙。下一句更进一层，不仅归梦被白浪河阻隔，做不成了，而且还被白浪河水的声音，将梦搅碎了。是河水声惊醒了归梦，双重的无理而妙，反衬出思乡之切，及由此带来的思念、焦虑和感伤。接下三句更可以视作不合常理。梦被惊扰，梦醒了本该醒来，但词人却显出一种孩童才有的执拗，赌气地说"还睡、还睡"，这种不合常理的行为在结句中找到了答案，因为即使醒来后也没有什么意思，言下之意，倒不如睡去。本词属单片小令，字数不多，却写得跌宕起伏，充分运用非理性与不合常理的写法，使一首思乡词写得独特而细腻。

青玉案　宿乌龙江

东风卷地飘榆荚[①]，才过了、连天雪[②]。料得香闺香正彻。那知此夜，乌龙江上[③]，独对初三月[④]。　　多情不是偏多别[⑤]，别离只为多情设。蝶梦百花花梦蝶[⑥]。几时相见[⑦]，西窗剪烛，细把而今说[⑧]。

■ 注释

①东风卷地飘榆荚：卷地，一作"划地"。榆荚，榆树的果实，呈扁圆形，也称榆钱。白居易《春风》："茅花榆荚深村里，亦道春风为我来。"韩愈《晚春二首》其二："榆荚只能随柳絮，等闲撩乱走空园。"

②连天雪：马戴《边将》："塞迥连天雪，河深彻底冰。"

③乌龙江上：乌龙江，即黑龙江，在宁古塔（今吉林宁安县）东。江上，一作"江畔"。

④独对初三月：白居易《暮江吟》："可怜九月初三夜，露似真珠月似弓。"张可久【双调·水仙子】《西湖秋夜今》："眉淡淡初三月，手掺掺第四弦，为我留连。"

⑤多情不是偏多别：柳永《雨霖铃》："多情自古伤离别，更那堪、

冷落清秋节。"

⑥蝶梦百花花梦蝶：蝶与百花喻丈夫与妻子，表达夫妻两人相互思念。

⑦几时相见：李商隐《夜雨寄北》："相见时难别亦难，东风无力百花残。"

⑧西窗剪烛，细把而今说：在窗前烛下叙谈的意思。李商隐《夜雨寄北》诗："何当共剪西窗烛，却话巴山夜雨时。"

■ 简评

本词为词人夜宿乌龙江所作，表达了浓厚的离愁。上片以"东风"开首，表明春日已到。但这不是一个温柔的春天，一个"飘"字，突显了塞外春天的凛冽。次句即围绕这一内容而写。"才过了"，表示刚过。"连天雪"，表示雪大且下得时间长。两句说明塞外乌龙江畔天寒春迟，气候恶劣。三句"料得"为转折，由眼前景想象家乡。用了两个"香"字，表示思念之深。四句以"那知"领起，又返回到乌龙江畔。"夜"，表明时间。"独"，表明词人在单独望月，也表达了孤独。"初三月"，上弦月，弯弯的月，在词人眼中，大约像极了闺中人的弯眉吧？则虽为望月实则思人。下片前两句直抒情感，两次提到"别"与"多情"，言别离对于多情人的考验和折磨，也是上片含蓄压抑、水到渠成的结果。三句七个字两次出现"蝶"与"花"，说明蝶与花的亲密、不可分离，整句比喻了词人与妻子的关系，正如蝶与百花一样，相生相赖。末三句以"何时"领起，表达词人的愿望。他希望与妻子早日相见，正如李商隐《夜雨寄北》中说的一样，互诉衷肠。紧扣为别词主题而收束。纳兰词多是小令，但本词却吸收了慢词的写法，善用连词作为领字，起到转折、递进表情达意的作用，从而使本词意象缤纷，唯美而具感染力。

满江红

代北燕南^①，应不隔、月明千里^②。谁相念^③、胭脂山下^④，悲哉秋气^⑤。小立乍惊清露湿^⑥，孤眠最惜浓香腻。况夜乌啼绝四更头^⑦，边声起^⑧。　　消不尽，悲歌意；匀不尽，相思泪^⑨。想故园今夜^⑩，玉阑谁倚^⑪？青海不来如意梦^⑫，红笺暂写违心字^⑬。道别来浑是不关心，东堂桂^⑭。

■ 注释

①代北燕南：代，指山西。燕，指河北。王昌龄《塞下曲四首》其四："部曲皆相吊，燕南代北闻。"陈子昂《送魏大从军》："雁山横代北，狐塞接云中。"

②月明千里：牛峤《定西番》："紫塞月明千里，金甲冷，戍楼寒。"苏轼《浣溪沙》："梦到故园多少路，酒醒南望隔天涯。月明千里照平沙。"

③谁相念：薛能《春日旅舍书怀》："蹉跎冠盖谁相念，二十年中尽苦辛。"郑谷《寄同年礼部赵郎中》："自怜孤宦谁相念，祷祝空吟一首诗。"

④胭脂山下：又名燕支山，在今甘肃省。杜审言《赠苏绾书记》："红粉楼中应计日，燕支山下莫经年。"杜牧《青冢》："青冢前头陇水流，燕支山上暮云秋。"

⑤悲哉秋气：出自宋玉《悲秋赋》："悲哉，秋之为气也。"

⑥小立乍惊清露湿：小立，杨万里《夏夜追凉》："夜热依然午热同，开门小立月明中。"纳兰性德《山花子》："小立红桥柳半垂，越罗

裙飔缕金衣。"乍惊，张籍《答白杭州郡楼登望画图见寄》："乍惊物色从诗出，更想工人下手难。"刘辰翁《声声慢》："落帽人来，花艳乍惊郎目。"清露湿，韦应物《七夕》："夕衣清露湿，晨驾秋风前。"晏殊《浣溪沙》："湖上西风急暮蝉。夜来清露湿红莲。"

⑦况夜乌啼绝四更头：刘长卿《登余干古县城》："官舍已空秋草绿，女墙犹在夜乌啼。"刘洎《安德山池宴集》："无劳拂长袖，直待夜乌啼。"

⑧边声起：李陵《答苏武书》："夜不能寐，侧耳远听，胡笳互动，牧马悲鸣，吟啸成群，边声四起。"范仲淹《渔家傲》："四面边声连角起，千嶂里，长烟落日孤城闭。"

⑨相思泪：牛希济《生查子》："红豆不堪看，满眼相思泪。"范仲淹《苏幕遮》："酒入愁肠，化作相思泪。"

⑩想故园今夜：顾况《忆故园》："故园此去千余里，春梦犹能夜夜归。"

⑪玉阑谁倚：冯延巳《抛球乐》："一钩冷雾悬珠箔，满面西风凭玉阑。"秦观《南歌子》："揉蓝衫子杏黄裙，独倚玉阑无语、点檀唇。"

⑫青海不来如意梦：青海，代指边地。王昌龄《从军七首》其四："青海长云暗雪山，孤城遥望玉门关。"李白《关山月》："汉下白登道，胡窥青海湾。"

⑬红笺暂写违心字：红笺，薛涛《牡丹》："去春零落暮春时，泪湿红笺怨别离。"晏殊《踏莎行》："绮席凝尘，香闺掩雾。红笺小字凭谁附。"

⑭东堂桂：罗隐《思归行》："不耕南亩田，为爱东堂桂。"张先《感皇恩》："东堂桂，重占一枝春。"

■ 简评

词当作于康熙二十二年九月扈从山西五台山时，诉边地相思。首句交代地点。此外，南、北，又有地域广阔之意。首句与二三句结合，表达两地相思。"千里"，极诉距离之远，但"应不隔"，说明身虽隔千里，情不会隔断。数量词与地理方位词的运用，增强了表达强度。接下三句写胭脂山的秋景秋气。"谁相念"，即没人念，含有失落、哀怨。"悲哉秋气"，化用宋玉辞句，表达悲秋情绪。"小立"以下句写词人深秋伫立、孤枕失眠的情形。"小立"，是说立得时间短，但"乍惊"透露了词人沉思失神状。"清露"，本指清秋露水；"湿"，则不仅刻画出露水之浓，更利用类比、通感手法，令人想起离人的眼泪。诉尽孤独相思。下两句以"况"领起，进一步将此种孤悲之情感推进一步：相思本已折磨人，况且再听到乌夜啼，边声涌。悲伤加悲，孤上加孤。下片开头两个"不尽"，表达相思令人产生眼泪之多、悲伤之深。接以"想"，通过想象，刻画深闺妻子的相思之情。六句三个意境：月下倚阑，红笺写信，东堂桂下守望。想象闺中人在月下思念，卷倚阑干。"青海"，此处不是实指，代指北地边塞。"不来如意梦"，指女子无眠，难以入梦，更无如意梦了。全词调动听觉、视觉与想象力，巧用方位词及表示色彩的形容词，多方面渲染、刻画离愁与相思，并充分抓住北地边塞之特有景色与生活状态，写得非常有特色。

满庭芳

埃雪翻鸦[①]，河冰跃马[②]，惊风吹度龙堆[③]。阴燐夜泣[④]，此景总堪悲。待向中宵起舞[⑤]，无人处、那有村鸡[⑥]。只应是、金笳暗拍[⑦]，一样泪沾衣[⑧]。　　须知今古事[⑨]，棋枰胜负[⑩]，翻覆如斯[⑪]。叹纷纷蛮触[⑫]，回首成非[⑬]。剩得几行青史[⑭]，斜阳下、断碣残碑⑮。年华共、混同江水⑯，流去几时回⑰。

■ 注释

①堠雪翻鸦：堠雪，哨堡上堆压着雪。翻鸦，乌鸦翻飞而起。堠，古代瞭望敌情的土堡。周邦彦《氏州第一》："乱叶翻鸦，惊风破雁，天角孤云缥缈。"

②河冰跃马：李白《冬夜醉宿龙门觉起言志》："开轩聊直望，晓雪河冰壮。"李颀《闻北房入灵州二首》其一："河冰一夜合，房骑入灵州。"

③惊风吹度龙堆：龙堆，即白龙堆，在新疆以东，天山南路，此处借指边地。惊风，曹植《箜篌引》："惊风飘白日，光景驰西流。"柳宗元《登柳州城楼寄漳汀封连四州》："惊风乱飐芙蓉水，密雨斜侵薜荔墙。"

④阴燐夜泣：阴燐，指鬼火。元稹《代曲江老人百韵》："破船沉古渡，战鬼聚阴燐。"

⑤待向中宵起舞：晋人祖逖、刘琨闻鸡起舞，准备为国效力。中宵，半夜。

⑥那有村鸡：权德舆《晓发武阳馆即事抒情》："清晨策羸车，嘲哳闻村鸡。"秦观《临江仙》："村鸡啼月下林梢。"

⑦金笳暗拍：王昌龄《胡笳曲》："自有金笳引，能沾出塞衣。"温庭筠《邯郸郭公词》："金笳悲故曲，玉座积深尘。"

⑧一样泪沾衣：孔融《杂诗二首》其二："俯仰内伤心，不觉泪沾衣。"李峤《汾阴行》："山川满目泪沾衣，富贵荣华能几时？不见只今汾水上，唯有年年秋雁飞。"

⑨须知今古事：辛弃疾《破阵子》："千载图中今古事，万石溪头长短亭。"朱敦儒《相见欢》："今古事，英雄泪，老相催。"

⑩棋枰胜负：棋枰，棋盘。司空图《丁巳元日》："移居荒药圃，耗志在棋枰。"徐铉《奉和宫傅相公怀旧见寄四十韵》："棋枰寂静陈虚

阁，诗笔沉吟劈彩笺。"

⑪ 翻覆如斯：王维《酌酒与裴迪》："酌酒与君君自宽，人情翻覆似波澜。"李白《古风五十九首》其五十九："世途多翻覆。交道方岖嶬。"

⑫ 叹纷纷蛮触：蛮触，《庄子》寓言中的小国，蛮国在蜗牛的左角，触国在其右角，互相战斗。后来指为了小事而兴师动众的争端为蛮触之争。白居易《禽虫十二章》："蟭螟杀敌蚊巢上，蛮触交争蜗角中。"辛弃疾《玉楼春》："日高犹苦圣贤中，门外谁酣蛮触战。"

⑬ 回首成非：李煜《临江仙》："炉香闲袅凤凰儿，空持罗带，回首恨依依。"苏轼《水龙吟》："念故人老大，风流未减，独回首、烟波里。"

⑭ 剩得几行青史：岑参《轮台歌奉送封大夫出师西征》："古来青史谁不见，今见功名胜古人。"温庭筠《过陈琳墓》："曾于青史见遗文，今日飘蓬过古坟。"

⑮ 断碣残碑：辛弃疾《满庭芳》："都休问，英雄千古，荒草没残碑。"张炎《甘州》："物换堂安在，断碣闲抛。"

⑯ 混同江水：混同江，即松花江。

⑰ 流去几时回：张先《天仙子》："午醉醒来愁未醒。送春春去几时回。"宋·徐俯《春游湖》："双飞燕子几时回？夹岸桃花蘸水开。"

■ 简评

这是一首悼古词，应作于康熙二十一年八月至十二月赴梭龙时。开头三句为边地风物描写。烽堠上下了雪，乌鸦在天空上翻飞，疾风吹过了边地。这是白日之景。鬼火一闪一灭，像是在哭泣。此乃边地夜景。鬼火出现的地方，是极荒凉的地方。接下三句化用祖逖闻鸡起舞之典，说明也想像祖逖那样闻鸡起舞，怎奈边地实在荒凉，连鸡都没有，更听不到鸡鸣了，则亦无法闻鸡而起舞了。暗抒无祖逖一样的壮志抱负，显出消极与悲观。随后三句写了边地特有之声音。此时此地，只能听到胡笳演奏出的悲凉乐曲，听得人一样泪湿衣裳。下片由眼前景生出感叹。前三句说人生如下棋，没有永远的胜也没有永远的负，胜负可以瞬间反复。接下两句感叹古人无法参透此理，为眼前利益如蛮触一样争来争去。结果又如何呢？接下三句写了。结果是，只在史书上留下了几行文字，还有斜阳下早已漫漶不清的断碣残碑。可谓悲凉之极。结尾三句扣到怀古主题上。怀古感今，词人感叹年华流逝，一去不回，顿生惜时之感，以及不甘年华老去的悲愁。以写眼前景始，又回归眼前景，并升华了情感和对历史的认识。

风流子　秋郊射猎 ①

　　平原草枯矣，重阳后，黄叶树骚骚 ②。记玉勒青丝 ③，落花时节 ④，曾逢拾翠 ⑤，忽忆吹箫 ⑥。今来是，烧痕残碧尽 ⑦，霜影乱红凋 ⑧。秋水映空，寒烟如织 ⑨，皂雕飞处 ⑩，天惨云高 ⑪。　　人生须行乐 ⑫，君知否，容易两鬓萧萧 ⑬。自与东风作别 ⑭，划地无聊 ⑮。算功名何似 ⑯，等闲博得 ⑰，短衣射虎 ⑱，沽酒西郊。便向夕阳影里，倚马挥毫。

■ 注释

　　① 秋郊射猎：又题为"秋郊即事"、"秋尽友人邀猎"。

　　② 黄叶树骚骚：骚骚，风声。岑参《太白东溪张老舍即事，寄舍弟侄等》："渭上秋雨过，北风正骚骚。"徐凝《莫愁曲》："耽瑁床头刺战袍，碧纱窗外叶骚骚。"

　　③ 记玉勒青丝：玉勒，指玉做的马衔。王维《洛阳女儿行》："良人玉勒乘骢马，侍女金盘脍鲤鱼。"青丝，指青色丝绳编织的马鞭。杜甫《青丝》："青丝白马谁家子，粗豪且逐风尘起。"陈亮《水龙吟》：

"金钗斗草，青丝勒马，风流云散。"

④落花时节：杜甫《江南逢李龟年》："正是江南好风景，落花时节又逢君。"韦庄《清平乐》："门外马嘶郎欲别，正是落花时节。"

⑤曾逢拾翠：李珣《南乡子》："拾翠采珠能几许，来还去，争及村居织机女。"张先《木兰花》："芳洲拾翠暮忘归，秀野踏青来不定。"

⑥忽忆吹箫：忆，一作"听"。

⑦烧痕残碧尽：烧痕，陈孚《咏永州》："烧痕惨澹带昏鸦，数尽寒梅未见花。"赵长卿《蝶恋花》："绿尽烧痕芳草遍。不暖不寒，切莫辜良宴。"残碧，白居易《和武相公感韦令公旧池孔雀》："顶毳落残碧，尾花销暗金。"毛熙震《菩萨蛮》："天含残碧融春色，五陵薄幸无消息。"

⑧霜影乱红凋：霜影，晏殊《中秋月》："十轮霜影转庭梧，此夕羁人独向隅。"乱红，詹玉《醉落魄》："拂拂朱帘，残影乱红扑。"黄机《摸鱼儿》："惜春归、送春惟有，乱红扑簌如雨。"

⑨寒烟如织：李白《菩萨蛮》："平林漠漠烟如织，寒山一带伤心碧。"韩元吉《念奴娇》："尊前谁唱新词，平林真有恨、寒烟如织。"

⑩皂雕飞处：杜甫《赠陈二补阙》："皂雕寒始急，天马老能行。"《呀鹘行》："强神迷复皂雕前，俊才早在苍鹰上。"

⑪天惨云高：徐田臣《杀狗记》："天惨云迷，你看城郭村庄尽掩扉。"

⑫人生须行乐：李白《将进酒》："人生得意须尽欢，莫使金樽空对月。"

⑬容易两鬓萧萧：萧萧，指白发稀疏的样子。王之望《丑奴儿》："两鬓萧萧，多半已成丝。"

⑭自与东风作别：风，一作"君"。

⑮划地无聊：划地，仍旧。辛弃疾《念奴娇》："划地东风欺客梦，一夜云屏寒怯。"周紫芝《江城子》："到得如今，划地见无由。"

⑯算功名何似：似，一作"许"。周紫芝《贺新郎》："算功名、

203

过了唯有，古词尘满。"

⑰ 等闲博得：等闲，一作"此身"。

⑱ 短衣射虎：元好问《水龙吟》："少年射虎名豪，等闲赤羽千夫膳。"

■ 简评

这首词写秋郊射猎。上片前三句紧扣一个"秋"字。不仅点明是重阳节后，而且选取草枯花落、黄叶骚骚的秋野作为射猎之场，颇有肃杀苍凉之气。接下四句一个"记"字，插入回忆。"玉勒青丝"，衬托出主人的年轻与玉树临风；"落花时节"，暮春之日也；"拾翠"，女子所为也。"吹箫"，更暗寒萧史弄玉典故。四句回忆暮春时节男子策马，女子拾翠，又兼听到吹箫之声。在肃杀之气里插入此段香艳的回忆，给人香软缠绵之感，不愧是纳兰之作。接下七句，以"今来是"三字领起，进一步描写眼前之秋景，渲染猎场之氛围。前两句用了两组对比，烧痕对残碧，霜影对乱红，写秋日的推进，景物产生的变化。接下两句写水上秋景："秋水映空"，表现秋水之清澈；"寒烟如织"，表示秋水上霜雾迷蒙。最后两句写天空，黑色的大雕临空飞翔，秋天的天空很高。上片总体都在渲染秋景，写出秋郊射猎的具体环境。下片直抒人生感慨。前三句说要及时行乐，时光易逝，人很容易变老。接下两句虽言是因为与东风作别而无聊，实际上是委婉表达相思之情与孤寂之怀。接下四句又是参透功名的虚无，说明功名也一样容易消失，最终还不是如普通人一样西郊卖酒吗？最后两句写夕阳下倚马挥毫。这是本词的结束，也是由秋郊射猎引发思考与感怀之后的提升。在词人看来，无论是自然之景，还是人世的功名，都容易转瞬即逝，只有"挥毫"即创作诗词文赋等，才是人生的归宿与终极意义。这一点词人在《虞美人·为梁汾赋》中也有类似表达。

金缕曲^① 赠梁汾^②

德也狂生耳^③。偶然间、缁尘京国^④，乌衣门第^⑤。有酒惟浇赵州土^⑥，谁会成生此意^⑦。不信道^⑧、竟逢知己。青眼高歌俱未老^⑨，向尊前、拭尽英雄泪。君不见，月如水。　　共君此夜须沉醉。且由他、蛾眉谣诼^⑩，古今同忌。身世悠悠何足问，冷笑置之而已。寻思起、从头翻悔。一日心期千劫在^⑪，后身缘、恐结他生里。然诺重^⑫，君须记。

■ 注释

①金缕曲，此调一作《贺新郎》。

②赠梁汾，一作"赠顾梁汾题杵香小影"。梁汾，即顾贞观。他在和韵词的附注中说："岁丙辰，容若二十有二，乃一见即恨识余之晚。阅数日，填此曲为余题照。"可知此词当作于康熙十五年。

③德也狂生耳：德，指纳兰性德。

④缁尘京国：指生在京城权贵之家，过着污浊的世俗生活。

⑤乌衣门第：东晋贵族之家多居住在南京乌衣巷，故以乌衣门第指贵族门第。

⑥惟浇赵州土：这句采用唐·李贺《浩歌》的句子："买丝绣作平原君，有酒惟浇赵州土。"表示对赵国公子平原君招贤纳士的敬仰。

⑦成生：作者又名成容若，故曰成生。

⑧不信道：指没想到，表示意外的惊喜。

⑨青眼：指西晋阮籍善为青白眼。他以白眼对礼俗之士，碰到意

气相投的人则以青眼视之。

⑩ 蛾眉谣诼：指有才能的人往往遭人嫉妒、诽谤，化自屈原《离骚》："众女嫉余之蛾眉兮，谣诼谓余以善淫。"

⑪ 千劫：佛经言天地自形成 到毁灭为一劫："千劫"极言时间漫长，比喻二人友谊的长久稳固。

⑫ 然诺重：表示信守诺言，一诺千金。

■ 简评

这首词是为友人顾贞观所作，借以表达词人与他相见恨晚、互为知己的情怀。为了拉近和顾的距离，纳兰以直抒胸臆的手法，开篇就把自己说成是"狂生"，以表明自己不为礼法所拘的个性，同时也是为了能与潦倒的顾贞观处于平等相处的地位，借以弥补种族和贵贱悬殊造成的距离。这句乍看很突兀，但细细体味却颇显亲切感，为全词定下了豪宕洒脱的基调。"蛾眉谣诼，古今同忌"说尽千古人情之冷漠凉薄，也透露出词人淡泊超脱、不以俗事萦怀的高洁品性。全词情感层次丰富，艺术上给人以抑扬顿挫、极尽变化之感，令人颇受陶冶。

浪淘沙　望海

蜃阙半模糊①，踏浪惊呼，任将蠡测笑江湖②。沐日光华还浴月，我欲乘桴③。　钓得六鳌无④？竿指珊瑚，桑田清浅问麻姑⑤。山气浮天天接水，那是蓬壶⑥？

■ 注释

①蜃阙：即海市蜃楼，它是由于不同密度的大气对光线的折射而形成，一般在沿海或沙漠地带有时能看到。

②任将蠡测笑江湖：任由见识浅薄者去讥笑胸怀宽广的人吧！蠡，贝壳做的瓢。蠡测：用蠡测海，比喻见识浅陋。

③桴：木筏。《论语·公冶长》："子曰：道不行，乘桴浮于海。"

④鳌：传说中海里的大鱼。

⑤麻姑：传说中的仙女。

⑥蓬壶：即蓬莱。传说中海上有三座仙山：蓬莱是其中之一，其他两座是瀛洲、方丈。

■ 简评

这是一首望海词，写了海上少见的海市蜃楼。那奇特的美景在虚幻的空中浮现，变幻莫测，令人"踏浪惊呼"，惊喜不已。由海市蜃楼的虚幻，词人联想到了江湖的渺小和传说中仙界的神秘诱人，产生了乘桴归去的奇想。词人以下片整段的篇幅遨游于对神仙之境的向往与憧憬中，刹那之间体悟到了沧海桑田的感觉，而人生的一切不快比起沧海桑田的变更来又算什么呢，心中顿时释然。这里，词人以"乘桴"表明向往自然恬淡生活、不愿追逐名利的志向，颇含寓意。

后记

　　很久以前，就喜欢纳兰的词。这源于 2000 年在北大读博期间，参与编著张少康先生主编的"古诗词名家诵读本"的一种 ——《纳兰性德词选编》，此书收入纳兰性德词 76 首共 6 万字，由中国少年儿童出版社 2001 年出版。2016 年前后，我在自己的微信公众号"小国学"上摘登了其中的几篇，承蒙党圣元先生青眼相加，推荐给商务印书馆出版。我在出版社工作至今已经 15 个年头了，从事的工作基本上是组稿约稿，却从未曾向同行主动寻求过出版，也难得有人襄助出版事宜，此次得党先生举荐，心中的感激岂能言表。

　　在写作过程中，本以为以前编著的 76 首除了改正讹误之外，无需再费心。可在工作开始之后，才知道这个想法有多么天真。首先是过不了自己这一关，觉得注释浅陋简单，好多本该出注的地方没有注释。其次是想在每条词注之后，列举一两个有关此词的诗词例句，目的是为了更好地体会此词在诗词中的用法，更是为了探寻纳兰词中意象、用语的文学内部传统的承袭与演变。在词的评析中，除了极少数词之外，绝大多数词的解读都是重新来过，羞愧当初自己的认识、分析能力欠缺。所以，这 76 首词等于重新梳理、注释和评析，成为全新面貌。另外又遴选了 34 首词进行注释、评析，共计有 110 首词，12 万字，基本都是纳兰词中的经典之作。

我所从事的编辑工作是琐细、繁重的，平时没有时间做，下班后多用来辅导、督促孩子和做家务，只有在周末和节假日，才能利用有限的时间奋力去做。因此，有关纳兰注解的工作，可以说是在"流动"的过程中进行的。周六上午，儿子去学英语，有三个小时，我可以做一做；周日下午一点半到四点半，他去上培训班，我就在附近找个茶屋或咖啡屋去做。我的足迹从繁星戏剧村辗转到大佛寺的 77 剧场，再到三联韬奋中心的雕刻时光、钱粮胡同的咖啡屋。国庆节去上海度假，在来回的高铁上，在酒店里，都可以随时展开工作。因此，国庆长假，我喜欢只待在一个地方。2013 年国庆，在丽江，我带着《仁义的修为——体味〈孟子〉》一书的校样，在丽江温暖的阳光下，在客栈院中的摇椅上，完成了校对工作。去年"十一"在上海，也是住在黄浦区的一家酒店中，陪伴着纳兰性德。朋友说我好奢侈，不去游玩，却在那里打电脑。我虽然也想更多走走，但知道如果错过这段假期，我可能就没有时间做了。所以，遗憾之余，看着不断增长的字数，心中窃喜，充实而愉悦。以前经常听人说，没有灵感，写不成东西，而对于我这种可支配时间十分稀少的人来说，哪有什么写不出来的奢侈，只有写好和写不好的区别罢了。

这 12 万字，断断续续持续了将近一年。从春天，经过了夏天，进入了秋天，来到了冬天，终于到了一个挥剑斩断缠绵与不舍的时候，街上树木也已凋零，人们行色匆匆，呵气成冰。我终于可以长舒一口气，跟过去的日子打个招呼，告个别，庆幸自己这段时间没有太放纵，没有太一事无成，总是坚持了一些。虽然这算不上纯粹学术，但对于自己，至少日子没有白过，也算有个交待；对于儿子，大约在他的印象中，妈妈不是一个在等他的时候有大把时间和别的妈妈拉家常的人，也不是一个只顾低头玩手机的人。经常在跟他告别的时候，我会说：儿子，加油！妈妈也和你一样在努力！也感谢我的先生李瑞卿教授，他在我们本就忙碌又忙乱的生活中，尽可能地腾出时间，为我创造有片刻的面对书桌和电脑的可能，键盘在我的手指下温柔而有弹性地跳动，我感到十分幸福。再次感谢党圣元先生的推荐，感谢商务印书馆丁波博士的不弃，感谢责任编辑金寒芽女史尽心竭力的付出，以及对我一再拖延的包容，感谢康倩女史的认真审读工作。如果此书能对读纳兰词的人有些许裨益，将是我莫大的荣幸。

刘淑丽

2017 年 9 月 24 日改定